william gibson

[美]威廉·吉布森 著
李克勤 刘文元 梁涵 李懿 译

全息玫瑰碎片

Burning Chrome
William Gibson

burning chrome

Recovered and illuminated, each fragment will reveal the whole image of the rose.

北京时代华文书局

图书在版编目（CIP）数据

全息玫瑰碎片 / (美) 威廉·吉布森著 ; 李克勤等译. — 北京 : 北京时代华文书局,
2020.6（2024.10重印）
书名原文: Burning Chrome
ISBN 978-7-5699-3466-3

Ⅰ. ①全… Ⅱ. ①威… ②李… Ⅲ. ①短篇小说－小说集－美国－现代 Ⅳ. ①I712.45

中国版本图书馆CIP数据核字(2020)第090530号

北京市版权局著作权合同登记号 图字：01-2019-5449

全息玫瑰碎片

QUANXI MEIGUI SUIPIAN

著　　者｜[美] 威廉·吉布森
译　　者｜李克勤　刘文元　梁　涵　李　懿

出 版 人｜陈　涛
策划编辑｜王雅观
责任编辑｜黄思远
营销编辑｜郭啸宇
封面插画｜朱　异
装帧设计｜陈威伸
版式设计｜孙丽莉
责任校对｜张彦翔
责任印制｜訾　敬

出版发行｜北京时代华文书局 http://www.bjsdsj.com.cn
北京市东城区安定门外大街138号皇城国际大厦A座8楼
邮编：100011　电话：010-64267955　64267677
印　　刷｜三河市嘉科万达彩色印刷有限公司　0316-3156777
（如发现印装质量问题，请与印刷厂联系调换）
开　　本｜880mm×1230mm　1/32　印　张｜8.25　字　数｜187千字
版　　次｜2021年12月第1版　印　次｜2024年10月第5次印刷
书　　号｜ISBN 978-7-5699-3466-3
定　　价｜59.00元

带着爱意，献给我的母亲

奥蒂·威廉斯·吉布森

和她的亲密朋友，同时也是我的好朋友

米尔德丽德·巴尼茨

目录

1986年首版前言

布鲁斯·斯特林

如果说诗人是这世上有实无名的立法者，那科幻作家的角色可能就是宫廷里负责逗乐的弄臣。我们是聪明的小丑，能上蹿下跳地活跃气氛，在众目睽睽之下，边抓耳挠腮，边口吐预言。我们可以视宏大的想法为掌中玩物，因为难登大雅之堂的低俗出身让我们看似人畜无害。

科幻作家可以尽情发挥——我们有影响力，但不用承担责任。很少有人会真把我们当回事儿，但我们的想法能以文化的名义四处渗透，犹如本底辐射，传播于无形。

然而，令人悲伤的真相是，近些年来，科幻已经变得了无生趣。任何形式的流行文化都日渐消沉；只要人类社会打个喷嚏，它们就会集体感冒。如果说二十世纪七十年代的科幻是困惑的、封闭的、陈腐的，它当然也很难令人为之称奇。

但威廉·吉布森是预示着好事将至的先驱人物之一。

吉布森短暂的写作生涯已经注定了他会成为八十年代科幻作家中的代表人物。他的第一部长篇小说《神经漫游者》一鸣惊人，包揽1985年科幻领域的所有奖项，展示出吉布森在触动社会神经上无可匹敌的能力。它产生的影响激动人心，将这一文学体裁从固守教条的沉睡中唤醒。科幻，仿佛结束冬眠的兽，从洞穴里踉跄爬出，沐浴在现代思潮的阳光下。它消瘦、饥饿，脾气也不太好。不过从此刻开始，一切都将不同。

你手中的这本集子，囊括了吉布森迄今为止创作的所有短篇小说。能够见证一位了不起的作家惊人的快速成长过程，这样的机会实属罕见。

我们从他在1977年发表的第一篇短篇小说《全息玫瑰碎片》里，就已经能看出他选择的方向。吉布森的典型特征已经成形：将现代流行文化、高科技和先进的文学表现手法融于笔下，共同构成了他作品的复杂属性。

吉布森的第二篇短篇小说《根斯巴克连续体》则表现出他有意识地瞄准步履蹒跚的传统科幻开火。它是对顶着“科学小说”之名的狭隘的技术崇拜发出的致命一击。我们能看到，这位作家明确知道自己的基本立场，并准备发起一场彻底的变革。

吉布森紧接着又继续创作了“蔓生都会”系列：《约翰尼的记忆》、《新玫瑰旅馆》和令人难以置信的《整垮珂萝米》。这些小说刊登在了《奥秘》（*Omni*）杂志上，它们所展现出的极其丰富的想象力，实际上为科幻这种类型小说树立起新的标杆。这些信息量巨大、繁复华丽的巴洛克式小说值得反复品读，其中蕴藏着犀利的观点、无望的激情和逼真的细节。

这些短篇小说的成功之处，在于它们所描绘的那个令人印象深刻又自洽可信的未来。我们很难高估这样做的难度有多大，很多科幻作家多年来一直避开这种创作角度。作家们的集体逃避行为造成了后末日科幻、剑与魔法奇幻，以及永远盛行的太空歌剧（里面的星系帝国秒变野蛮社会）的大量涌现，这可不是什么吉兆。所有这些亚类型小说，都是作家们急于避免跟现实中的未来产生任何瓜葛的产物。

然而，在“蔓生都会”系列的短篇小说里，我们能辨认出一个基于现代社会精心构建的未来。从它自身的角度去看，它是多面的、复杂的和完整的。它是基于一套新的出发点去创作的，而非机器人、太空飞船、核能奇迹之类的陈腐套路，它着眼于神经机械学、生物技术和通信网络，诸如此类。

吉布森基于事实去推演的写作技巧属于经典的硬科幻流派，但他的表达方式却是纯粹的新浪潮。硬科幻里的角色通常是毫无热情的技术宅和坚守原则的“全能之人”，而吉布森笔下的角色却是一群失败者、诈骗犯、无名之辈、被遗忘之人和精神错乱者。我们能看到他笔下的未来有多么真实，好像那的确发生过，而不只是干巴巴的推测。

吉布森终结了曾影响深远的“根斯巴克式”[1]的故事原型，后者的代表作是《大科学家拉尔夫 124C41+》（*Ralph 124C41+*），故

---

1 雨果·根斯巴克（Hugo Gernsback，1884—1967），美国作家、发明家、科幻杂志编辑，世界科幻协会颁发的“雨果奖”即以他的名字命名。——本书如无特殊说明，均为译注

事的主角是个恪守传统的白人中产技术官员，他为芸芸众生带来了超级科学的福泽。在吉布森的作品中，我们则置身街巷之间，满身是汗，精神紧张，为了生存而挣扎，高科技是其中贯穿始终的下意识哼唱，“仿佛一场错乱的社会达尔文主义实验，实验设计者是一个无聊的研究员，他的大拇指一直按在快进键上”。

这个世界上所谓的“大科学”不是让过时的儿童科普节目主持人“怪才先生”为之惊叹的东西，它是一股无处不在的权威力量。它是一团穿过人群的变异辐射，也是一辆冲上陡坡的载满乘客的国际客车。

这些故事清晰地描绘出吉布森对现代社会的预言。他基于事实的推演非常明确地展示出，社会变革正如不远处隐藏的冰川一样，即将出场。这个极度不祥的庞然大物正悄然滑过二十世纪晚期的水面，它的体积之大，威胁之高，令人难以想象。

很多科幻作者在面对这一潜在的威胁时，都选择举手投降，做好了沉船的准备。虽然没人能指控吉布森在潜意识里更偏向积极乐观的观点，但他的确没有缴械投降。这是八十年代新兴科幻流派萌芽的又一显著标志：末世论开始变得乏味。吉布森不会将时间浪费在苦恼和焦虑上。他始终坚定不移地睁大双眼，直视前方，正如阿尔吉斯·巴崔斯[1]所说的，吉布森不惧怕啃硬骨头。这些都是难能可贵的品质。

1 阿尔吉斯·巴崔斯（Algis Budrys，1931—2008），立陶宛裔美国科幻小说家、编辑和评论家。

另一迹象也表明，吉布森正在逐渐得到科幻界的认可：他能够自如地与其他作家共同创作小说。这本短篇集中就有三篇他与他人合著的作品。其一是一篇罕见的佳作《酒吧里的归栖者》，这篇黑暗的奇幻小说里充斥着疯狂的超现实主义色彩。其二是《红星，冬季轨道》，这是一篇近未来科幻小说，精心构建出来的故事背景细腻而逼真，带着八十年代科幻典型的全球化、多元文化的视角。其三是《空战游戏》，此篇极度富有感染力并且残酷扭曲，是吉布森笔下的低生活搭配高科技的经典组合。

我们从吉布森的作品中，听到属于八十年代的科幻流派终于发出了自己的声音。他不是只会拍桌子的革命者，而是务实肯干的改进者。他不落窠臼，为科幻这一类型文学带来了一股新风潮：技术与时尚日渐融合，这怪异的搭配构成了八十年代独有的文化。吉布森对偏离主流文学的异类创新分支怀有强烈的喜好：勒卡雷[1]、罗伯特·斯通[2]、品钦[3]、威廉·巴勒斯[4]和杰恩·安妮·菲利普

---

1 约翰·勒卡雷（John le Carré，1931—2020），英国著名间谍小说家，著有《柏林谍影》、“史迈利三部曲”等。

2 罗伯特·斯通（Robert Stone，1937—2015），美国当代著名作家，著有《亡命之徒》《黑发女大学生之死》等。

3 托马斯·品钦（Thomas Pynchon，1937— ），美国后现代主义文学代表作家，著有《万有引力之虹》等。

4 威廉·巴勒斯（William Burroughs，1914—1997），美国作家，“垮掉的一代”文学运动创始者之一，著有《裸体午餐》等。

斯[1]，都是属于这些分支的典型作家。他也是J.G.巴拉德[2]提出的“隐形的文学”观点的拥趸，这种观点认为，科学报告、政府文件和专业化广告已经渗透进我们的生活，在潜意识里塑造了我们的文化。

科幻文学靠着体内囤积的脂肪度过了漫漫寒冬。吉布森和一大批富有创新精神和远大志向的新兴作家一起唤醒了这一文学体裁，让它在春日里开始重新寻找新鲜的食物。这对我们所有人而言，无疑是一种积极的力量。

（梁涵 译）

1 杰恩·安妮·菲利普斯（Jayne Anne Phillips，1952— ），美国小说家、教授，著有《云雀与白蚁》等。

2 J.G.巴拉德（J. G. Ballard，1930—2009），英国著名作家，著有《撞车》《摩天楼》《太阳帝国》等。

源代码：2003年英文版自序

没有什么能比虚构出的未来更能以快速且独特的方式获得岁月的假象。

二十世纪六十年代时，还是个孩子的我阅读了大量科幻小说，其中很大一部分写于二十世纪四五十年代。一开始，我不得不先去了解一些现代历史上的重大事件，因为一个人如果无法认出想象力从已知中起飞的那个点，就无法真正感受阅读科幻小说带来的乐趣。

不过，从那之后，我就深信，历史是推测性叙事的关键，后者是在前者的基础上不断进行一些不可避免的修订。

科幻通常像是将历史反向推演的变种，它是在进行预测，而非回溯。然而，如果你没有掌握一幅读者所认可的通往过去的地图，就无法虚构出一个通往未来的故事。

你对过去掌握得越确切，越笃定，你往往也会在书写未来时，更加勇于大胆预测。我小时候读过的很多作者都对历史了如指掌。那些曾经发生过的事仿佛镌刻在他们的脑海中。他们确信自己知道，我们是从哪里来的，正在哪里，以及他们认为我们会去往哪里。他们在回答以上三个问题时，给出的答案基本上都是错的，至少从几十年后的今天来看都与现实大相径庭。

但还有另一种科幻小说，它还未被命名，但在我看来是有些与众不同的。它似乎并不基于对历史的固定假设，它的作者们似乎愿意接受一种观点：我们可能事实上并不知道我们是从哪里来的，甚至不知道我们正在哪里，对我们此刻所处的境遇也基本毫无认知。

阿尔弗雷德·贝斯特[1]、弗里茨·莱贝尔[2]和罗伯特·谢克里[3]（此处我只列举三位作家，不过他们都是非常典型的例子）的作品都符合以上描述，但海因莱因和阿西莫夫的作品则不然。这些作家创作的科幻小说让我产生了最神奇的阅读体验，他们似乎居住在一个更城市化的宇宙里，那里有更多的不确定性，在那里你可以问更多问题（即便其中很多问题难以找到确切的答案）。这些作家似乎与我后来学会的一个叫作“现代性”的概念有着非同寻常的关系。

等到我开始写这本集子里的故事时，也就是在二十世纪八十年代，我二十五岁左右时，这些现代性文化榜样在我心中的形象开始变得日渐模糊。我对他们的作品感到不满，我早期采用的写作方法

---

1 阿尔弗雷德·贝斯特（Alfred Bester，1913—1987），美国科幻小说家，代表作有《群星，我的归宿》和《被毁灭的人》。

2 弗里茨·莱贝尔（Fritz Leiber，1910—1992），美国科幻、奇幻、恐怖小说作家，剑与魔法文学的先驱之一。

3 罗伯特·谢克里（Robert Sheckley，1928—2005），美国科幻作家，著有《世界杂货店》《幽灵 5 号》《浪漫服务公司》等。

背后的意图也并不明确，我对现代性的感知开始变得迟钝，并开始认为科幻也许不是表达现代性的最佳方式。更合理的说法也许是，大部分科幻小说似乎很少涉猎我从个人兴趣的角度出发最想要涉猎的主题，虽然在我看来现代性似乎蕴含全新的绝妙机会。

可如果你让我准确定义一下，我希望通过科幻小说表达什么，当时的我可能也无法回答。我生来就不擅长从事理论研究，就像我不擅长文学批评，我只会将这些故事写下来。

而且，如果你在此之前看过一眼目录，就会知道这些故事并不都是我独立完成的。对那些认可“文学作者论”的人而言，一旦是与他人合著，就没什么借口好讲了，但对其他人，至少我还可以说，显然对此前的科幻作品感到不满的不只我一人。

这本集子里收入的故事的源代码，三分之一来自上述不满，三分之一来自我小时候同时阅读科幻小说和“垮掉的一代”（主要是巴勒斯和凯鲁亚克）的作品的体验，还有三分之一来自我与布鲁斯·斯特林、约翰·雪利和迈克尔·斯万维克的个人交情，他们三个和我都不约而同地在各自的创作方向上产生了疑惑。如果上述三种因素缺失任何一种，此刻你很可能不会读到这篇序言。

《全息玫瑰碎片》是我完成的第一篇小说，1977 年，我在不列颠哥伦比亚大学选修了已故的苏珊·伍德博士开授的科幻文学课程，课程结束时本该交出一篇论文，我却写了这篇小说取而代之。而《根斯巴克连续体》一开始其实是针对一本摩登型流线建筑图史的长评，曾被一本科幻爱好者杂志果断拒稿，理由是离题太远且令人困惑。《酒吧里的归栖者》是我自作主张地根据约翰·雪利的一份手稿改写的，它算是我在尝试手写改稿时的一次最高水平的发挥，手写改稿也是我唯一掌握的一种评论文章的方式，而约翰却帮我转弱为强，以二人合著的名义卖出了这篇手稿。《约翰尼的记忆》是我尝试写的第二篇小说，我在 1977 年开始写它，直到 1981 年才写完（中途我一度暂停写作，以圈外非专业人士的视角，观察朋克摇滚兴起的现象，这也是构成我写作动机的源代码的一部分）。《空战游戏》则起源于我曾告诉别人，我梦到迷你双翼飞机在台球桌上方几英寸高的地方飞行的场景；他们把我的梦告诉了斯万维克，他很快就从费城打来电话，宣布他已经精确地阐释出我梦里的迷你双翼飞机的技术原理（这次合著的起因本身，也很像是做了一场梦）。我清楚地记得创作《红星，冬季轨道》的想法是由似乎拥有无限精力的斯特林提出的，后来，他又以同样高涨的热情，建议我和他合著一本很长的关于蒸汽驱动的维多利亚式计算机的长篇小说，而我跟他合著《红星，冬季轨道》的愉快经历，让我并没有被他的建议吓得尖叫着跑掉。

现在看来，写于 1981 年初的《整垮珂萝米》，似乎成为我短篇小说写作生涯的封笔之作。从时间先后顺序上讲，它并不是我的最后一篇短篇小说（而且我一直希望还能继续创作短篇小说），但它在某种程度上标志着，我真正开启了作为一名作家的长篇小说创作生涯。它为《神经漫游者》的诞生埋下了伏笔，而且还引出了“赛博空间”这个词，让它第一次被一支红色记号笔写在一本黄色信笺簿上。那是我第一次觉得自己真的有了新东西可写，虽然我还不知道它是什么。

曾有一种观点认为，“单曲”（以每分钟 78 或 45 转的转速格式录制的唱片）是定义摇滚最佳表现形式的媒介：单曲其实是这种音乐的最佳形式。单曲和摇滚的关系时不时也会被拿来跟短篇小说和科幻的关系做类比。我倾向于怀疑，前者只是在表达对单曲这种已经死亡的媒介形式的缅怀，但用短篇小说的形式来写科幻小说是真正有其独到之处的。用非常简短的篇幅写一篇经得起推敲的科幻小说，是需要极为独特的文学功底的。

如果我曾经得其要领，你接下来就会在这本书里读到。

不管怎样，请享用我虚构出的假象吧。

2002 年 10 月 21 日

（梁涵 译）

约翰尼的记忆

我把霰弹枪装进阿迪达斯运动包，又往里塞了四双网球袜，把包包填实在。完全不是我的风格，可我要的正是这种效果：如果他们觉得你是个凶悍的家伙，就跟他们玩技术；如果他们觉得你是个技术型，就跟他们玩凶悍。我是技术型，所以我决定凶悍点儿，越凶越好。可现在这个时候，你至少得有点技术，这才凶悍得起来。比如说我这两把口径十二的霰弹枪吧，我得自个儿在机床上卸掉它们的铜枪托，安上新的；我得到处挖资料，从一张旧缩微胶片上发掘出教程，学会怎么手动上膛；还得用新的压力装置替换子弹上的底火。一大堆麻烦事儿，棘手。但我知道，这东西能用。

约会地点是航空港酒吧，时间是二十三点整。我坐地铁，过了三站才下车，然后一路走回去。这样安全。

我在一家小咖啡馆的铬面外墙上照了照：五官鲜明，普普通通的白种人，一头又粗又硬的黑头发。“刀锋下”整容医院的姑娘迷索尼·毛[1]那张脸，迷得要命，还喜欢给客人添上流

1 作者杜撰的当时的风头人物。

行的双眼皮。拿她们没办法。这一套多半蒙不了拉尔菲·费斯，但或许能让我走近他的桌子。

航空港酒吧是个窄长条，一边是吧台，对面是桌子。一大堆皮条客、毒贩子在这儿混，还有不少鬼鬼祟祟的掮客。今晚把门儿的是磁力犬姐妹。要是我的事儿办得不顺，我可不想从她们身边夺门而逃。这两人足有两米高，瘦得像猎犬。一个是黑人，另一个是白人。除了这点区别，两人简直一模一样。全是整容大夫的功劳。这两人好多年来一直是一对儿，打起来的话，不好对付。我一直没弄明白哪一个原本是男的。

拉尔菲坐在他的老座位上。欠我一大笔钱。我脑子里存着几百兆资料，白痴－明白人机制。就是说，我自己不知道储存的是什么信息，也够不到。这些东西是拉尔菲的，可他没来取货。资料只有拉尔菲才能提出来，靠的是他自个儿设计的密码条。我的要价不便宜，超期储存的延误费更是天文数字。而拉尔菲是个小气鬼。

接着，我听说拉尔菲·费斯悬赏要我的命，于是我跟他定了个约会。我把自个儿弄成爱德华·巴克斯的模样。埃迪[1]是个非法进口商，近来在做里约热内卢和北京的生意。

酒吧里热烘烘一股子非法生意味儿，神经紧张造成的，跟金属发热的臭味差不多。一群群肌肉男在人堆里荡来荡去，互相比试肉

1 埃迪为爱德华的昵称。

块儿，脸上绷出冷冰冰的假笑。有些人的肌肉嫁接搞得太过分，身体轮廓简直不像人类了。

对不起，朋友们，对不起，埃迪·巴克斯，一个人来的，进口商快手埃迪，带着做生意时惯带的运动包。还有，别在意他包包上那道能伸进右手的小开口。

拉尔菲不是一个人，身边的椅子上还有一堆八十公斤加州肌肉。肌肉男一头金发，坐姿警觉，全身上下都是练家子模样。

没等肌肉男的双手离开桌面，快手埃迪已经在他们对面的椅子里落座了。“是黑带？”我热切地问。他点点头，蓝眼睛进入扫描模式，在我的眼睛和双手之间来回扫。“我也是，”我说，“我的黑带就在这个包包里。”手往那道开口里一伸，拇指扳开保险，咔，“两支十二口径霰弹枪，扳机绑一块儿。”

“是枪。”拉尔菲说，一只胖手在打手绷着蓝色尼龙背心的胸口一拍，让他别冲动，“约翰尼的包包里还藏着古董武器哩。”埃迪·巴克斯的伪装到此为止。

我猜，不管姓怎么变，他的名字一直是拉尔菲。拉尔菲这个，拉尔菲那个。至于眼下这个姓[1]，纯粹是他的虚荣心带来的。他用了二十年的这张脸像熟透了的梨子，一度很有名，是雅利安人雷盖乐队的克里斯蒂安·怀特的脸。此人是他那个时代的索尼·毛，牙

1 费斯与 face 谐音，脸的意思。

买加摇滚之王。这类细枝末节的小事，我知道得很多。

克里斯蒂安·怀特：典型的漂亮脸蛋，皮肤细嫩，颧骨突出。有时觉得像天使，有时又觉得这是种堕落之美。但这张脸上那双闪亮的眼睛是拉尔菲的：又小，又黑，又冷。

“咱们还是像正正经经的生意人一样解决这个问题吧。”他的声音总是真诚得要命，漂亮的克里斯蒂安·怀特的嘴角总是湿漉漉的。“这位刘易斯，”他朝肌肉男那边点点头，“是个笨蛋。”刘易斯不动声色，跟组装起来的模型人似的，“你不是笨蛋，约翰尼。”

“我是笨蛋，拉尔菲，一个满身植入设备的大笨蛋，让你往我脑子里塞你的那些破烂货，同时到处找人干掉我。瞧瞧我这个包，拉尔菲，它的意思是你得做点解释。”

“问题出在这最后一批货上，约翰尼。”他深深叹了口气，“作为经纪人——”

“赃物贩子。”我纠正道。

“作为经纪人，我总是很谨慎地选择货物来源。”

“只从最高明的贼那儿买东西。懂你的意思。”

他又叹了口气。“我尽可能做到，”他疲惫地说，“不从白痴那儿收货。可这一次，恐怕我正好犯了这个错误。”第三次叹气是个信号。刘易斯打开了他们事先粘在我这一侧桌子下边的神经阻断器。

我把全身力气都用在右手食指上了，拼命想扣动扳机。可我跟这根手指的联系好像中断了似的。我能感到金属枪身和我缠在短短的枪把上的泡沫胶带，但我的手成了一团软蜡，离我老远，动弹不得。我希望刘易斯真是个笨蛋，蠢得过来夺走我的包。只要一扯，就会牵动我那根放在扳机上的僵硬食指。可惜他不是笨蛋。

“我们一直很担心你啊，约翰尼，非常担心。你瞧，你储存的货是日本黑帮的。一个白痴从他们手里偷了出来。一个已经死掉的白痴。”

刘易斯咯咯地笑起来。

难怪我脑子里的感觉那么糟，像塞了几大口袋湿沙似的。杀人不是拉尔菲的风格，他的风格甚至不包括刘易斯这种打手。可他现在被夹在中间：一方是黑帮“霓虹菊花之子”，另一方是属于他们的某种东西——更有可能的是，这东西也不是他们的，原本属于别的什么人。当然，拉尔菲可以用上他的密码条，让我进入白痴－明白人状态，然后我便会一口气吐出他们的那些烫手程序，事后半点也记不得。对拉尔菲这样的赃物贩子来说，这就足够了。但日本黑帮却不会就这么轻易放手。日本黑帮肯定知道“乌贼”[1]，而那些程序会在我脑子里留下难以觉察但是永久性的痕迹。他们才不肯提心吊胆唯恐有人把这些蛛丝马迹提取出来哩。乌贼的事我知道得不多，只听说过一些故事。当着我的客户，这些故事我是不会提的。不，日本黑帮肯定不喜欢那些蛛丝马迹，因为看上去太像证据了。那伙人混到如今这个地步，靠的绝不是到处留证据，或者活口。

---

1 乌贼，即量子扰动超导探测器。这个词的首字母组合在一起，正好是英文中的“乌贼”一词。电影《黑客帝国》将此设定具象化，或许是对前辈威廉·吉布森表达的敬意。

刘易斯笑得合不拢嘴。估计他正想象着我前额后头的什么地方，以及怎么敲破我的脑壳够到那儿。

“嗨。”我右肩后响起一个低沉的女声，“瞧上去，你们这些小伙子好像不大开心呀。”

“滚开，婊子。”刘易斯说。他那张晒得黑黑的脸上很平静，拉尔菲更是毫无表情，像一张白纸。

“高兴点嘛。想买点乐子吗？”没等刘易斯或拉尔菲阻止，她已经拖过一把椅子，一屁股坐了下来。我一动不能动，但刚好能从眼角看到她。瘦瘦的一个姑娘，戴着镜面眼镜，一头蓬松的黑发。她穿着一件黑皮夹克，大敞着胸，里面一件 T 恤，上面对角刷着一溜儿黑红大字：身轻如燕。

刘易斯恼怒地“哼”了一声，想一巴掌把她扇下椅子。可不知怎么回事，巴掌没碰着人家。只见她手一抬，好像只擦了擦从眼前掠过的手腕。鲜血喷在桌面，刘易斯一把攥住手腕，紧得连指关节都变白了。指缝中，血滴答滴答直往下淌。

可她手里不是什么都没有吗？

他的手腕得用上肌腱连缀术了。他小心地站起来，没费心先挪开椅子。椅子“哗啦”一声翻倒，刘易斯一声不吭，离开了我的视域。

“他最好找个大夫瞧瞧，”她说，“那一下割得不轻。”

拉尔菲的声音突然变得无精打采到了极点。“你不知道你刚刚陷进去的这堆麻烦有多大。”

“真的？这么神神秘秘？我最喜欢神神秘秘的事儿了。比如说，你这位朋友干吗这么安静，看上去像被麻痹了。还有，这东西为什么在这儿。”她举起那个小小的控制器。它本来一直在刘易斯手里，也不知她是怎么弄过去的。拉尔菲的样子很不舒服。

“你，呃，我付二十五万，你把那东西还给我，然后开路。如何？”一只胖手抬起来，紧张兮兮地拭着那张苍白的瘦脸。

“我想要的，”她捏了个响指，控制器随之一转，在灯光下闪闪发亮，“是一份工作。你的小伙子不是正好伤了手腕吗？二十五万算预付好了。”

拉尔菲响亮地呼出一口气，笑了起来，露出一嘴跟克里斯蒂安·怀特不般配的牙。于是，她按下控制器的开关，关闭了神经阻断器。

“两百万。”我说。

“这才是我的好东家。”她笑道，“那包里是什么？”

“霰弹枪。”

“真原始。”用的却是赞赏的口气。

拉尔菲什么都没说。

“我叫米利安，莫莉·米利安。想离开这儿吗，老板？别人已经开始注意咱们了。”她站起身来。她穿的是条牛仔皮裤，颜色像凝固的血。

我这才发现，那副镜面眼镜原来是植入物。银色镜片从颧骨处升起，一道弧形曲线，扣在眼窝上。镜面上亮晶晶地闪动着两副我新做的这张脸。

“我叫约翰尼。”我说，“咱们要带费斯先生一起走。”

他在门外，等着。模样如最普通的向游客推销科技小玩意儿的技术员：一双日本木屐，一件可笑的夏威夷衬衣，上面大大地印着他的公司最热门的微处理器。文文静静的小个子。这种人会在酒吧里就着小块海藻脆米饼喝清酒，喝个酩酊大醉，最后高唱公司员工歌曲，痛哭流涕，没完没了地跟酒保握手。皮条客和毒贩子不会招惹这种人，从这类天生老实人身上拉不到生意。这类人意思不大，而且很在意自个儿的名声和钱包。

我后来猜想，他们肯定切掉了他的一截左手大拇指。从第一个指关节下面一点截断，换一个指尖，再钻空残留部分，在里面安上仙台小野公司出产的类金刚石材料制成的线轴和底座，最后把三米长的单分子细丝仔细地缠在线轴上。

莫莉正跟那对磁力犬姐妹说着什么，我则把运动包轻轻抵在拉尔菲的腰眼上，押着他走出门去。莫莉似乎认识那对姐妹，我听见黑的那个笑了起来。

我向上扫了一眼。这是过去留下来的老习惯。大概是因为我一直不适应空中刺眼的弧光灯，以及高居灯光之上、黑沉沉的穹顶天棚。或许正由于这个老毛病，我才捡了一条命。

拉尔菲向前走去。现在想来，我觉得他不是想逃跑，他似乎已经知道自己难逃一死。或许是因为他隐约知道想找我们麻烦的是什么人。

我抬起的头低下来，正好看到他身体断裂的那一幕。

但后来才清清楚楚地回想起整个经过。拉尔菲向前迈了一步，那个小个子技术员不知打哪儿溜过来，满面堆笑。攻击之前只有一个预兆：他的左手大拇指断开了。这个把戏真绝，跟变戏法似的。断开的那根拇指悬在空中，什么亮晶晶的东西一晃。镜子？金属线？拉尔菲停步，浅色夏装的胳肢窝下顿时两大块黑黑的汗渍。他知道了。肯定早就知道。说时迟那时快，那根戏法道具似的拇指尖像个铅锤一样飞了起来，划过空中，既像闪电，又像溜溜球。连在杀手手上的那根看不见的线横着切过拉尔菲的头盖骨，就在眉毛上方一点的地方，然后“嗖”地飞起，向下一落，从肩头到肋下，沿对角线斜着切过那个梨形躯干。切得干净利落，切开的刹那间甚至不见一滴血，一刹那后，神经突触发现自己短路了，一阵痉挛，尸体这才倒地。

粉红色的血雾中，拉尔菲分成互不相关的三块，沿着倾斜的街面向前滚去。静悄悄地，无声无息。

我抬起运动包，右手痉挛般地收缩。反坐力差点震断我的手腕。

雨肯定下了很久。一股股雨水从天棚的一处破口淌下来，水珠溅到我们身后的墙上。我们蹲在一家外科铺子和一个古董商店之间的一道窄缝里。她在向外窥视，只有一只镜面眼睛探出墙角。她说，航空港酒吧外有辆警车，红色警灯闪闪烁烁。他们正把拉尔菲归成一堆，盘问路人。

我身上散落着一片片烧焦的白色织物。网球袜。运动包只剩下破破烂烂的一圈塑料，套在我的手腕上。“真搞不明白，我怎么会没打中。”

“因为他快，非常快，”她双手抱着膝头，皮靴后跟撑着身体，前后摇晃起来，“他的神经系统改造过。这家伙是个工厂定制品。”她咧嘴一笑，显得稍稍高兴了些，“我会搞定他的，就今晚。他是最棒的，第一名，头一份儿，简直是艺术品。”

“你要搞定的是我这个付给你两百万的人，把我弄出这个鬼地方。你那个男朋友多半是千叶市哪个实验大桶里炮制出来的玩意儿，是日本黑帮的杀手。”

“千叶。哼，告诉你，我莫莉也去过。”她双手朝我眼前一伸，十指微微分开。手指又细又长，紫红色的指甲一衬，分外白皙。十根指甲下“嗖”地弹出十柄利刃，每一柄都像手术刀一样，窄窄一溜，两面开刃，闪着幽幽钢蓝。

我从来不会在夜城逗留。这儿没人为记忆付钱给我，大多数人倒不断付费，只求在麻醉中遗忘一切。一代又一代枪手拿弧光灯当靶子，弄得维护人员没脾气，只好放弃。就算在中午，这个片区也是乌漆墨黑的，衬着天上最微弱的淡白色。

世上最有钱的犯罪组织正用它冰冷、镇定的手指摸索你时，你上哪儿去？上哪儿才能躲过财雄势大、有自己的通信卫星和至少三艘太空飞船的日本黑帮？日本黑帮是个真正的跨国组织，类似国际电信公司和小野公司。我出生之前的五十年，它已经吞并了三合会、黑手党和科西嘉联盟。

莫莉的答案是：钻进洞窟，钻到最深最暗的底层。在这里，任何外来威胁都会遇上赤裸裸的暴力，又快又狠的暴力。隐入夜城。不，最好藏身夜城之上。因为这个洞窟是颠倒的，最深处挨近天空，夜城永远见不到的天空。只能在这片污染物构成的天空下喘息。藏身高处。在那里，低科技族嘴角叼着黑市香烟，蹲伏在黑暗中，像屋檐下的怪兽滴水嘴。

对另一个问题，她也有答案。

“这么说，尊敬的约翰尼先生，信息在你脑子里被锁得死死的？没有密码，里头的程序无论如何都取不出来？”她领着我钻进明亮的地铁站台远处的阴影。两边墙上全是长年累月的怒火蓄积而成的乱涂乱画。

“需要储存的信息通过一系列超微外科手术灌入。”我机械地吐出这篇早已烂熟于心的推销词，“顾客的密码保存在一块特制芯片上。除了乌贼（干我们这行的不太愿意提这个话题），没有任何手段能够提取信息。药物弄不出来，切开脑袋弄不出来，严刑拷打也弄不出来。我自己完全不知道信息内容，从来不知道。”

“乌贼？长着许多触手、爬来爬去的玩意儿？”我们钻出地铁通道，街面上是一个早已废弃的市场。这儿还有块儿凑凑合合算是广场的空地，地上到处是烂鱼头、腐烂的水果。广场对面的暗处，有几个黑黢黢的影子盯着我们。

“量子扰动超导探测器。战争期间用它搜索潜艇，寻找敌人的赛博[1]武器系统。”

1 赛博（Cyber），吉布森小说中的常用词，指跟电脑相关的智能系统，如赛博空间，意为由电脑构成的虚拟空间。

“哦？海军的玩意儿？打仗的时候用过？这么说，乌贼能读出你大脑芯片上储存的东西？”她停住脚步。我觉得她藏在那两片镜面后面的一双眼睛正死死地盯着我。

“要说探测磁场，哪怕最低级的乌贼都比过去的磁力探测器强十亿倍，就跟在体育场的一片欢呼声中听清谁说的一句悄悄话似的。”

“听清悄悄话嘛，现在的警察也有这个本事。用抛物面拾音器，加上激光系统。”

“话又说回来，储存在我脑子里的信息还是万无一失。”职业自豪感，“因为没有哪个政府敢给它的警察装备乌贼。别说警察，就连最高级的特工部门都不行。派系之间的争端太多，说不准什么时候就给你来个水门事件[1]。”

“海军的玩意儿。”一片昏暗中，她咧嘴笑了，脸上容光焕发，“海军的玩意儿。我在这附近有个朋友从前干过海军，叫琼斯。你最好跟他见见。不过，他是个白粉仔，咱们得给他点儿货提提精神头。”

“白粉仔？是个瘾君子？”

“是头海豚。”

1 水门事件，美国前总统尼克松曾指使特工潜入位于水门的竞选对手总部，盗窃机密资料。

它不只是头海豚。可要是别的哪头海豚见了它，说不定会觉得它不如海豚，比正常品种差点劲。只见它懒洋洋地在电镀水箱里一圈圈打转。水从水箱边溢出来，打湿了我的鞋。它是上次战争结束后变卖的剩余物质，一头赛博海豚。

它从水里抬起身体，露出身体两侧的装甲片。这种装甲片同时还充当辅助视觉系统。海豚游动时本来挺优雅，但装了这些装甲片以后，它的动作笨拙多了，有种老态龙钟的感觉。它的头骨两侧有两处一模一样的畸形，这两个地方改造过，加装了传感器。没有装甲的地方，皮肤是灰白色，但有许多处病变，形成闪闪发亮的银斑。

莫莉吹了声口哨。琼斯拍打起尾巴，小瀑布似的水流溢出水箱。

“这是个什么地方？”一片昏暗中，我只能模模糊糊看个大概。生锈的铁链子，防水布下鼓鼓囊囊塞着东西。水箱上方悬着个难看的木框，上面左一道右一道穿着一串串积满灰尘的圣诞彩灯。

“游乐场，动物园加狂欢场子。‘与战争海豚对话’，诸如此类的噱头。可琼斯确实不同凡响……”

琼斯再一次兜了回来，用一只饱经沧桑的悲伤的眼睛望着我。

“可它怎么说话？”突然间，我急不可耐地想离开这个地方。

“好玩的就是这个部分。琼斯，跟他打个招呼。”

所有彩灯同时亮起，闪着红色、白色和蓝色的光。

红白蓝红白蓝红白蓝

红白蓝红白蓝红白蓝

红白蓝红白蓝红白蓝

红白蓝红白蓝红白蓝

红白蓝红白蓝红白蓝

“瞧见没？它很会摆弄灯光信号。但用这个办法能表达的意思有限。在海军的时候，他们还给它联了一个声画显示系统。”她从夹克口袋里掏出一个窄长的小包，“纯货，琼斯。要吗？”它在水里一顿，停止了一切动作，开始向下沉去。我突然紧张起来。我想起来了，海豚其实不是鱼，有可能淹死。“琼斯，我们想找出密钥，提取约翰尼脑子里的信息。而且要快。”

灯光闪了一下，又灭了。

“干起来，琼斯！”

蓝

蓝蓝蓝蓝蓝蓝蓝蓝蓝

蓝

蓝

蓝

蓝色灯泡，十字形。

灭了。黑暗。

“这可是纯的，没掺一点儿杂质。干吧，琼斯。”

白白白白白白白白白

白白白白白白白白白

白白白白白白白白白

白白白白白白白白白

白白白白白白白白白

白色钠灯，灯光如炽，照亮了她的脸庞。最亮的是颧骨部分，下面是阴影。雪亮的灯光构成了一幅黑白画。

红　　　红红红红红

红　　　红

红红红红红红红红红

　　　　红　　　红

红红红红红　　　红

红色灯光形成的“卐”字，扭曲着反射在她的银色镜面上。“把货给它。”我说，“我们找到了。”

拉尔菲·费斯。真没想象力[1]。

---

1 前文提到，拉尔菲用了雅利安人雷盖乐队歌手的脸。从雅利安人这个名字可知，拉尔菲是个纳粹崇拜者，所以采用纳粹的“卐”字符号作为密码。

琼斯抬起身体，装甲躯体的一半都搁在水箱沿上。我还以为水箱会翻倒呢。莫莉抬起手，向下一落，注射器针头扎进两片装甲之间。“嗞”的一声，药水注入。木框上彩灯大炽，图形疯狂变换，跟抽风似的。最后渐渐暗下去。

我们走了，留下琼斯漂浮在黑沉沉的水中，时而懒洋洋地打个滚儿，也许它梦见了那场太平洋战争，梦见了它清除的那些赛博水雷：鼻子轻触，用乌贼刺探水雷的控制线路。用同样的方法，它破解了拉尔菲在我脑子里的芯片上设置的那个可悲的密码。

“战后遣散时，大批军品流失出去，包括琼斯，连它身上那套设备都原封不动地出来了。这我懂。可是，一头赛博海豚怎么会染上毒瘾？”

“是那场战争，”她说，“它们全都是战时染上的。海军干的好事。要不然，你怎么可能让海豚替你打仗？”

“我看这笔买卖做不成。”黑客说，想多讹我们一笔，“瞄准一颗根本没公开的通信卫星发射信号——”

“浪费我的时间，你什么生意也别想做了。”莫莉道，倚在他那张满是划痕的工作台边，食指冲他一戳。

“那你上别的地方买你那些微波设备好了，怎么样？”小伙子虽然一张索尼·毛脸蛋，人却有股子横劲儿。不愧是个夜城人，多半生在这儿。

她的手朝小伙子前襟一挥，快得只见一道影子晃过。一片翻领被截了下来，截得干净利落，整整齐齐，连个毛边都没有。

“咱们成交？”

“成交。”他瞅着截断处，尽量把表情控制在对这一招感兴趣的范围内，“成交。”

我检查着买到手的两台记录仪，而她拉开腰间的口袋拉链，取出我给她的那张纸条。莫莉展开纸条，嘴唇嚅动，不出声地读着，然后耸耸肩，“就这？”

“开始吧。”我说，同时按下两台记录仪上的“录音”键。

“克里斯蒂安·怀特，”她读出声来，“和他的雅利安人雷盖乐队。”

拉尔菲，真有你的。忠心耿耿，到死都是忠实歌迷。

进入白痴－明白人状态的过程从来没我想象的那么突兀。那个搞地下广播的黑客有个幌子门面，是家随时可能关门大吉的旅行社。一间破破烂烂的办公室，一张工作台，三把椅子，一张褪色的瑞士香薰沐浴广告。两只玩具鸟，鸟身是褐色玻璃做的，脑袋机械地一点一点，假装从莫莉肩后架子上的一个塑料杯里喝水。我渐渐进入状态，觉得两只鸟的动作越来越快，彩色鸟头化为一片五彩幻影。塑料挂钟上的液晶秒数成了毫无意义的“8”字形方格，不断跳动。莫莉和索尼·毛脸蛋黑客变得模糊起来，手臂偶尔一动，隐隐约约，像影子，又像昆虫的动作，一顿一顿的。然后，眼前的一切都消失了，化为灰色的静电信号。一个单调的声音响起，吟诵着一首人工语言谱成的诗篇。

我坐在那儿，吐出死去的拉尔菲偷来的程序。整整三个小时。

穹顶非常大，从一头到另一头足有四十公里，有点像过去遮盖远郊交通大动脉的富勒穹顶[1]，只不过粗糙、蹩脚得多。碰上晴朗的日子，如果关掉弧光灯，一道灰蒙蒙的天光就会透过一重重塑料天棚射下来。简直不能称为阳光，只能说略微有点阳光的意思。这种景象倒挺像乔凡尼·皮拉内西[2]所画的监狱素描。最南端的三公里穹顶下面就是夜城。夜城不缴税，也没有公共设施。那儿的弧光灯早就坏了，穹顶天棚也被几十年的炊烟熏得黑乎乎的。即使在正午，夜城也差不多伸手不见五指。几十上百个夜城的孩子出没在穹顶的一片片椽子中，但在这个漆黑的夜城里，谁会注意？

我们已经爬了两个小时，攀爬着水泥台阶和带洞眼的横档构成的钢梯，爬过一个个废弃的脚手架，一堆堆积满灰尘的工具。我们的起点瞧上去像是个荒废的维修区，到处扔着三角形的天棚支撑件。所有东西无一例外被涂抹得乱七八糟，是用气罐喷上去的：帮派名称、首字母缩写……有的大作早在世纪之初就喷上去了。涂鸦伴着我们一路向上，渐渐稀疏，最后只时不时反复出现同一个名称：低科技族。黑色大写字母，墨迹淋漓。

“低科技族是什么人？”

“反正不是咱们，老板。”她爬上一截摇摇晃晃的铝梯，钻进

1 富勒穹顶，指由美国建筑师巴克敏斯特·富勒设计的球形穹顶。

2 乔凡尼·皮拉内西（Giovanni Piranesi，1720—1778），意大利建筑师、画家、雕刻家。

一片波状塑料板上的一个洞口，不见了。“低科技，低技术。”声音透过塑料板，有点发闷。我揉了揉酸痛的手腕，跟着她向上爬。“低科技族。连你的霰弹枪，他们都会觉得太过分、堕落。”

一个小时以后，我拼了老命才爬进另一个洞口。这个洞口曲里拐弯没个形状，是在一层快塌下来的胶合板上锯出来的。爬上去之后，我见到了我这辈子碰上的头一个低科技族。

“别怕。”莫莉说，拍拍我的肩膀，“这是小狗。嗨，小狗。”

她身上绑了个手电筒。窄窄的一束手电筒光下，他用一只独眼打量着我们，慢慢伸出一条又厚又长的灰色舌头，舔着突出的獠牙。这是移植的杜宾犬犬牙。我心想：不是说低科技吗？怎么用上了移植术？抑制人体对异物的排斥反应，这玩意儿可不比树上结的果子，科技含量高着呢。

“莫。”人牙扩展成獠牙以后，发音吐字的能力显然受了影响。一行口水从他扭曲的下唇滴答下来，“听到你们来，早听见了。”他说不定只有十五岁，但獠牙，满脸可怕的刀疤，加上深陷的眼窝，整张脸简直不像人类，像野兽。弄出这么一张脸来，这可是件费时费力的活儿，还得有点创意才成。看他的举动，我觉得他挺喜欢跟这张脸一块儿过日子。他穿着一条破烂牛仔裤，脏得发黑，裤缝处更是脏得油亮。他光着上身，脚上没穿鞋。那张嘴怪里怪气地拧了一下，大概是露出个笑容，“被跟踪了，你们。”

深不可见的下方，夜城，隐隐传来卖水人的吆喝声。

“有人碰了绊绳？”手电光朝旁边一晃，我看到了许多细绳，一头系在螺栓上，另一头伸向四面八方，消失在黑暗中。

“关掉他妈的灯！”

“啪”的一声，她关了手电筒。

“跟你的人咋没点个灯什么的？”

“不需要。小狗，这家伙厉害。你们的哨兵要是招惹他，他们只能一小块一小块回家了。倒是更容易搬运。”

“盯你的，是你朋友，莫？”他的声音有点紧张。我听见他的脚在破败的胶合板上不安地蹭着。

“不。但他是我的。这一位，”她在我肩头上一拍，“他才是朋友。懂了？”

“唔。”他不大感兴趣地说，啪嗒啪嗒地走到这个小平台边上，系绊绳的螺栓就在那儿。他开始扯动绊绳，用这些绷得紧紧的绳子发出某种信息。

夜城在我们脚下展开，像个给耗子造的玩具村子。小窗口闪着烛光，只有荒荒凉凉一小块地方有电池灯、碳化灯照明。我想象着那些地方的老人家，无休无止地玩着多米诺骨牌，破败的棚屋支柱上晾着刚洗过的衣服，大滴大滴热烘烘的水滴啪嗒啪嗒溅在他们身边。然后，我竭力想象那个杀手，穿着木屐，还有那身难看的游客衬衣，耐心地在一片漆黑中一步步向上，面无表情，不紧不慢。他是怎么盯上我们的？

“他嗅到了咱们的气味。”莫莉说。

“抽烟？”小狗从兜里掏出一盒压得皱巴巴的烟，撬出一根。过滤嘴都被压扁了。他用一盒厨房里用的火柴给我点上，我趁机斜眼瞅了瞅香烟的牌子。颐和园，北京烟厂。看来低科技族在搞黑市买卖。小狗和莫莉继续争论个不休，莫莉似乎想借用这片低科技族房地产中的某个地方。

“伙计，我帮过你不少忙，我需要那一层楼面，要那儿的音乐。”

“可你不是低科技……”

这两人一路争论。拐来拐去的一公里路程，他们大概吵了多半公里。小狗领着我们走过一道道摇摇晃晃的天桥，爬上一段段绳梯。低科技族的藏身处和绳网高居这座城市之上。他们睡在用大团大团环氧树脂黏附在穹顶天棚附近的网状吊床里，俯瞰下面的深渊。低科技族盘踞的地盘非常狭小，有的时候只是在天棚支撑柱上锯出的几道刻痕，仅容双手抠住、双脚踩稳。

她管那一层楼面叫杀人层。我跟在她身后爬。金属磨得光溜溜的，胶合板湿漉漉的，适合埃迪·巴克斯的鞋子踩上去直打滑。我一边爬，一边想，那一层楼面有什么特别的？怎么可能比其他地方更凶险？与此同时，我又有了个发现：小狗的反对只是个必要的手续，他肯定会同意莫莉的要求。这一点，莫莉打从一开头就知道。

我们下面的某个地方，琼斯肯定在它的水箱里一圈圈打转，感受毒品劲头儿过去以后的第一丝恶心。警察肯定正在提出一大堆有关拉尔菲的问题，把航空港酒吧的客人们烦得要死：他是干什么的？离开酒吧前跟谁在一起？还有，日本黑帮看不见的魔影肯定已经遍布城市数据库，搜索着一切与我有关的信息，哪怕最不起眼的都不肯放过：数字账户、交易情况、水电费……我们生活在信息化社会里，上学时他们就是这么跟你说的。但他们没有告诉你的是，你的起居、生活、活动，你的一举一动，全都不可避免地会留下线索、蛛丝马迹、零零碎碎不成片段的个人信息。这些片段可能被人收集整理、分门别类……

但现在，那个黑客肯定已经用黑盒子技术把我们的信息编辑发送给了黑帮的通信卫星。简简单单的一条口信：把你们的猎狗唤回去，否则，我们就在网上公开你们的程序。

那个程序。我压根儿不知道它是干什么用的，过去不知道，现在还是不知道。可能是科研数据，日本黑帮是商业间谍领域的专家，水平一流。这个活儿，他们干起来从容不迫。比如从小野公司偷出研发数据，客客气气攥在手里，同时提出威胁：公开数据，让这家大公司的科研优势化为乌有。这以后，只需要等着被盗者交赎金就行。

如果我的程序就是这种情形，我为什么不能学他们的做法，趁机反敲他们一笔？或许他们更喜欢把这个程序以大价钱重新卖给小野公司这样的原主，而不是干掉我约翰尼，把我从记忆这一行买卖中抹掉。对吗？

他们的程序已经寄往悉尼。那儿有个地方，只要你预付一小笔钱，他们就会替你保管邮件，不提任何问题。第四级水陆邮件。我抹掉了其他所有拷贝，只在发给黑帮的信息中夹了一部分，足够他们确认货真价实。

手腕疼得要命。我不想爬了，只想躺下倒头大睡。我知道，用不了多久，力气用尽的手就再也抓不住着力点，我会一头摔进深渊；我知道，这双今晚乔装埃迪·巴克斯时穿的漂亮黑鞋子会打滑失足，让我坠向下面的夜城。但那个杀手的形象在我脑海中不断膨胀，像那种廉价的宗教三维立体画，浑身上下闪闪发光，夏威夷衬衫胸前那块芯片也越变越大，像个探测器，不屈不挠地向我步步逼近。

所以，我没有停步，紧紧跟着小狗和莫莉，在这个用连夜城人都瞧不上的垃圾随随便便、将将就就拼凑起来的低科技族天堂中穿行。

杀人层边长八米。似乎有个巨人，用钢缆、弹簧左一道右一道绑住这片垃圾场，把它悬空吊起来。稍一摇晃，这地方就吱嘎作响。而这地方偏偏永远在摇晃。聚在它周边的低科技族不断在自个儿的胶合板小床上扭来扭去，想找个舒服姿势，这地方于是随之上下颠簸、左右晃动。木头天长日久，早已磨得锃亮，上面深深地刻着数不清的首字母缩写名、粗话、宣泄激情的句子。悬吊这个地方的钢缆没跟其他低科技族藏身地连在一起，是单独的一套，一直向上延伸，伸进这一层上方那两盏刺眼的白炽灯照不到的黑影中。

“咚”的一声，一个姑娘手足并用跳下地板。她和小狗一样，长着一副大獠牙，乳房上刺着靛青色的螺旋形图案。眨眼间，她径直奔过这一层，哈哈地笑着，一把揪住对面一个正从长颈瓶里喝着一种黑乎乎液体的小伙子。

刀疤、刺青和獠牙，看样子，这是低科技族的时尚。这儿的电力照明设备看来是个风俗习惯上的例外。目的是什么？仪式？竞技？艺术？我不知道，但我看得出来，这一层楼面很特别。看上去，它是许多代人逐渐修缮完成的。

我的外套下面还藏着一把霰弹枪。虽说已经完全没用了，而且没有子弹，但那种分量、那种硬度，还是挺能安慰人的。摸着这把枪，我突然想到，我一点儿也不记得我自己是怎么和杀手交手的。发生了什么，本来应该发生什么，我完全没概念。说到我正在玩的这场游戏，我同样没概念。我这辈子大半时间都在充当一个浑浑噩噩的容器，盛着别人的知识、别人的内容，然后被倒空，吐出我自己完全不明白的人造语言。真是个技术型啊，一点儿没错。

就在这时，我意识到，周围的低科技族鸦雀无声，静悄悄的没一丝动静。

他来了，就在灯光照射范围边上。杀人层，还有一大圈悄然无声的低科技族，他却跟个游客似的，安之若素，处之泰然。我们的目光一对，彼此立即认出了对方。“咔嗒”一声，我脑海里迸出一星记忆：巴黎，加长奔驰，电力驱动型，无声无息，冒雨驶向圣母院；移动式温室，玻璃后的日本人的面孔，无数尼康相机举起，像趋光的向日葵，金属和水晶制成的花朵。相机向我拥来，快门咔嚓咔嚓响成一片，像此刻他紧紧盯住我的眼睛。

我抬眼寻找莫莉·米利安，她不见了。

周围的低科技族让开一条道，杀手踏上一级台阶。他鞠了一躬，微笑着，双脚离开木屐，动作流畅自如。两只木屐并排放着，排列得整整齐齐。接着，他轻轻一跃，落在杀人层。他朝我走来，踏过像蹦床一样上下晃荡的这片乱七八糟，从从容容，像走在饭店地毯上的游客。

莫莉跃上杀人层，身体剧烈摇动着。

这层楼面“吱嘎吱嘎”尖叫起来。

这儿暗藏着扩音器，四角粗大的弹簧周围有麦克风，四周还有随机散放的接触式拾音器，将金属摩擦声扩大到震耳欲聋的程度。低科技族不知在哪儿还藏着一台功放和一台音响合成器。直到这时，我才辨认出隐藏在头顶上炫目灯光中的喇叭。

一阵鼓声响起，是电子鼓，像放大的心跳，节奏稳定，像节拍器。

她已经脱掉了那身皮夹克，靴子也扔了。她那件T恤原来是无袖的，细细的胳膊上隐隐现出很能说明问题的线路——千叶产品。雪亮的灯光下，她的牛仔皮裤闪闪发亮。她开始舞动。

她弯下双膝，白皙的双脚蹬着一个压扁的汽油箱，杀人层随着她的动作摇晃起来。发出的声音简直像世界末日，像悬挂着天堂的绳子骤然绷断，“嗖”的一声反弹上去，掠过天空。

他稳稳地随着楼面的波动上下起伏，但只持续了几次心跳的时间。紧接着，他开始行动了，准确地判断着楼面摇动的幅度，一步步前进，宛如踏着日式花园中的踏脚石。

他弹开自己的大拇指，动作潇洒，像社交宴会上的翩翩绅士。断下来的拇指尖飞向莫莉。那根细丝折射着灯光，像一道彩虹。她猛然倒地，一个翻滚。单分子细丝“唰”地掠过，像噬人的大嘴，灯光下“咔”的一合，收招。莫莉一个鱼跃，翻身跳起。

悸动的鼓声加快了节奏，她和着鼓声，奔腾进退。黑发翻卷，拂过两片毫无表情的银色镜片。她的双唇紧张地绷成一条线。杀人层訇然巨响，轰隆隆不绝于耳。旁观的低科技族兴奋至极，狂呼尖叫。

杀手收回武器。“呼”的一声，可怕的单分子细线画了个直径一米的大圈。杀手没有拇指的那只手平平一绕，细线一圈圈旋转，在杀手胸前形成一面盾牌。

莫莉此时似乎狂性大发，深藏心底的野性喷薄而出。癫狂的舞蹈开始了。跳踉奋勇，肢体扭曲，翼行侧进，双脚猛地发力，蹬在直接与一根粗大盘簧相连的大引擎上。轰鸣的声浪中，我捂住耳朵，被震得眩晕不已，只觉得这层楼面和阶梯已经断裂，正坠向夜城。我仿佛看到我们砸穿夜城破败的小屋屋顶，穿过晾晒的衣物，像熟透的水果一样，在地面砰然炸裂。但是，缆绳挺住了。杀人层汹涌起伏，像大浪滔天的金属海洋。浪尖之上狂舞不休的，是莫莉。

就在这时，在杀手最后一次掷出拇指尖的前一瞬，我看到了他脸上的表情。那种表情似乎不应该属于他。既非恐惧，也非愤怒，我觉得是一种难以置信。对他来说，此刻看到听到的一切——发生在他身上的一切——都是那么不可理喻。茫然不知所措，混杂着极度的厌恶，审美意义上的厌恶，他的文化背景无法接受这种喧嚣。他收回“嗖嗖”舞动的细丝。细丝翻卷，画着圆环。一振臂，圆环收缩到餐盘大小。举手过顶，手腕一勾，餐盘应手而落，拇指尖像个活物似的，倏地探向莫莉。

杀人层带着她向下一沉，单分子细丝险险擦过莫莉的头顶。杀手这一边，楼面像跷跷板一样猛地一抬，将他举到细丝飞回的路径上。它本来应该绕过他的头顶，缩回自己的金刚石巢穴。细丝从他手腕上切过，卷走了这只手。他面前的地板上有个大裂口，他踏进裂口，跳水运动员般翩然而下，带着一种奇异的优雅，像战败的神风敢死队队员，坠向夜城。我想，之所以自寻死路，可能还有一个目的：至少在坠地前的短短一瞬，他能够逃离可怕的声浪，享受几秒钟体面的宁静。她用文化冲击杀了他。

低科技族欢呼起来。有人关掉了扩音器，莫莉双脚踏着杀人层，控制着它，让它渐渐稳定。她面无表情，脸色惨白。楼面的尖啸渐渐低下去，只有剧震后的金属发出的微弱嗡鸣和铁锈摩擦的吱吱声。

我们在这层楼面四处搜寻那只断手，可始终没找到。只在一块锈蚀的钢板上发现了一弯优美的曲线。这是单分子细丝掠过的地方。切口亮晶晶的，像刚镀上一层铬。

我们始终不知道日本黑帮是不是接受了我们开出的条件，连他们收到那条信息没有都不清楚。我只知道，他们那个程序仍在悉尼中央区五号三楼一家礼品店后面房间的一个架子上，等着收件人埃迪·巴克斯。说不定他们手里还有一份拷贝，而且早就以高价卖回给原主了。不过，他们或许的确收到了那条黑客广播出去的信息，因为时间已经过去了一年，一直没人来追杀我。就算真有人打算来干掉我，他们必须在黑暗中向上爬好长一截才行，还得通过小狗设下的哨卡。另外，这些天里，我的模样已经不再像埃迪·巴克斯了。整容的事儿是莫莉替我安排的，用的是本地的麻醉剂。我的新牙已经快长成了。

我决定待在这上头不走了。我有时望着杀人层，心想：他来之前，我的生活是多么空虚。做别人的容器，这种事我受够了。现在，我几乎每晚都会爬下去，去拜访琼斯。

我们成了搭档，我和琼斯，还有莫莉·米利安，抛头露面的事交给莫莉，她负责在航空港酒吧代表我们跟别人谈买卖。琼斯仍旧待在游乐场，但它现在有了个更大的水箱，每周换上新鲜海水。还有，毒瘾发作的时候，它总有最好的货色。跟孩子们对话时，它还是用那套彩灯，但跟我对话时，它用上了一套新的声画系统。设备安装在我租的一间小屋里，比它干海军时用过的装备还好。

我们挣了大钱，比我过去挣的多得多。琼斯的乌贼能读出我以前的所有客户在我大脑里储存过的资料，它通过那套声画系统把内容告诉我，用的是我能看懂的语言。所以，我们知道了我原来那些客户的许多秘密。以后，我会找个外科医生，让他把我脑子里那些芯片全抠出来。到那时，我脑子里保存的只是我自己的记忆，不是别人的。我会过上和普通人一样的日子。但那是以后的事儿，现在还不行。

在上头过日子真的不错。高居黑暗之中，抽着中国过滤嘴香烟，听着穹顶天棚的积水向下滴落。这上头真静啊——除非有哪个低科技族决定在杀人层蹦跶一番。

而且能学到许多知识。有琼斯帮我分析我脑子里储存的技术资料，我准会成为这座城市里最在行的技术型。

（李克勤 译）

根斯巴克连续体

幸好，一切都开始逐渐恢复正常，那毕竟只是一场插曲。虽然我无意间还是会瞥见怪异的幻象，但只是虚幻的暗影，就像疯博士的铬碎片一样，仅仅局限在我眼角的外围一闪而过。上周，我在旧金山上空看到了一艘飞翼航班，不过它几乎是半透明的。如今，鲨鱼鳍敞篷跑车已经越来越稀少了，高速公路小心翼翼的，生怕将自己张开成拥有八十个车道的发光怪物，上个月,我开着租来的丰田车就遇到了这样一条失控的高速路。我知道，这些幻象不会一路跟着我到纽约；到了那里，我就不会再看到这些可能存在于另外一个世界的影像了。我努力想摆脱它们，电视帮了我大忙。

我猜一切是从伦敦开始的，从巴特西公园路的一家山寨希腊餐厅开始。当时，我在那家餐厅里吃午餐，花的钱都记在科恩的公司账上。蒸汽保温桌坏掉了，连找个装松香葡萄酒的冰桶都要花上半小时。科恩供职于巴里斯－沃特福特，这家公司出版时髦的大部头平装书，大多是讲述霓虹灯广告牌、弹球机、日本被占领时期的发条玩具之类的插图本历史书。我之所以去伦敦，是要拍一组鞋子的广告；加州姑娘们露出棕色长腿，穿上鲜艳的迪高荧光色慢跑鞋，站在圣约翰伍德的升降梯上，或是图厅贝克火车站的月台上，对着我的镜头做出各种欢呼雀跃的动作。广告的代理商是个骨瘦如柴的年轻人，他认定伦敦公交系统的题材会让他的网格底尼龙慢跑鞋大卖。他们做决定，我只负责拍摄。科恩是我在纽约的一个不是很熟的旧识。在我准备从希思罗机场飞离伦敦的前一天，他请我吃了一顿午餐。和他同行的还有一位穿着非常时髦的年轻女士，名叫黛尔塔·唐斯。这位几乎没有下巴的女士显然是位著名的流行美术史学家。记得当时我看到她并排走在科恩身边，他们上方是一个悬浮着的霓虹灯广告牌，上面用无衬线体大写字母写着一句话：这里孕育着疯狂。

科恩介绍我们彼此认识，然后向我解释说，黛尔塔是巴里斯－沃特福特最新出版项目的主要发起人，这个项目主要是用插图加文字，阐释她所谓的“美国流线型现代艺术”的历史。科恩称之为“射线枪哥特风”。他们采用的标题叫《气流未来城：从未实现过的明天》。

英国人总是痴迷于美国流行文化中的巴洛克元素，就像西德人痴迷于牛仔和印第安人之类的怪癖，而法国人总是对杰瑞·刘易斯[1]的老电影异常情有独钟一样。这一点在黛尔塔·唐斯的身上表现得极为明显，她对连大多数美国人都不熟知的美国独有的建筑风格痴迷到狂热的地步。起初，我不太明白她在说什么，可渐渐地我

1 杰瑞·刘易斯（Jerry Lewis，1926—2017），美国喜剧演员、编剧、导演。

有些懂了。她的话让我想起了五十年代周日上午的电视节目。

有时，他们会用老掉牙的新闻剪辑作为当地电台的补白节目。你拿着一个花生酱三明治和一杯牛奶坐下，听着充斥着静电噪音的好莱坞男中音用歌声为你讲述“你未来会有一辆飞车”的故事。故事里会有三个底特律工程师围着你这辆笨重破旧还带着翅膀的纳什汽车瞎打转儿，它会沿着密歇根州某条废弃的公路，一路制造出可怕的噪音。你从来没真正见它飞起来过，可它却飞进了黛尔塔·唐斯脑海中的永无之境，那里简直是放纵不羁的技术狂热爱好者的家园。她喋喋不休地描述着那些三四十年代的“未来主义”建筑物，身处美国的城市中，你每天都会与它们擦肩而过，却从来没注意到它们的存在；电影院门口支起的散发神秘气息的大遮檐，皱巴巴的铝片装饰的便利商店，过夜旅馆的大厅里摆放的落满灰尘的铬管椅子。她将它们视为组成她梦想世界的片段，而在冷漠的现实世界里，它们却无人问津。她想让我用镜头将它们捕捉下来。

三十年代，美国出现了第一代工业设计师。在那之前，就连所有卷笔刀，都与维多利亚时期的卷笔刀在工艺原理上几乎毫无二致，或许仅多了条装饰性的花纹而已。而设计师的出现，让卷笔刀看起来像是在风洞里造出来的。很大程度上，变化都是表面功夫而已，隐藏在流线型的铬外壳下的，仍旧是维多利亚时期的工艺原理。从某一方面来说，这也讲得通。毕竟，大多数成功的美国设计师都是从百老汇剧院设计师转行做工业设计的。他们最擅长的就是舞台布景，还有制作一系列精美的道具，而这些东西用于模拟未来世界的生活再合适不过了。

喝咖啡的时候，科恩掏出一个很厚的马尼拉纸信封，里面装满了照片。上面有守卫在胡佛水坝旁的长翅膀雕像，四十英尺高的混凝土引擎盖，它似乎被并不存在的龙卷风刮歪了，但还是坚挺地立在那里。我还看到了十几张弗兰克·劳埃德·赖特[1]设计的美国庄臣公司总部大楼的照片，赖特的设计借鉴了很早以前《惊奇故事》[2]杂志封面的风格，封面设计师是一位名叫弗兰克·R. 保罗的艺术家；庄臣公司的员工在走进公司大门时，肯定有一种像是走进了保罗的喷漆乌托邦的体验。赖特设计的建筑物总给人一种特别的感觉，好像是专门为那些穿着白色长袍和透明树脂凉鞋的家伙设计的。我的视线在一张极为壮观的螺旋桨客机素描图上停留了好一会儿，它整体是翼状造型，仿佛一个巨大的对称的飞去来器，机窗所在的地方有些不可思议。带标注的箭头指明了大型宴会厅和两个壁球室的位置。机身上的日期是 1936 年。

“这东西不会真的能飞吧？”我望着黛尔塔·唐斯。

“噢，当然不会，怎么可能，就算有十二个这样的巨型螺旋桨也飞不起来，不过人们喜欢它的造型，你不觉得吗？纽约飞伦敦不超过两天，一流的餐厅，私人客舱，日光浴甲板，晚间的爵士乐舞

---

1 弗兰克·劳埃德·赖特（Frank Lloyd Wright，1867—1959），美国著名建筑师，他设计的八座建筑被选为世界遗产。

2 《惊奇故事》（*Amazing Stories*），美国科幻杂志，1926 年由雨果·根斯巴克创办。

会……你知道的，这些设计师都是平民主义者，他们试图给公众带来他们想要的，而公众想要的当然就是未来。”

收到科恩寄来的包裹时，我已经在加州的伯班克待了三天，那三天里，我努力想让一个看起来呆头呆脑的摇滚乐手变得魅力超凡。想拍出本来不存在的东西，并不是不可能，但也相当困难，需要有非常抢手的才华才能做到。虽然我还算不赖，但也不是最有才华的，这个可怜的家伙简直是在试探我摄影技术的靠谱程度。我想退出，这太令人沮丧了，因为我的确想出色地完成工作。但我并没有完全沮丧，因为我已经确保自己拿到了这单活儿的支票。于是，我决定休整一下，准备全力以赴接手巴里斯－沃特福特分配的新活儿，希望那极端的艺术气息能令自己振作起来。科恩给我寄来了一些三十年代设计方面的书，一些流线型建筑的照片，还列出了黛尔塔・唐斯最中意的五十个加州设计风格的范例。

建筑摄影可能需要长时间的等待。当你在等待阴影慢慢离开你想要捕捉的细节，或者是想表现出建筑结构上一定的明暗与平衡关系时，可以把建筑物本身当作日晷。我边等待着合适的拍摄时机，边想象着我身处黛尔塔・唐斯所描述的那个美国。我用哈苏相机的磨砂镜头把几座厂房也框了进来，它们竟然表现出一种阴险的极权主义者般的高贵，像极了阿尔伯特・斯佩尔[1]为希特勒建造的体育馆。

1 阿尔伯特·斯佩尔(Albert Speer,1905—1981),德国建筑师，纳粹德国时期的装备部长。

可除此之外，画面显得俗不可耐：只不过是三十年代美国集体潜意识催生的短暂产物而已，它们多半只能存在于那些令人压抑的破败街道，道路的两旁分布着落满灰尘的汽车旅馆、床垫批发商店和小型二手车停车场。我兴致勃勃地赶往加油站。

在唐斯憧憬的那个时代的鼎盛时期，人们让明无情[1]负责设计加利福尼亚州的加油站。由于偏爱故乡蒙戈星球的建筑风格，他沿着海岸线来回巡游，建造起一座座表面粉刷着白色灰泥的射线枪炮台。大多数加油站里还修建了一座中心塔楼，周围是一圈奇怪的辐射凸缘，构成了加油站建筑风格的标志性主题。这一设计展现出一种极为强烈的原生态技术狂热，仿佛你只要能找到开关，这种对技术的极端崇拜就会喷涌而出。我还在圣何塞市拍了一张，一小时后，开来了一辆推土机，将石膏、板条和廉价的混凝土构成的建筑物夷为平地。

"把它当作，"黛尔塔·唐斯这样说过，"另外一个美国：一个1980年从未到来，现实中已经破碎的梦想构筑而成的美国。"

这正是我那时的构图思路：我坐在我的红色丰田里，决定在加油站取景，以表现她令人费解的社会性建筑审美观；渐渐地，我似乎看到了她眼中那个子虚乌有、未曾出现过的美国。在那里，可口可乐工厂像是搁浅的潜水艇，五场连播的电影院则像是某种崇拜蓝

1 明无情（Ming the Merciless），科幻漫画《飞侠哥顿》中的反派人物，蒙戈星球的冷酷暴君。

镜子和几何图形的失传教派所建造的庙宇。穿行于这些神秘的废墟间，我发现自己竟然对这里的居民产生了好奇，生活在这个失落未来中的人们会怎么看待我们生活的世界呢？三十年代的人们憧憬着白色大理石、滑流铬合金、不朽的水晶、锃亮的青铜，然而，根斯巴克杂志封面上的火箭却在夜深人静之时呼啸着降临伦敦城。战争过后，人人都拥有了自己的车——虽然不是带翼的飞车——之前许诺的超级高速公路也修建了起来，然而，天空却因此变得灰暗，废气烟尘吞噬了白色大理石，神奇水晶的表面也被腐蚀得凹凸不平……

有一天，我在博利纳斯市郊，准备拍摄明无情设计的一座极为奢华的军事建筑，我往相机里插入一卷上好的胶片，好的胶片能赋予照片无限的可能性……

我轻轻地装好胶片，检查它的边缘——

然后抬头望去。这时，我看到了一架十二个引擎带动的飞行器，仿佛一个巨大的飞去来器，整体为翼状造型，如一头优雅的大象，朝东边缓缓飞去，它飞行的高度很低，我甚至能数清它暗银色机身上的铆钉，听到里面似乎传来爵士乐的回响。

我将这件事告诉了基恩。

默文·基恩是名自由记者，他涉猎的话题极为广泛，例如，得克萨斯州的翼手龙，自称被外星人劫持过的乡巴佬，坊间传言里的尼斯湖水怪，还有更为离经叛道的美国公众心目中的十大阴谋论。

“很好，”基恩边用身上的夏威夷衬衫边缘擦着他的黄色宝丽来护目镜，边说道，“不过还不完美，可信度差了点儿。”

“可我亲眼看到了，默文。”我们坐在水池边，沐浴在亚利桑那州灿烂的阳光下。他来到图森市是为了等一帮退休的拉斯维加斯公务员，他们的头儿声称从微波炉里收到了来自“他们”的消息。我开了一晚上的车才赶到图森市，开夜车的感觉简直糟透了。

“你当然看到了，没错。你应该读过我的作品吧，应该了解我在面对不明飞行物问题时常用的万能解决方案吧？很简单，简单极了：人们……”他小心翼翼地将眼镜戴在他长长的鹰钩鼻上，用恶狠狠的眼神盯着我——“看见了……某些东西。人们总是会看到这类东西，但实际上什么也没有，可人们还是会看见。可能是因为他们想看见而已。你读过荣格的作品吧，应该心里有数……就你的情况而言，其实非常明显：你也承认你一直在想那些不切实际的建筑，经常爱幻想……你看，我敢说你肯定嗑药了，对吧？六十年代生活在加州的人有多少没产生过这种奇怪的幻觉呢？那些夜里，你突然发现迪士尼的技术大军都被服装厂征用了，他们将埃及象形文字的动态全息图绣在你穿的牛仔裤上，你还发现——”

“这跟那不一样。”

“当然不一样，完全不同，这简直是‘明摆着的事实’，对吧？本来一切都很正常，可接着出现了尼斯湖水怪、曼荼罗、霓虹灯雪茄。而你看见的是一架巨大的汤姆·斯威夫特[1]式飞机。这种事情

---

1 汤姆·斯威夫特（Tom Swift），美国青少年科幻冒险小说系列《汤姆·斯威夫特》中的主人公，在小说中，他发明了飞行潜艇。

每时每刻都在发生。你并没有疯。你知道的，不是吗？”他从折叠躺椅旁破旧的泡沫冷藏箱里找出一听啤酒。

“上周我在弗吉尼亚的格雷森郡，采访了一位十六岁的女孩儿，她声称自己被一个熊头侵犯了。”

“一个什么？”

“一个熊头。被切下来的熊头。你知道吗，这个熊头还在它自己的小飞碟里四处游荡，看起来就像是韦恩表兄家过时的茶叶罐头上顶了个车轮盖。还有两个雪茄头似的发光的红眼睛，耳朵后面还竖着两根可伸缩的铬合金天线。”他打了个嗝。

“这玩意儿侵犯了她？怎么可能？”

“你不会想知道的，你太敏感了。女孩儿说‘它很冷’，”他又操起了浓重的南方口音，“‘像是金属’。还会发出电子噪音。如今，这竟成真的了。老兄，这就是大众潜意识心理的直接产物，那个小姑娘就是个女巫，这社会里简直没有她的容身之处。如果她的童年里不是充斥着《仿生人》《星际迷航》之类的电视节目，她就不会看见不该看的东西。这些东西已经深入她的血管了。她知道一切会发生在她身上。我趁着那些不明飞行物狂热分子还没带着测谎仪赶来，就提前十分钟离开了。”

我当时看起来一定很痛苦，因为他小心翼翼地将啤酒放在冷藏箱旁边，然后坐起身来。

“如果你想听更高级的解释，我会告诉你，你遇见了一个符号幽灵。举个例子吧，所有这些接触者的故事都是基于某种渗透于我们文化中的科幻意象。我可以承认外星人的存在，但他们绝不像五十年代的连环画里画的那样。他们是符号幽灵，是从深层次的文化意象中剥离出的二进制数字，进而拥有了自己的生命，这就跟过去堪萨斯州的农夫总说自己看到了儒勒·凡尔纳笔下的飞船一样。只不过你看到的是另外一种幽灵，仅此而已。你看到的飞机不过是大众潜意识的一次体现而已。不管怎样，你注意到了他们的存在。重要的是，不要过于担心。”

可我真的很担心。

基恩梳着他稀疏的金发，起身去听雷达最近有没有捕捉到过“他们”的声音。我拉上房间的窗帘，躺在昏暗的空调房里，一直忧心忡忡。一觉醒来，心里仍旧很担心。基恩在我的门上留了张纸条：他要乘专机北上，去验证一个有关残害牛群的传闻（他管它们叫“残牛”，造新词是他作为新闻工作者的另一项专长）。

我吃了顿饭，洗了个澡，吞了一粒碎了的减肥药丸，它在我的剃须套装盒里跌跌撞撞待了三年。然后我启程回拉斯维加斯。

车开得太快，我只能看到丰田头灯射出的光线范围内的事物。我告诉自己，大脑休息时，躯壳还是可以继续开车的。我躲避着视线外围出现在车窗上的古怪玩意儿，它们肯定只是安非他命和过度疲劳引起的幻觉；沿着高速公路开夜车时，我似乎感到眼角还隐约瞥见了幽灵般的发光植物。但我的理智否定了这一切，基恩对我“所见”的看法一直在我脑海里打转，挥之不去。符号幽灵、群体梦境的碎片在我脑海中随风旋转而过。不知怎的，这种反馈循环竟然加重了减肥药丸的药效，路边迅速生长起来的植物开始换上了红外卫星图像般的色彩，丰田车开过产生的气流使一缕缕发光的碎片四散开来。

我将车停下，关上了头灯，黑暗中好几个铝制啤酒罐反射出点点光亮，仿佛在与我道晚安。我想知道伦敦现在是几点了。我能想象到黛尔塔·唐斯此时正坐在位于汉普斯特德的公寓里吃早餐，她的房间里摆满了流线型的铬合金雕像，还有关于美国文化的书籍。

那个国家沙漠里的夜晚给人以广袤之感，月亮似乎也离地面更近些。我久久凝视着夜空中的明月，终于决定承认基恩说的没错。重要的是不要担心。在这片大陆上，很多正常人每天都会亲眼看见巨鸟、大脚怪、空中飞行的炼油厂，而他们过的是我一直以来不敢奢望的平凡生活；他们让基恩忙个不停，一直有钱赚。而我，只不过是在博利纳斯瞥见了三十年代流行文化中的幻想物，犯不着这么心烦啊！我决定好好睡一觉，这个时候，除了响尾蛇和食人嬉皮士，没什么其他好担心的了。我待在我熟悉的连续体里，待在亲切的路边垃圾箱里，感到很安全。明天一大早，我要开车去诺加莱斯，拍摄那边的老妓院，这是我多年来的夙愿。减肥药丸的药效已经过了。

我被光线照醒了，接着我听到了说话声。

光线从我身后某个地方传来，在车里投射出移动的暗影。还隐隐约约能听到男女平静交谈的声音。

我感到脖子僵硬，眼睛有些干涩，像进了沙粒。腿压在方向盘下面，已经失去了知觉。我摸索着在工作服的口袋里找出眼镜，好不容易才戴上。

我扭头往后看，城市就在我眼前。

车尾的后备箱里有些关于三十年代设计风格的书，其中一本里有几幅借鉴了《大都会》[1]和《笃定发生》[2]的理想化城市草图，不过所有的东西都打上了方格线。图中的建筑直上云霄，仿佛齐柏林飞船的船坞，还有令人眩晕的霓虹灯塔尖。而我身后的这座城市简直是这些草图放大后的翻版。闪耀的金字形神塔[3]台阶上，螺旋形塔尖一个接一个盘旋上升，中央最顶端是一座金色庙塔，塔的周围是一圈辐射状凸缘，就像蒙戈加油站里的那种。那些塔形建筑中最小的也能装进整座帝国大厦。连接塔尖的是高耸入云的水晶路，它们交叉相连，四通八达，银色的流线型造型仿佛流动的水银一泻千里。空中布满了飞船：巨大的飞翼班机，飞镖状的银色小型飞行器（有时，水银状的天桥也会优雅地升入空中，加入飞船的舞会），一英里长的软式小飞艇，以及像蜻蜓一样在空中盘旋的旋翼飞机……

我紧紧闭上双眼，在座位上转了个身。当再次睁开眼睛时，我强迫自己盯着车上的计程表、黑色塑料仪表盘上的浅色灰尘，还有

---

1 《大都会》（*Metropolis*），1927年由德国导演弗里茨·朗执导的表现主义科幻电影，故事时间设定在2026年。

2 《笃定发生》（*Things to Come*），于1936年上映的英国科幻电影，改编自赫伯特·乔治·威尔斯的小说《未来事物的形状》（*The Shape of Things to Come*）。

3 金字形神塔（Ziggurat），古代苏美尔人建造的祭祀神祇的神庙。

已经装满烟头且快要溢出的烟灰缸。

“这不过是安非他命引起的精神性副作用而已。”我睁开眼睛对自己说道。仪表盘，灰尘，捻灭了的过滤嘴香烟头，一切都没变。我格外小心地打开了头灯，连头都没有低一下。

接着便看到了他们。

他们都长着一头金发，旁边是他们的车——一辆铝外壳的鳄梨形轿车，车顶中央竖着一个鲨鱼鳍形状的方向盘，光滑的黑色轮胎看起来就像小孩的玩具。男人一只手搂着女人的腰，另一只手指向城市的方向。他们都穿着一身宽松的白衣，光着腿，脚上是一尘不染的白色凉鞋。两人似乎都没注意到我车头发出的灯光。男人说话的语气有些强硬，似乎说的话很在理，女人一直在点头表示赞同。突然，我被吓了一跳，被完全出乎意料的东西吓到了。我已经有些神志恍惚；不知怎的，我突然意识到，我身后的城市就是图森，从人们对那个年代的怀旧情结中蹦出来的梦幻般的图森。这是真的，这完全是真的。而我眼前的这对男女就是生活在那里的人，他们让我感到恐惧。

他们属于黛尔塔·唐斯幻想中子虚乌有的八十年代，他们是梦幻的产物，白肤金发，还很有可能是蓝眼睛。他们无疑就是美国人。黛尔塔曾说过，未来世界会最先降临美国，但最终还是会消失。然而在梦幻的心脏之地，未来不会消失。在这里，我们会生生不息，以梦幻的逻辑继续生活。我们对污染，对化石燃料是有限的以及对外战争可能会惨败一无所知。人们过着洁净、幸福的生活，对自己和他们所生活的世界都感到无比满意。但这不过是梦幻中的世界，是他们的世界。

在我身后的那座不夜城里，扫射天空的探照灯只是为了取乐。我想象着他们聚集在铺满白色大理石的广场上，一切井然有序，人人机智敏捷，我看到他们明亮的双眼中闪烁着热爱的光芒，那是他们对灯火通明的街道，对银光闪闪的车辆的热爱。

在那里，希特勒青年团[1]鼓吹的花言巧语竟然都成了现实。

我发动引擎，将车缓缓向前开去，直到车前的保险杠离他们只有三英尺的距离。他们仍旧对我视而不见。我摇开车窗，想听清男人讲了些什么。他的谈吐光鲜而空洞，就像商会的宣传手册上印的漂亮话，可我知道，他对自己说的话深信不疑。

“约翰，”我听见女人说，“我们忘了吃营养片。”她按了下腰带上的某个部位，里面弹出两片颜色鲜艳的小圆片，她将其中一片递给男人。我难以置信地摇着头，将车开回高速路上，朝洛杉矶开去。

到加油站后，我给基恩打了个电话。这是一座新建的加油站，建筑风格是糟糕的西班牙现代主义。他刚刚探险回来，似乎不怎么在意这个电话。

“对，这的确有点古怪。你有没有留下些照片？倒不是要你公开照片，不把照片洗出来更能给你的故事增添一点惊悚的色彩。”

---

1 希特勒青年团（Hitler Youth），1922 年至 1945 年间由德国纳粹党设立的青年组织。

可我该怎么办呢?

“多看电视，特别是游戏节目和肥皂剧。去看色情电影，看过《纳粹性爱汽车旅馆》吗？这边的有线电视在播，简直糟糕透顶，不过正是你需要的。”

他在胡说些什么?

“不要再大叫了，听我讲。我告诉你一个行家才知道的秘密：真正糟糕的媒体节目能帮你驱走那些符号幽灵。如果这方法能搞定那些整天喊着飞碟的家伙，肯定也能解决你的未来装饰艺术幻觉。试试吧，试试又不会有什么损失。”

接着，他就恳求我挂电话了，理由是他早上还和选举团有约。

“和谁?”

“拉斯维加斯来的那些老家伙，跟微波炉过不去的老头老太。”

我打算往伦敦打一个对方付费的电话，找到巴里斯－沃特福特的科恩，然后告诉他，他的摄影师已经在这片迷离时空中待得太久，必须要离开了。最后，我用咖啡机泡了一杯难喝到令人难以置信的咖啡，接着钻回我的丰田里，开往洛杉矶。

洛杉矶不是个明智的选择，我在那儿待了两周。那里完全是唐斯钟爱的地方：太多不切实际的东西，到处潜伏着梦幻的碎片，等着我上钩。有一次，在迪士尼乐园的天桥上，车道突然像折纸戏法一样分散开来，措手不及的我在十几条车道间迂回前行，水滴状的鲨鱼鳍铬合金跑车从旁边“嗖”地飞驰而过。更糟糕的是，我之前在亚利桑那州看见了那对幻象中的男女，而在好莱坞，类似他们的男男女女到处都是。我雇了一位意大利导演，为了生计，他接一些在暗室里洗照片，在泳池旁安装露台的活儿。他把我为唐斯拍的所有照片都洗了出来。我压根儿不想看那些东西，不过，它们似乎对这位莱奥纳多老兄没有什么影响。他洗好照片后，我像洗牌似的快速浏览了一遍，检查无误后就将它们封好，走航空邮件寄往伦敦。接着，我打了一辆出租车，来到一家正在放映《纳粹性爱汽车旅馆》的电影院，可电影放映过程中我都闭着眼。

一周后，我在旧金山收到了科恩的祝贺电报。黛尔塔爱极了那些照片。他非常欣赏我投入的工作态度，还在电报中说非常期待再次与我合作。那天下午，我又在卡斯特罗街上看到了一架飞翼，只是有些模糊，好像只出现了一半。我连忙冲进了最近的报刊亭，抓起一堆我能看到的有关石油危机和核能风险的报刊。就在刚才，我决定买张机票去纽约。

“我们生活的世界糟透了，对吧？”报刊亭老板是个黑瘦的男人，一口烂牙，头上明显戴的是假发。我点点头，从牛仔裤里掏出零钱。我急于想找到一张公园长椅，然后将自己淹没在这个糟糕透顶的真实世界中。“不过还不算最糟糕，是吧？”

“说得对，”我回应道，“其实，完美无缺的世界或许更可怕。”

他目送我沿着街道离开，我的手里还握着一把报道人类灾难的报刊。

（梁涵 译）

全息玫瑰碎片

那年夏天，帕克的睡眠出了问题。

由于供电系统经常宕机，突如其来的德尔塔脑波诱发仪断电，会让他从睡梦中猛然惊醒，痛苦不堪。

为了避免这种情况发生，他用转接线、微型鳄鱼夹和黑色胶带将脑波诱发仪固定在电池供电的感官体验[1]装置上。脑波诱发仪一旦断电，就会激活感官体验装置的回放电路。

他买了一盘感官体验磁带，主题是在宁静的海滩上入睡。录制的人是名年轻、金发的瑜伽修行者，视力 5.0，色觉异常敏锐。这个男孩搭乘飞机远赴巴巴多斯，只是为了在一片美不胜收的私人海滩上小憩一下，再完成一次晨间练习。透过磁带的透明外壳，可以看到内置的微缩胶片，显示出这名瑜伽修行者能在不用脑波诱发仪的情况下，自主完成从生成阿尔法波到

1 感官体验（ASP，Apparent Sensory Perception），一种记录、回放经验和感觉的技术。

生成德尔塔波[1]的过程。而帕克已经有两年的时间不用诱发仪根本睡不着觉了，他对瑜伽修行者的能力深表怀疑。

时至今日，他已经对这盘磁带前五分钟的感官体验了如指掌，却只有一次完整地体验了全程。他觉得，这一系列场景里最有趣的部分，是开头精心设计的呼吸练习里漏剪掉的一处细节：瑜伽修行者迅速扫了一眼白沙滩，瞥见一名警卫在金属防护网周围巡逻，胳膊上挎着一把黑色自动冲锋枪。

帕克入睡后，城市电网又一次宕机了。

从德尔塔脑波诱发仪跳转到德尔塔－感官体验装置的过程，就像是在黑暗中直接侵入了另一具肉体。熟悉的感觉缓解了瞬间的不适。他感受到双肩下凉爽的沙滩。晨风中，破烂的牛仔裤裤脚拍打着他的脚踝。很快，男孩就会完全清醒过来，开始他的半鱼王式瑜伽训练。黑暗中，帕克的手摸索着感官体验装置的开关。

凌晨三点。

摸黑冲一杯咖啡，借着手电筒的光亮倒开水。

晨间的模拟梦境逐渐褪色：透过男孩的双眼，他看到古巴货船上升起的黑烟——随着它在意识的灰幕上画出的地平线，一起

1 人的大脑在清醒与睡觉时都会产生像“电流脉冲”一样的“脑波”。德尔塔波是深度睡眠时的脑波。阿尔法波根据频率被分为三类，此处应指在临睡前或半梦半醒状态下的脑波。

消逝。

凌晨三点。

让昨日种种在你的身旁降维成平面的缩略图像。你说了什么——她说了什么——看着她收拾行李——拨通电话叫了出租车。不论你如何努力梳理记忆，改变图像出现的顺序，它们依旧会形成同样的印制电路板，仿佛不同的象形文字反复表达出的是同样的语义——你，站在雨中，朝着出租车司机尖叫。

雨水带着一股酸臭，是近似尿液的颜色。出租车司机骂你是蠢货，你还是得支付双倍价格，毕竟她带了三件行李。佩戴呼吸面具和护目镜的司机活像一只蚂蚁。他踩一脚油门，消失在雨中。车上的她，连头也没有回。

她留给你最后的记忆画面，是一只朝你竖中指的巨型蚂蚁。

帕克在得克萨斯州一处名叫“朱迪的丛林”的贫民区第一次见到感官体验装置。那家伙装在廉价的镀铬塑料盒里，个头很大。往投币口里塞十美元钞票，就能换来五分钟的时间，让你在瑞士的轨道温泉中心，和十六岁的《时尚》杂志女模特一同体验最高二十米的自由落体运动——在“丛林”里，这算是上等享受了。毕竟在那儿洗个热水澡比买把枪都难。

一年后，他揣着伪造的证件到了纽约。当时正值圣诞佳节，两家行业里数一数二的大公司在各大百货商店里推出了第一代便携式感官体验装置。曾经在加州昙花一现的感官体验色情剧院从此一蹶不振。

全息摄影术同样大势已去。那些在帕克童年时被奉为
术圣殿的富勒穹顶建筑，如今要么变成了多层大型超市，要
落满灰尘的电子游戏厅，你在那里也许还能找到老式的大个
体验装置。弥漫着蓝色烟雾的游戏厅里，昏暗的霓虹灯牌上也
闪烁着“感官体验装置”几个大字。

此刻，帕克已年届三十，专职在感官体验广播公司写剧本，
这个行业里的人体摄像机设计视线移动的程序。

城市里的电压仍旧太低。

帕克戳了戳卧室里“仙台睡眠大师”的拉丝铝制面板，上面的信号指示灯闪了几下后慢慢熄灭。他端着咖啡，踩着地毯走到前一天被她搬空的衣柜旁。手电筒的光亮在空空如也的衣柜里找了个遍，试图寻找爱情残留下的痕迹，却只找到了一根断掉的皮凉鞋鞋带、一盒感官体验磁带和一张明信片。明信片上反射出白光，是一朵玫瑰的全息影像。

他来到厨房的水槽旁，把凉鞋鞋带丢进了垃圾处理机。由于电压过低，垃圾处理机的反应有些迟钝，运行得磕磕绊绊，但还是吞下并碾碎了鞋带。他用拇指和食指小心翼翼地拿起那张全息玫瑰明信片，朝垃圾处理机的粉碎口伸了过去。钢齿切开层压塑料制成的明信片，发出细声细气的尖叫，那朵玫瑰瞬间碎成千片。

随后，他坐在凌乱的床上，抽起烟。她留下的磁带已经放进了感官体验装置里，随时可以开始回放。有些女性使用的磁带让他感到疑惑，可他不觉得这是他此刻犹豫不决的原因。

大概有四分之一的感官体验用户无法正常使用以异性视角录制的磁带。多年来，某些感官体验录制明星已经变得越发兼具两种性别的特征，以此试图赢得这部分用户的青睐。

但他对安吉拉亲自录制的磁带倒从来没惧怕过。（可如果她在里面录下了她的另一个情人呢？）不，那不可能——他只是完全不知道里面的内容而已。

在帕克十五岁时，他的父母替他签订了一份实习协议，把他交给一家日本塑料集团的美国子公司。当时，他觉得自己很幸运，因为申请成为那家公司实习生的人很多。他和其他实习生一起在宿舍里住了三年，每天早晨都要列队高唱公司颂歌，通常每个月至少会翻墙出去一次，要么去找个心仪的姑娘，要么去看场全息赛马。

这份契约本应在他二十岁生日时终止，届时他本应获得转正资格，成为一名正式员工。可就在十九岁生日的前一周里，他带着两张偷来的信用卡和一些换洗的衣服，最后一次翻出了公司的墙。在他到达加州三天之后，混乱的新分离主义政权土崩瓦解。在旧金山，好战的分离主义组织成员在街上发生暴力冲突。四个不同的临时市政府效率极高地完成了囤积粮食的工作，街道上再也买不到任何食物。

帕克在一处被烧毁的图森市郊区度过了革命的最后一夜，他在那里跟一个来自新泽西的十几岁的瘦弱女孩做爱，不论他做什么或是说什么，她几乎都在无声地流泪，时不时还会向他讲述自己的星座有哪些优点。

若干年后，他才意识到，自己已经不记得当初逃离实习公司的动机是什么了。

录像带里前四分之三的内容都被洗掉了。你不断按下快进键，让你的意识在空白磁带里伴随着静电干扰的混沌中飞驰，味觉和嗅觉融合成单一的感官通道。你只能听到白噪音——仿佛置身创世之初的漆黑深海……（长时间接收空白磁带里的信息，可能会产生催眠效果。）

午夜，帕克蹲在新墨西哥州路边的灌木丛里，看着高速公路上的一辆坦克燃烧。火焰照亮了断断续续的白色路面，他正是沿着这条路从图森走到这里的。两英里外还能看到爆炸发出的火光，一道白色的热闪电将光秃秃的树枝映照得惨白，在黑夜的衬托下，好像用照相机拍下的树的底片：焦炭般的黑色树枝映衬在仿佛被镁光灯照亮的夜空中。

难民中很多人都带着武器。

得克萨斯州政府声称，贫民区居民饱受海湾地区湿热之苦，在面对海滨地区独立企图时还难能可贵地保持中立态度，是值得敬佩的。

贫民区由胶合板、硬纸板和塑料板搭成，房身则是用报废的车辆改造的，风一吹，就会开始摇晃起来，因此得名“跳跳城”或“摇摇城”。受到黑市经济风向的影响，这里的政府机构和行政区划也一直变化不定。

联邦和州政府时常派遣军队至此，试图清扫盘踞在这里的非法势力，却几乎一无所获。但在每次搜查过后，总会有些士兵没再归队。其中有些人卖掉了武器，烧掉了制服，还有些人加入了他们曾经被派来搜查的走私团伙。

三个月后，帕克想要离开，可只有买通军队才能穿过军队的封锁线。他意外地获得了脱身的机会：一天傍晚，他绕开充斥在“丛林”上空油腻的炊烟赶路时，在一处干涸的河床里，被一具女尸绊倒，差点扑到尸体上。这惊起一大群苍蝇，随后，它们又无视他的存在，重新降落在尸体上。女尸穿着一件皮夹克，帕克又经常在夜里感到寒冷。他开始在河床里寻找掉落的树枝。

那件夹克的背面，左肩的下方有一个圆形小洞，恰好能插进一根铅笔。夹克的内衬之前被鲜血浸透，现在血液已经凝结成黑色块状，闪闪发光。他用树枝把夹克挑了起来，然后去找水源。

后来他根本没有清洗那件夹克，他在左边的口袋里找到了将近有一盎司重的可卡因，用塑料袋和透明外科胶带缠得严严实实的。右边的口袋里还有十五安瓿的美格西－D 和一把十英寸长的牛角柄弹簧刀。那时，抗生素的价格是相同重量的可卡因的两倍。

他把弹簧刀深深插入一截被“丛林”里捡木柴的人挑剩下的朽木里，然后将夹克挂在上面，他一走开，苍蝇就围着夹克打转。

当天夜里，他来到一家旧铁皮屋顶的酒吧，等一位能帮他打通关系，穿过军队封锁线的“律师”。在那里，他第一次尝试了感官体验装置。那台机器硕大无比，表面镀满了铬金属，还装着各种霓虹灯，它的主人感到非常自豪，还亲自参与过劫持卡车。

如果九十年代的混乱反映出视觉识别能力范式的彻底转变，如果它是对从拉斯考克斯岩洞壁画到古登堡印刷术的传统信息传递方式的彻底背离，如果全息图像的时代即将来临，如果全息摄影术能进行离散编码，进而重建我们的整体感观认知，那么，我们能从这种新兴技术里得到什么呢？

——《美国近代史：一种关于系统的观点》

罗巴克和皮埃拉尔著

快进略过录影带里那段伴随着白噪音的空白片段——

突然进入了她的视角。欧洲的阳光。陌生城市的街道。

是雅典。希腊语的路牌，尘土的气味……

接着还是尘土的气味。

透过她的双眼（仔细想想，这个女人还不认识你，你还被困在得克萨斯），你看到了灰色纪念碑、战马石雕，鸽子在上空盘旋——

恋人看到的画面消失了，取而代之的是静电干扰，磁带的内容从这里开始又被洗掉了，眼前只剩下一片灰色。一浪接一浪的白噪音拍打在并不存在的海滩上。磁带放完了。

诱发仪的指示灯亮了起来。

帕克躺在黑暗中，回想起碎成千片的那朵全息玫瑰。全息成像技术有这样一种特点：如果你捡起任何一块碎片，将其照亮，每一块都会呈现出一朵完整的玫瑰图像。在德尔塔波的作用下，他渐渐入睡，他看到自己正是那朵玫瑰。他的每一块碎片都反映出一个他完全不了解的整体：偷来的信用卡，烧毁的郊区，在这颗行星上邂逅的陌生人，在高速公路上燃烧的坦克，一包裹得严严实实的毒品，一把用混凝土打磨过的弹簧刀——犹如痛苦般锋利。

仔细想想，我们都是彼此生活中的碎片，事实难道不是一直如此吗？被洗过的磁带里，残留在无尽灰色空白中的欧洲旅行瞬间——他终于去体验过了，她因此与他变得更亲近了吗？或者变得更真实了吗？

她曾帮他伪造过身份文件，也帮他找到了在感官体验公司的第一份工作。这算是他们一同走过的历史吗？不，历史是德尔塔脑波诱发仪黑色的面板，是空无一物的衣柜，是凌乱的床。历史是他对断电后进入的那具完美躯体的厌恶，是他对出租车司机的愤怒，是她在浑浊的雨中不曾回过的头。

然而，每一块碎片都是从不同的角度来呈现这朵玫瑰的，他刚想到这一点，德尔塔波就已经席卷他的意识，他还没来得及问自己这意味着什么，便已沉沉睡去。

（梁涵 译）

酒吧里的归栖者

约翰·雪利 威廉·吉布森

科雷蒂已经记不清第一次是在哪里见到她的，也许是在贾斯汀夜总会，也许是在“神保”、“伤心杰克”或者“橡木”。任何时候，她都有可能出现在这几家酒吧里的其中一个。她将自己浸泡在酒瓶、玻璃杯和旋转上升的烟圈里，它们构成了她生命的半衰期……而她穿梭于其间的一家家酒吧，则是她经历衰变后的自然元素。

此刻，科雷蒂想起了他们初次邂逅的场景。那感觉就像是在使用一架高倍望远镜时拿反了方向——回忆中的一切都很小，很远，却十分清晰。

他第一次注意到她，是在后门酒吧里。之所以叫这个名字，是因为你需要穿过一条狭窄的后巷才能进入这家酒吧。小巷两边的墙上画满了涂鸦，灯罩里爬满了飞蛾。墙砖上的白色涂料渣掉落在地上，踩上去吱嘎作响。你穿过小巷，进入一处昏暗之所，周遭的环境会让你有点怀疑，这里曾经似乎还开过另外几家酒吧，老板并非同一个人，但都因为经营不善而关门大吉。科雷蒂时不时就会光顾，他喜欢这里黑人酒保脸上疲惫的笑容，而且这里的客人很少主动找人攀谈。

他不擅长与陌生人交谈，无论在聚会上，还是在酒吧里。

他在一所社区大学讲授语言学导论，这份工作很适合他。他可以跟院系领导讨论与人交谈时的开场白可选话题及其排序。但他完全没办法在酒吧或聚会上与陌生人搭话。他不怎么参加聚会，但经常出没于酒吧。

科雷蒂在穿着打扮方面也很不在行。如果把穿衣比作一门语言，那么科雷蒂在讲这种语言时完全是个结巴，连最基本的与陌生人初次交谈时的寒暄话题都谈论不来。他的前妻曾说他穿得像个火星人，他似乎并不属于这座城市。他不喜欢她这么说，因为这是事实。

他从没见过像她这样的女孩，她微微弓着背，坐在“后门”的吧台旁，周身笼罩在海底世界般的幽蓝灯光下。同样的光芒也钻进酒保手中的玻璃杯，掠过吧台上成排的酒瓶颈，投射在镜面上若隐若现。灯光下，她的裙子是玉米笋般的绿色，犹如去掉一半皮叶的果实，露出些许脊背、乳沟和大腿。那晚的她有一头古铜色的秀发和一双迷人的绿眼睛。

他下定决心，穿过一张张空荡荡的塑料贴面铬合金桌，来到吧台旁，点了一杯纯波本威士忌，在与她隔着一个座位的地方坐下。他脱下粗呢大衣，搭在腿上。这下好了，他在心里暗骂自己，她会以为你这么做是在掩饰你双腿间勃起的欲望。这种想法让他自己也大吃一惊，他竟然会对陌生女孩产生生理反应。他打量起吧台后边镜子里的自己：三十多岁的年纪，长着一头日渐稀薄的黑发，过于细长的脖子上顶着一张苍白瘦削的脸，身穿一件开领尼龙衬衫，上面用三种鲜艳的颜色印着二十世纪一十年代的汽车图案。他还打了一条栗黑相间的宽斜纹领带，此刻，他觉得这条领带在他怪异的尖衣领的衬托下显得太窄了，要么就是颜色不搭，反正看起来不对劲。

昏暗的灯光下，镜子里清晰地映出了他身旁的女孩，那双绿眼睛像极了电影《爱玛姑娘》里的女主角。他凑近过去，端详着她的面容，不禁颤抖起来。那是一张小动物似的脸，美丽而单纯，迷人却缺乏真实感。科雷蒂心想，当她发现你在看她时，她会对你轻蔑一笑，或者做出其他意料之中的反应。

科雷蒂脱口而出："我可以，呃，请你喝杯酒吗？"

每逢这种时刻，科雷蒂就会感到一阵恼人的僵硬感袭遍全身，接着，语言学讲师的口头禅"呃"就难免蹦了出来。"呃"字一出口，就说明他退缩了。

"你想，呃，请我喝酒？哎呀，你人可真好，"她的回应让他大吃一惊，"那真是太好了。"虽然两人之间隔着一段距离，但他听出了女孩的回答和他的搭讪一样，有些僵硬和不自然。她又补充了一句："那就来杯汤姆·柯林斯吧，这种场合，喝它最好不过了。"

这种场合？最好不过？慌乱中，科雷蒂点了两杯酒，然后付了钱。

一个高个子女人径直朝他身边走来，想找酒保换点零钱。她穿着一件刺绣牛仔衬衫和一条牛仔裤。"嘿，你好呀。"她跟科雷蒂打了个招呼，然后大摇大摆地走到投币点唱机前，点了一首康韦和洛蕾塔的《我家孩子长得丑都是因为你》。科雷蒂转向绿裙子女孩，犹豫地小声问道：

“你喜欢西部乡村音乐吗？”你喜欢……？他暗自斟酌自己的措辞，努力挤出一个微笑。

“是的，没错。”她回答道，说话时略微带一点鼻音，“我当然喜欢啦。”

牛仔女郎在他身旁坐下，对绿裙子眨了眨眼，问道：“这可怕的家伙够你受的吧？”

绿裙子瞪着小动物般的双眸，回答道：“噢，才没有呢，亲爱的。我觉得他挺不错的。”然后她笑了起来，连这笑声都恰到好处。科雷蒂喜欢研究方言的职业病又犯了：她的措辞和语调简直无可挑剔。是演员，还是天生善于模仿？“装模作样”这个词突然跳进他的脑海，但他立刻否定了这个念头，继续盯着镜子中的绿裙子女孩：那排酒瓶正好挡在她胸前，宛如一件玻璃制成的礼服。

“我叫科雷蒂，”他说道，语气大变，从之前的小心翼翼变成了一种不太令人信服的硬汉语气，“迈克尔·科雷蒂。”

“很高兴认识你。”她的声音小得只有科雷蒂一人能听到。这回她似乎在模仿埃米莉·波斯特[1]，不过演技有些拙劣。

“这是康韦和洛蕾塔的歌。”牛仔女郎自言自语道。

“我叫安托瓦妮特。”绿裙子歪着头说道。她喝完杯中的酒，装作看了看表，说了些“谢谢你的酒”之类的客套话，就离开了。

1 埃米莉·波斯特（Emily Post，1872—1960），美国作家、社交名流，以写礼节书籍而闻名。

十分钟后，科雷蒂尾随她来到第三大道。他这辈子从没跟踪过别人，这让他感到既害怕又刺激。四十英尺似乎是比较安全的距离，可她要是扭头往后看，他该怎么办？

第三大道并不偏僻，这里街灯通明。这时，绿裙子似乎改变了主意，离开了第三大道。

她像是打算横穿街道。就在她走下路牙的那一刻，奇怪的事情发生了：她的头发居然变了颜色——起初，他以为那是灯光照射的效果，可这条路上并没有能发出彩色光斑的霓虹灯。她的发色不断变幻，像水面上漂浮的油膜般扭曲融合。接着，这些色彩晕开了，三秒钟后，她变成了金发白肤。一开始他坚信那只是灯光的作用，可随后她身上的衣裙也像压缩塑胶袋一样扭曲起来，一些卷曲的衣物碎片掉落下来，散布在人行道上，仿佛传说中神奇生物身上脱落的鳞片。科雷蒂走近时，地上的碎片已经化为绿色的泡沫，嘶嘶作响，逐渐溶解，最终消失不见了。他再次抬头看她，她已经换上了一身绿色的绸缎衣裙，缎面在路灯下光华流转。她脚上的鞋也变了。两条细细的吊带挂在她赤裸的肩上，交叉在她的后腰处。她的长发也变成了一头针芒似的短发。

科雷蒂回过神，发现自己正靠在珠宝店的玻璃橱窗上。潮湿的秋日夜晚，他的呼吸紊乱且急促。两个街区外传来舞厅里的鼓点声。绿裙子往那边走去，脚步的节奏也发生了微妙的变化——她扭动臀部，高跟鞋落地时的姿态变得妩媚起来。舞厅门口的保安微微点了点头，示意她可以进去，却拦下了科雷蒂，要求看他的驾驶证，并盯着他的粗呢大衣皱起眉头。科雷蒂焦急地向保安身后张望，那道倩影从乳白色塑胶楼梯的顶端一闪而过，她消失在自动霓虹灯的光影下，消失在聒噪的舞曲中。

最终，保安还是不情愿地让他进去了。他大步跑上楼梯，踩乱了透过半透明塑胶楼梯照射在地面上的光斑。

科雷蒂之前从没进过舞厅，他发现这是一种完全为了满足人类消遣欲望而创造的场所。晃动的肢体，各式的潮流服装，硕大的扬声器中发出震耳欲聋的都市电子乐,科雷蒂在这里紧张得寸步难行。屋顶的电子闪光灯照射着舞池里攒动的身影，而他却在盲目地寻找那个女孩。

最终，他在吧台旁找到了她。她正喝着一大杯色彩过于鲜艳的鸡尾酒冷饮，听一名年轻男子高谈阔论。那家伙穿着一件宽松的浅色绸子衬衫和一条黑色紧身裤。她边听边适时地点头，表示赞同。科雷蒂指了指一瓶波本威士忌，示意就点它了。五杯酒下肚后，她跟着年轻男人进了舞池。

她随着音乐舞动，节奏踩得精准，动作一气呵成。她完成了一整套固定舞步，舞姿优雅自然，恰到好处。她的一举一动总是那么得体。相比之下，她的舞伴动作却有些机械，只是努力跟上节奏，按部就班而已。

一曲终了，她突然转身，钻进了拥挤的人群中。扭动的身体迅速将她吞没，她仿佛蒸发了一般。

科雷蒂立马跟了上去，他的双眼始终没有从她身上离开过——只有他注意到了她的变化。当她走到楼梯旁时，她已变出一头金棕色秀发，换上了一袭蓝色长裙，右耳发际还别着一朵绽放的白花。

此刻，她披着一头笔直的长发，胸部似乎变得更加丰满，臀部也更圆润了些。只见她三步并作两步跑上楼梯。科雷蒂不禁替她感到担心，毕竟她喝了不少酒。

可酒精对她似乎并无任何影响。

科雷蒂紧随其后，视线一刻也不离开她，心脏跳得比身后的电子乐鼓点还要猛烈。他害怕女孩随时会回过头来怒视他，然后大声呼救。

沿着第三大道往前走了两个街区，女孩拐进了好色之徒酒吧。她的脚步又发生了一些变化。“好色之徒”内部结构极为复杂，由多个房间构成，每间屋子里都悬挂着蕨类植物和装饰艺术风格的镜子。天花板上，仿制的蒂芙尼灯饰和木质叶片的吊扇相间分布。扇叶缓缓转动，缕缕烟气在人们有意压低的交谈声中随气流飘散。一位钢琴师身穿细直条纹衬衫，打着松松的领带，演奏着柔和的爵士乐，乐声与几桌客人隐隐的谈笑声相映成趣。

她在吧台坐下，吧台边的座椅有一半是空的，但科雷蒂还是选了一张靠墙的桌子，把自己掩藏在一株小棕榈树的阴影里。这次他依然点了杯波本威士忌。

喝完之后他又点了一杯，今晚他的酒量似乎不错。

女孩在一个年轻男子身边坐下，又是一个年轻人，装扮平淡无奇：身穿一件黄色的高尔夫球衫和一条修身牛仔裤。她和年轻男子挨得很近，两人的臀部轻轻碰触。他们似乎没怎么说话，但科雷蒂能感觉到，他们在交流着什么。两人轻轻靠在一起，相对无言。科雷蒂觉得有些奇怪，他去了趟洗手间，用冷水拍了拍脸。回来时，他从距离两人三英尺的地方走过，听到他们在窃窃私语。

他们低声闲聊，一人一句：

“……看了他早期的电影作品，但是——”

“但是他可真够放纵的啊，你不觉得吗？”

“当然觉得，不过鉴于……”

科雷蒂这才明白他们到底是谁，肯定没错——他们就是那种你在酒吧里会遇见的人，他们似乎生于此，长于此，酒吧是他们真正的归宿。他们不是酒鬼，而是附属于这里，就像人形家具。有了他们，酒吧才能正常经营，他们是酒吧里的归栖者。

他内心一阵挣扎，来到靠墙的桌旁，却无法说服自己坐下，于是转身深吸一口气，木然地朝吧台走去。他想拍拍女孩光滑的肩膀，问问她的名字和真实身份，然后对她点明一个残酷又讽刺的事实：正是他，科雷蒂，这个穿得像火星人的家伙，一直在偷听他们对话；正是这个言谈穿着从不得体的局外人，最终猜出了他们的秘密。

可是，他始终无法鼓起勇气，只是在她身旁的位置坐下，又点了一杯波本威士忌。

“不过你不觉得吗，”她问身边的年轻人，“一切都是相对的？”

年轻人旁边的两个座位很快就被一对谈论政治的夫妇占据了。安托瓦妮特和高尔夫球衫男子也自然地谈论起政治。科雷蒂勉强能听清他们谈话的内容。说话时，她的面孔毫无表情，仿佛枝头鸣啭的鸟儿。

她连坐姿都那么轻巧自然，仿佛椅子是她的巢穴。高尔夫球衫男子付了酒钱——他随身带着足够的零钱，似乎不想给小费。科雷蒂观看他们各自不慌不忙地喝完了六杯鸡尾酒，如昆虫啜饮花蜜般从容。他们竟一点也没有因为酒精的作用而提高嗓门，面颊也没有变红，最后起身离开时，他们的动作甚至没有一丝醉态。他们伪装得如此完美，科雷蒂想，但自己正是他们行动中的一个小小漏洞。

两人丝毫没有注意到，科雷蒂已经跟着他们进了三家酒吧。

走进维伦酒吧时，两人迅速完成了变形和换装，科雷蒂几乎没看清整个过程。这家酒吧的洗手间分男女，门上有标识：男厕写着“指针”，女厕写着“底座”。存放牛肉干和腌香肠的罐子上挂着一块仿松木的小牌子，上面写着：我们和银行说好了，他们不卖啤酒，我们也不兑现支票。

进了维伦酒吧后，女孩的身材变得更加丰满，眼睛下方长出了黑眼圈，身上的尼龙长裤套装沾染了咖啡渍。身旁的年轻人穿着牛仔裤和短袖汗衫，头戴一顶红色棒球帽，上面有红白相间的彼得比尔特卡车公司的徽章。科雷蒂抽空快速去“指针”里方便了一下，差点跟丢了他们。洗手间里挂着一张硬纸板，他疑惑地眨了眨眼，看到上面手写着：我们尽力服务，您也尽力瞄准。

再往前走就是乱糟糟的滨海砖房区，这里也是第三大道的尽头。在这个街区里，人行道上隔几步就能看到呕吐物，破旧旅馆的玻璃窗永远雾气朦胧，隐约可见老人守在黑白电视机前打瞌睡。

他们走进了一间没名字的酒吧。窗户长时间没有擦洗，上面的菱形花纹也已经逐渐剥落了。酒保的脸皱得好像一只握紧的拳头。象牙色的塑料调频收音机里传出轻松的摇滚乐，乐声在摆放杂乱、无人光顾的餐桌周围飘荡。那两人似乎变老了，光秃秃的灯泡下，他们成了两个无所事事的废人，除了抽烟、喝酒，无事可做。她从脏兮兮的棕褐色雨衣兜里摸出一包皱巴巴的骆驼牌香烟，一边抽一边咳。

凌晨两点二十五分，他们去了一家新开的海滨酒店的屋顶酒吧。女孩穿了一袭晚礼服，年轻人则是一身黑色西装。他们品着酒，装作一副欣赏都市夜景的模样。两人各喝了三杯法国白兰地，而暗中观察他们的科雷蒂也用沃特福德水晶高杯喝下了两盎司的野火鸡牌波本威士忌。

两人待到酒吧打烊才离开。科雷蒂跟着他们进了电梯。他们只对他礼貌地笑了笑，没再理会。酒店门前停了两辆出租车：他们进了其中一辆，科雷蒂则进了另一辆。“跟着前面那辆出租车。”科雷蒂沙哑地说道，将身上最后的二十元钱扔给了那个老嬉皮模样的司机。

“好的，老兄。”司机跟着那辆车开了六个街区，停在一家更破旧的旅馆门前。那两人下车走了进去。科雷蒂缓缓地钻出出租车，感到呼吸有些困难。

他因妒忌而心痛：这个女人并非真正的女人，她能完美地融入任何环境，简直像是披着人皮的墙纸。科雷蒂盯着旅馆的大门，却失去了走进去的勇气。他转身离开。

他是走回家的，走了十六个街区。有那么一刻，他意识到自己并没有醉，自己其实很清醒。

第二天早上，他打电话请假取消了早课，但他并没有严重的宿醉感，也不觉得口干舌燥。在浴室里，他看向镜中的自己，发现眼中丝毫没有血丝。

下午他睡了一觉，梦到吧台上一排酒瓶后的镜子里映出了一个长着羊脸的人。

晚上，他独自一人出门吃晚餐，可什么也吃不下。他觉得碗里的食物仿佛在盯着他看，他将食物搅乱，这样看起来像是吃过一点儿。他结账走人，然后钻进一家酒吧。换了一家、一家又一家，只是为了寻找她。他一直用信用卡付钱，虽然他的卡早已严重透支。其实，即使见到她，他也认不出来了。

有时，他一直盯着她去过的那家旅馆，仔细观察进进出出的每一对情侣。他觉得，自己虽不能单从外貌辨认出她，但至少能感觉到，通过直觉将她认出来。他看着每一对情侣，却一直拿不定主意。

在随后几周里，他有计划地跑遍了城市的每一家酒吧。起初，他带着一份城市地图和从黄页电话簿上扯下来的五页纸，逐渐找到了一些更偏僻的酒吧——黄页中都没列出来的地方，有些酒吧连电话都没装。他甚至探寻了一些可疑的私人俱乐部，还发现了一些未注册的深夜黑酒馆，那里连酒水都要自带。他坐在黑暗的房间里，神经紧张，这里上演着一些他以前闻所未闻的古怪性行为。

可是，他仍未放弃，这已经成了他例行的夜间活动。他通常都从后门酒吧开始。他始终没在那里发现她的身影，换了一家又一家，仍旧毫无头绪。酒保都认识他了，他们喜欢招待他，因为他总是不停地灌酒，却似乎总也喝不醉。虽然他老喜欢盯着别的顾客看，可这又有何妨呢?

科雷蒂失业了。

他缺课的次数太多了。只要有空，哪怕是白天，他都要找机会去那家旅馆大门口盯着。他去过太多太多的酒吧，而且几乎从来不换衣服。晚上的课他当然更不会去上了。有时，在讲课的过程中，他会失神地盯着窗外，一脸茫然。

他甚至为被解雇而窃喜。之前的员工午餐时间，同事都用怪异的眼光看着他，因为他吃不进任何食物。现在好了，他可以省出更多的时间去寻找她了。

那是一个星期三，凌晨两点十五分，科雷蒂终于找到了她，在一间名叫“马厩”的同性恋酒吧里。那里装饰着带树皮的原木，悬挂着缰绳以及各式生锈的农场用具，酒吧里充斥着香水味、笑声和啤酒。她穿着蓝色的亮片连衣裙，精心打理过的棕发上插着一根绿羽毛，这里的任何一个人都能把她逗得咯咯直笑。一种彻底的宽慰感袭遍他周身的每一个细胞，科雷蒂对她和她的同类产生了一种强烈的钦慕之情与一丝诡异的自豪感。她出现在这里丝毫不违和。这类女孩的典型特征是，喜欢和同性恋者打成一片，不会对他们造成任何威胁。她的同伴变成了一个看不出年纪的男人，他鬓角有几缕白发，身穿一件安哥拉羊毛衫，外面套着一件军用雨衣。

他们喝了很多，最后笑着离开。走进酒吧外的雨中，他们连笑声都和这里的氛围很搭，恰到好处。一辆出租车等在门口，车窗上雨刷摆动的节奏和科雷蒂的心跳频率完全一致。

科雷蒂跌跌撞撞地穿过湿漉漉的人行道，钻进了那辆出租车，他心头一阵紧张，不知他俩会作何反应。

科雷蒂坐在后排，女孩就在他身旁。

鬓角泛白的男人在跟司机说话。司机对着手持话筒嘟囔了几句，就发动了引擎。出租车驶入雨夜的街道。城市夜景丝毫没有引起科雷蒂的注意，他陷入沉思中。他幻想着车停了下来，女孩笑吟吟的，和那个灰白头发的男人一起将自己推出车外，笑着指向精神病医院的大门，示意他进去。还有另一种可能：出租车停了下来，女孩和男人转过身来看着他，难过地摇了摇头。他还幻想了大概十几次，汽车会在一条无人小巷停下来，他们不慌不忙地将自己掐死，再把他的尸体丢弃在雨中，因为他是个局外人。

然而，出租车居然开到了科雷蒂入住的旅馆。

借着车顶灯发出的昏暗光线，他凑上前去，看到男人把手伸进外套里，掏钱准备付车费。科雷蒂甚至能看清他的外套内侧，外套和里面的安哥拉羊毛衫是连在一起的，衣服里并没有钱夹，也没有内袋，但有一道缝隙。男人的手指一伸过去，缝隙就裂开，往外吐钞票。三张对折的钞票滑了出来，还有点潮湿，可男人将它们展开时，钞票已经干了，仿佛刚破茧的飞蛾的薄翅。

“不用找零了。”男人说道，然后钻出了出租车。安托瓦妮特也下了车，科雷蒂跟在后面。他满脑子都是刚刚看到的那道裂缝，那道湿乎乎的、边缘发红的裂缝，活像鱼鳃。

旅馆大厅里空无一人，前台接待正低头玩填字游戏。那两人静静地穿过大厅，进了电梯，科雷蒂紧随其后。他试图引起女孩的注意，可她全然不理。电梯到了科雷蒂房间所在的楼层，又往上升了七层，她弯下腰，闻了闻电梯壁上的铬合金烟灰缸，就像狗在嗅地面上残留的气味。

深夜的旅馆从来不是寂静无声的。站在走廊里，你总能听到些声响：此起彼伏的轻声叹息，床单的窸窣声，含混不清的梦话。然而，身处第九层的走廊里，科雷蒂似乎进入了一个完全真空无声的空间。他的鞋踩在褪色的地毯上毫无声息，连他这个局外人的心跳声似乎也被墙纸上的模糊图案吸收了。

他数着房门上椭圆塑料小牌的号码，每个门牌上都有三位数字，可这条走廊仿佛没有尽头。最终，男人在一扇门前停了下来，这门和其他房门一样，是仿红木的。男人将手放在门锁处，掌心空无一物，直接对着锁口，接着传出了轻微的刮擦声，咔嗒一下，门开了。男人把手拿开时，科雷蒂看到一个灰粉色、湿漉漉的钥匙形骨片正慢慢收回他苍白的手掌中。

房间里没开灯，但城市昏暗的霓虹灯光从百叶窗的缝隙中透了进来。借着这点光线，科雷蒂看到屋里的床上、沙发上、扶手椅上，还有小厨房的凳子上，坐着十多个人。起初，他以为他们睁着眼睛，但后来才意识到，他们无神的瞳孔封闭在了瞬膜[1]后面。第三层眼

1 瞬膜（Nictitating Membrane），又称第三眼睑，是脊椎动物中的爬行类和鸟类用来遮住角膜，湿润眼球的半透明的眼睑。哺乳动物的瞬膜已经退化，或仅存痕迹。人类的眼睛没有瞬膜，只能依靠眨眼来湿润眼球。

脸上映出窗外霓虹灯昏暗的倒影。他们身上的衣服都符合最后一家酒吧的风格：不像样的救世军外套，颜色鲜艳的乡村休闲装，睡袍，脏兮兮的工厂制服，摩托车手皮衣，拉绒的哈里斯粗花呢大衣。睡梦中，所有伪装出的人性荡然无存。

他们像群鸟一样栖息在此，等待被唤醒。

男人和女孩走进去，坐在厨房的塑料贴面台子上。科雷蒂站在空荡荡的地毯中央不知所措。那张地毯似乎将他与其他人隔开了数光年的距离，但他仿佛感到有什么东西正跨越这遥远的距离召唤他，召唤他平静入睡，那声音充满希望和归属感。他仍旧犹豫不决，身体无力地颤抖，内心的彷徨似乎要从他体内的每个细胞中喷涌而出。

科雷蒂一直那么站着，直到他们睁开了双眼，所有人同时睁开眼睛，瞬膜滑向一侧，露出异族般的平静眼神，像是大洋最深处海沟里的居民。

科雷蒂尖叫着逃离了，他沿着走廊和回声不断的混凝土楼梯井一路狂奔，跑到几乎空无一人的街道上。天空中仍飘着冰凉的雨。

科雷蒂再也没有回那家旅馆三层的房间。一个无聊的警卫收走他的语言学课本和装衣服的手提箱，然后拿去拍卖了。科雷蒂另找了一栋公寓住了进去。公寓的女房东是一名令人讨厌的浸信会禁酒主义者，每天晚餐前，她都要带房客做祷告，她还总是把食物煮过头。科雷蒂从不与他们共进晚餐，女房东对此并不介意，因为他声称自己有免费的工作餐。现在他撒起谎来熟练自如。他从不在公寓里喝酒，也从不醉醺醺地回去。在房东眼中，科雷蒂先生有点怪，但他总能按时支付房租，也从不发出什么声响。

科雷蒂已经不再去找那个女孩了，也不再出没于酒吧。只有在去出版社的仓库上下班的时候，他才会从纸袋子里喝上几口——那家出版社所在的园区里几乎没有酒吧。

他总是上夜班。

偶尔，拂晓时分，他蜷缩在凌乱的床边，毕竟平躺时他是永远也睡不着的。在快要入睡时，他会想起她——安托瓦妮特，还有那些人，那些归栖者。有时，科雷蒂也会有白日梦似的幻想……他们或许就像家鼠一样，经过亿万年的演化，变得只适合寄居在人类建筑的夹层中。

他们是以酒为生的动物，有独特的新陈代谢方式，他们将烈酒、鸡尾酒、红酒和啤酒中的酒精和各种蛋白质转化为所需的营养物质。他们可以像变色龙和岩鱼那样随意改变外形来保护自己。因此，他们能潜伏在我们身边而不被识破。或许，科雷蒂想，他们是逐渐演化成现在这样的。早期，他们有人类的外表，吃人类的食物，只是隐约觉得自己不属于这里。

或许，他们精明狡猾，对都市生活独有一套适应方法，还能感应到周围出现的同类。

或许，这些都只是他的胡思乱想。

昏昏沉沉地，科雷蒂进入了梦乡。

换工作后第三周的星期三，从没找过他的女房东敲开他的房门，告诉他有人打电话找他。她的语气中习惯性地带着几分怀疑。科雷蒂跟着她穿过黑暗的走廊，来到二楼客厅的电话旁。

他拿起老式的黑色听筒，听筒里先是传出了音乐声，然后是含混不清的对话声和大笑声。电话那头没人跟他说话，但播放的背景音乐是那首《我家孩子长得丑都是因为你》。

接着，电话挂断了，听筒里传来一串忙音。

科雷蒂独自一人待在自己的房间里，听着楼下女房东一成不变的脚步声，才意识到自己完全没必要待在这里了。他已经收到了召唤。可女房东要求，退房至少得提前三周通知她。这就意味着科雷蒂得多给她一些钱。直觉告诉自己，他应该再去找那个女孩。

科雷蒂起床时，隔壁基督徒工人在睡梦中咳了几下，他悄悄地溜进楼下放电话的客厅。科雷蒂打电话告诉出版社仓库的夜班领班：他要申请辞职。接着他挂断电话，回到房间里，锁上了身后的房门。生锈的钢制五斗橱上摆放着一幅外框花哨的耶稣画像，科雷蒂站在画像前，慢慢脱光了身上所有的衣服。

接着，他数出九张十美元的钞票，小心翼翼地将它们放在五斗橱顶部的祷告牌上。

那些钞票看起来漂亮极了，堪称完美，是他从体内取出来的。

这次，他并不想随便闲聊。女孩喝的是玛格丽特，他也点了相同的酒。她伸出灵巧的双手，从低胸裙中晃动的双乳间抽出钱付了账。他瞥见那里正缓缓闭合的鳃缝，内心突然涌起一阵莫名的兴奋，但这种感觉并未反映在他的胯下。

喝完第三杯玛格丽特，他们的臀部碰到了一起，快感一波又一波，缓慢地袭遍他的全身。他们相碰触的部位黏黏的，科雷蒂的衣服上裂开一个拇指尖大小的口子。他分裂成两个人：身体内部的细胞正与她的细胞慢慢融合，而躯壳仍随意地坐在吧台边的凳子上，双肘搁在酒杯两边，手指摆弄着调酒棒，对着空气露出友善的微笑。在昏暗而凉爽的夜色中，一切平静得仿佛什么也没发生。

有那么一次，不过只有一次，那个忧心忡忡的科雷蒂仿佛又回来了。他低头瞥见红宝石般色泽的软管在搏动，卷须顶端锋利的口器在他俩之间的阴影里忙碌，仿佛两只怪异的海葵将触须纠缠在了一起。他们正在交合，但无人知晓。

此时，酒保又递来一杯酒，对他疲倦地笑了笑，说道："外面还在下雨吧？总是下个没完。"

"是啊，都下了整整一周了，"科雷蒂回应道，"没命地下。"他说话的语气恰到好处，与真正的人类无异。

（梁涵 译）

蛮荒之地

弘按下开关时，我正梦到巴黎，梦到那里冬季时分潮湿昏暗的街道。脑子里涌出一阵剧痛，在我的眼睛后面爆裂开来，呈现为一堵蓝色的霓虹之墙。我尖叫着从网眼吊床里坐起来。我每次都会尖叫，这么做很有必要。痛感在大脑里肆虐横行。这个疼痛开关是骨导电话植入体的一条辅助线路，直接与痛觉中枢相连接，专门被用来消除巴比妥酸盐[1]对代理人的影响。我花了好几秒钟才恢复神志，自我意识的冰山在雾霭中逐渐显形：我是谁，我在哪里，我来这里做什么，是谁唤醒了我。

弘的声音通过骨传导[2]植入体传入我的脑中，轰隆作响。“该死，托比，你知不知道你这么大声叫唤，会把我吵聋的啊？”

“你以为我会在乎你的耳朵聋不聋吗，长岛博士？它们在我眼里不过是——”

---

1 巴比妥酸盐（Barbiturate），一类作用于中枢神经系统的镇静剂，可以起到镇静和麻醉等效用。

2 骨传导（Bone Conduction），一种声音传导方式，声波直接通过颅骨产生听觉。

“没时间听你长篇大论地对我表达爱意了，小子。还有正经事要做。不过，你颞叶部位出现的五十毫伏棘波[1]是怎么回事，嗯？要不要往镇静剂里加点儿东西，稍微给你调整一下？”

“是你的脑电图扫描器坏了，弘。你这蠢货。我只想再睡会儿……”我瘫倒在吊床上，试图再次沉入梦乡，可他却阴魂不散。

“对不住了，老兄，今天你得干活。一小时前有一艘飞船回来了。负责密封舱的那帮人已经到达现场，他们正在把反应引擎锯掉，好让她从舱门里钻出来。”

“回来的是谁？”

“莱妮·霍夫曼斯塔尔。托比，她是一位物理化学家，德意志联邦共和国的公民。”他停顿片刻，等我停止呻吟时才再次开口，“经证实，那确是一颗‘肉丸’。”

这个可爱的词汇是我们在这儿琢磨出来的工作术语。他的意思是：有一艘返航的飞船，上面的远程医疗监护系统正常运转，里面有一具身体，还活着，但其心理状态尚未得到确认。我闭上眼睛，让视野笼罩在黑暗之中，在吊床上晃来晃去。

“看样子，得由你来充当她的代理人了，托比。她的心理特征与泰勒的完全一致，但他正在休假。”

我很清楚泰勒休的是什么“假”。他正浸泡在培养罐里，一边

---

1 指脑电图棘波（Spike Wave），多为病理性波，是由神经元的快速超同步化放电引起的，常见于癫痫等病症。

服用阿米替林[1]，一边做有氧运动，以对抗他新近发作的抑郁症。患抑郁症是做代理人的职业性危害之一。我跟泰勒一向合不来。若是有人跟你的性心理特征极其相似，你往往很难跟他相处，你说逗不逗?

“嘿，托比，你到底是从哪里弄到这些致幻药的?”他其实就是例行公事地问问，“从夏米安那儿?”

“从你妈那里，弘。”是夏米安给我的，他心知肚明。

“去你的，托比。快起来，五分钟内必须到通往‘天堂’的电梯那儿，不然我就派那些俄国护士下来帮你。而且只派男的。”

我没理他，继续自顾自地在吊床里荡悠，同时玩起了一个叫作“托比·哈尔佩特在宇宙中的位置”的游戏。我没有狂傲到将自己置于中心，而是将太阳——那个赋予白昼的发光天体——放在中心位置。我又放置了几颗行星，绕着它井然有序地公转，这样就构成了我们那个温暖舒适的太阳系。但在我实际所在的位置，即地球朝向火星轨道大约八分之一距离处的固定点上，我又悬放了一个粗大的合金圆筒，作为“齐奥尔科夫斯基1号”[2]的模型，体积则有它

1 阿米替林（Amitriptyline），一种止痛药，可治疗多种精神疾患。

2 康斯坦丁·齐奥尔科夫斯基（Konstantin Tsiolkovsky，1857—1935），苏联科学家，现代宇宙航行学和火箭理论的奠基人。

的四分之一大，它被称作“L5 拉格朗日点[1]上的劳动者天堂”。虽说在地月引力的作用下，“齐奥尔科夫斯基 1 号”被固定在了二者的拉格朗日点上，但我们仍然需要光帆的助力才能防止其漂移。那是由二十吨铝箔制成的六边形，对边距离十千米。那张光帆将我们拖出地球轨道，现在则担当“锚”的角色。我们得靠它抵抗太阳风的冲击，从而牢牢地待在那个被我们称为“高速公路”的奇点旁边。

法国人将其称为 le métro，即“地铁”，俄国人将其称为“河流”。不过，“地铁”不具有那种距离感，而对美国人来说，“河流”也承载不了他们所认同的那种孤独感。如果你不想在官方名称中加上“奥尔加”这三个字，把它简称为“托维耶夫斯基异象坐标”也行。奥尔加·托维耶夫斯基，我们的奇点圣母，“高速公路”的守护神。

弘不相信我能靠自个儿爬起来。就在那些俄国护工进来之前，他用遥控器打开了我这间小宿舍的灯。灯频闪了几秒钟之后，光线才稳定下来，投射到舱壁上的守护神奥尔加的照片上面。这些照片是夏米安贴上去的，总共有好几十张。我们的“高速公路”圣母啊，她的肖像曾经无数次地出现在报纸和杂志封面上。

---

1 拉格朗日点（Lagrangian Point）是一个小天体在两个大天体的引力作用下在空间中的一点，在该点处，小天体相对于两大天体基本保持静止。按照推论，在两个大天体之间存在五个拉格朗日点。

奥尔加·托维耶夫斯基中校是苏联太空探索部门同级军衔的人员中最年轻的女性，她独自驾驶着一艘改装过的“阿鲁特 6 号”向火星飞去。改装后的飞船能够携带一台新型空气滤净器的原型机，到达苏联的四人火星轨道实验室时，将会对其进行测试。其实，他们完全可以从“齐奥尔科夫斯基号”上遥控“阿鲁特号”，这很容易，但奥尔加想记录她的飞行任务时间。不过他们有的是事情让她忙碌不停。他们安排她做了一系列常规的氢原子频段射电耀斑实验，那是苏联－澳大利亚科学交流中优先级最低的一个项目。奥尔加知道她在实验中的角色跟一台标准的家用计时器没什么两样，可是作为一名勤勉的军官，她仍旧会按照精确的时间间隔按下按钮。

她把棕色的头发拢到脑后，用发网网住，那副样子简直是《真理报》[1] 上刊登的理想化的太空劳动者的现实版，不论男女，她无疑都是最上镜的宇航员。她又查看了一下“阿鲁特号”上的精密计时钟，然后将手停在按钮上方，只消一按，就会触发她的首次耀斑实验。托维耶夫斯基中校根本不知道她正在向太空中那个最终会被称为“高速公路”的奇点靠近。

在她依次按下六个触发按钮的当口，“阿鲁特号”飞过它与“高速公路”之间最后几千米的距离，同时将耀斑发射了出去。那是一种持续的射电能量爆发，频率为 1420 兆赫，即氢原子的广播频率。

1 《真理报》（*Pravda*），1918 年至 1991 年间，苏联共产党中央委员会的机关报。

托维耶夫斯基用射电望远镜跟踪，并将信号转播给地球同步轨道上的通信卫星，后者又把信号传给位于苏联乌拉尔山脉南麓和澳大利亚新南威尔士的天文站。“阿鲁特号”的无线电影像被耀斑的残像遮蔽了 3.8 秒。

当地球监视屏上的残像褪去后，“阿鲁特号”已经消失不见。

在乌拉尔站，一名格鲁吉亚籍的中年技术员惊得咬断了他最心爱的海泡石烟斗。在新南威尔士站，一名年轻的物理学家见状便猛拍监视屏的侧面，像是个抗议裁判不公的愤怒的弹球决赛选手。

等着送我上“天堂”的电梯看起来就像好莱坞影片中包豪斯[1]风格的木乃伊棺，这口竖立的“石棺”极为逼仄，还有一扇透明的丙烯酸“棺盖”。电梯后面矗立着一排排一模一样的控制台，向远方逐渐变小，宛如教科书里讲解近大远小的透视插画。穿黄纸服的技术人员还是那帮人，看着跟小丑似的，他们正在各司其职，忙东忙西。我在其中发现了穿着蓝色牛仔服的弘，牛仔衬衫上的珍珠状纽扣没有扣上，露出了里面那件褪色的汗衫，上面印着 UCLA[2] 的标志。他全神贯注地盯着屏幕上瀑布般滚动的数字，所以并未注意到我。其他人也没注意到我。

1 包豪斯（Bauhaus），20 世纪早期德国建筑和设计的一种风格和流派，受工业界方法和材料的影响，强调实用功能。

2 UCLA，指加州大学洛杉矶分校。

在导航显示器上。他猜她手里抓的是飞船的通信设备。他解开太空服的右锚钳，它自动展开，看着像是两把伪装成一朵鲜花的老虎钳。他伸出一只手，手上仍然戴着灰色的密封外科手套。

然后，他尽可能轻柔地掰开她左手的手指。什么都没有。

但是，当他掰开她的右拳时，有个东西打着旋飘出来，在离他那人造石英面罩几厘米的半空中缓慢地翻滚。看起来像一枚贝壳。

奥尔加的身体回家了，但那双蓝色的眼睛却再也没有恢复生机。当然，科学家们尝试过搞清楚她为何会这样，可他们尝试得越多，她的身体就变得越薄。在强烈求知欲的驱使下，他们把她的身体切割得越来越薄。最后，因为她的殉难，她那具珍贵遗骸的冷冻切片填满了整个图书馆。从来没有哪位圣人被切割得如此精细，仅在普列谢茨克[1]实验室，她就被切割成了两百多万个组织切片，这些切片被编号后，保存在一栋防轰炸的生物大楼的地下二层。

他们对贝壳的研究倒是取得了一点进展。地外生物学家突然发现，他们的学科拥有了令人信服的坚实基础：那 1.7 克高度组织化的生物信息，绝对是来自外星的。奥尔加的贝壳导致了一个完整科学分支的产生，他们专门致力于研究……奥尔加带来的贝壳。

对贝壳的初步研究搞清了两点：一，它是某个未知的陆地生物圈的产物；二，因为太阳系中没有其他已知的生物圈，所以它必然

1 普列谢茨克（Plesetsk），俄罗斯阿尔汉格尔斯克州的一个乡，普列谢茨克航天发射场即位于此地。

来自另一个星系。奥尔加要么造访过贝壳的起源地，要么与某种地外生命有过接触——不论多么遥远，这种生命体都有（或曾经有过）跨越这种距离的能力。

他们又派格罗什少校搭乘“阿鲁特 9 号”前往托维耶夫斯基坐标，同时还派了另一艘飞船跟着他。他的飞船是在他执行那二十次氢耀斑实验的最后一次时消失的。他们记录下了他的消失，然后等待着。二百三十四天后，他返回了。在此期间，他们一直在探测这片区域，急迫地寻找任何有可能的反常事物，说不准还能借此建立起一套理论。但除了发疯般翻滚的格罗什的飞船，他们什么都没发现。还没来得及会合，他就自杀了。这是“高速公路”的第二个祭品。

把“阿鲁特 9 号”拖回托维耶夫斯基坐标后，他们发现精心安装在飞船上的记录设备里一片空白。它的所有零件都运转正常，但一个都没有发挥应有的功能。他们将格罗什快速冷冻，然后放进最近的一班返回普列谢茨克的航天飞机上。当时，推土机已经在那里为建造新的二层地下室而挖地基了。

三年后，在他们的第七名宇航员殒命的翌日上午，克里姆林宫的一部电话响了。对方做了一下自我介绍。他声称自己是美利坚合众国中央情报局的局长，已经获得授权，可以就此问题提供帮助。在这样一个十分特殊的情况下，苏联可能会用得到西方精神病学领域最优秀的专家。他继续说，中央情报局猜测，苏方应该会很欢迎这方面的帮助。

他的俄语讲得非常好。

按下氢原子频段耀斑实验按钮的人，失踪两年后返航了。那是一个灰蒙蒙的冬季清晨，在哈萨克斯坦的秋拉塔姆，工作人员用十八厘米的磁带记录下了她的返航信号。

假如有一个宗教人士——他还得有点电影制作方面的背景——在两年前亲眼见证过“阿鲁特号”在太空中的那一点消失的一幕，他可能会觉得，那是上帝把茫茫宇宙的镜头和奥尔加飞船的镜头拼接到了一起。而她的信号突然回到我们的时空中，就像是某个业余人士做出的糟糕透顶的特效。如果再晚一星期，他们或许永远都不能与她会合了。因为届时地球将会越转越远，只能任由她向太阳飘去。在她返航的信号出现五十三小时之后，一位名叫库尔茨的志愿者身穿装甲太空服，紧张不安地爬进了“阿鲁特号”的舱门。他是东德的太空医学专家，喜欢偷偷摸摸地吸美国香烟。当他穿过气闸，用下巴夹住头盔灯，费力地从空气滤净器巨大的矩形机芯旁挤过去的时候，十分渴望能抽上一支烟。即便已经过了两年，“阿鲁特号”上似乎依然充满了可呼吸的空气。他穿着笨重的太空服侧身通过窄小的通道，然后进入指挥舱。在硕大头盔射出的两束光线的照明下，他看到了小球状的血滴和呕吐物慢慢飘过，在他身后旋转。紧接着，他看到了她。

她飘浮在导航显示器的上方，赤身裸体，如母胎中的婴儿那般死死地蜷缩着。她双眼圆睁，似乎是在瞪着某种库尔茨永远无法看到的东西。她的双拳血淋淋的，攥得很紧，像石头一样梆硬。她棕色的头发松散开来，像海草似的在脸上荡漾。库尔茨摆动身体，极为缓慢且小心地在指挥台的白色键盘上面飘过，而后把太空服固定于是，我便站在那里，仰头望着天花板，即“天堂”地板的底部。它看着不是很像我们平常所说的那种天花板。实际上，这个粗大的圆柱体是由两个一大一小的圆筒套在一起的。在下面，也就是外层圆筒——我们用绕轴自转的方式制造出“下”的方位感——承载了所有“凡世”层面的活动场所：宿舍、餐厅、气闸甲板（我们从这里把返航的飞船拖进来）、通信室，还有病房（我力争永远不用去那里）。

而“天堂”——内层圆筒——是令人难以置信地存在于此处的绿色心脏，是成人版的迪士尼式的归乡之梦，也是地球经济因为对信息的渴求而贪婪地探入宇宙的耳朵。携着原始数据的脉冲源源不断地传回地球，其中充斥着谣言、窃窃私语和对于跨银河系交易的丝丝迹象。我过去常常会僵直地躺在吊床里，感受着那些数据洪流的压力，想象它们蜿蜒地流过我幻想出来的舱壁后面的线缆，那些线缆像肌肉般紧绷、隆起，仿佛随时都会禁不住数据洪流的冲刷而痉挛，将我压得粉碎。后来，夏米安搬过来和我同住，在我将内心的恐惧告诉她之后，她便施展“魔法”对抗这种恐惧：将守护神奥尔加的圣像贴到了舱壁上。果然，那种压力渐渐减弱，最终彻底消失了。

“托比，给你找了个翻译。你今天早上可能会用到德语。”他的声音经过静电调制后显得干巴巴的，像沙子般摩擦着我的大脑，“希拉里——”

“我在线，长岛博士，”一个 BBC 播音员般的声音说道，听起来如冰晶般清澈，“你有法语翻译，对吧，托比？霍夫曼斯塔尔既会说法语，也会说英语。”

骨导电话的静电声像是在我的潜意识里卷起的沙尘暴。电梯向上滑入“天堂”地板中狭窄的竖井里。每隔两米就有一盏蓝灯掠过。数到第五盏后，我陷入黑暗之中，电梯停了下来。

电梯钻进了仿造“高速公路飞船”的中空的控制台里。我在电梯里等待着，就像儿童神秘故事中那个诡异书柜后面所隐藏的秘密。这艘飞船其实是个道具，一种布景。你知道某些游乐园里会有用石膏做的高山，上面粘着巴伐利亚风格的小屋吧？这飞船跟小屋的作用差不多，倒是个不错的点缀，但没有太大必要。如果返航者愿意接纳我们，他们自然会对我们敞开心扉。遮人耳目、摆些道具似乎并不能起到更好的效果。

“警报解除，”弘说，“里面已经没有别人了。”我反射性地按了一下左耳后面的疤痕，这是他们给我植入骨导电话的部位。仿造控制台的一侧打开，“天堂”的灰色曙光照了进来。这艘假飞船的内部让我觉得既熟悉又陌生，就像离开一周后回到自己公寓时的感觉。自从我上次来过这上面之后，里面的巴西葡萄藤又长长了一些，其中一条甚至已经蜿蜒着爬上了左舷窗。这好像就是整个布景中唯一的变化了。

在先前召开的生物建筑会议上，与会者曾经就这些葡萄藤进行过激烈争辩。美国生态学家们大吼道，这可能会导致氮气含量不足。“齐奥尔科夫斯基 1 号”上面的生物系统是在美国人的帮助下完成的，这是不得已而为之，从那之后，一遇到生物设计的问题，俄国人就很易怒。他们一直被水培小麦的腐烂问题困扰。苏联的工程技术水平已经出神入化，可他们还是无法建立起一个正常运转的生态系统。苏方在生态系统问题上最初的惨败，为我们能和他们共同待在“齐奥尔科夫斯基 1 号”上铺平了道路，但这并不代表他们心甘情愿。美国人的反对令他们恼火至极，于是，他们坚持要种巴西葡萄藤——其实压根儿不是葡萄藤的问题，他们只是想找个机会跟美方争论一番。不过，我倒很喜欢这些葡萄藤：它们的叶子是心形的，如果你拿起一片用双手揉搓，它就会散发出肉桂的味道。

我站在舱门口，看着阳光反射进“天堂”，使得这片空地的形状显现出来。“天堂”是按照格林尼治标准时间运转的。在外面明亮的真空空间中，一些巨大的聚酯膜反射镜转动不休，根据格林尼治标准时间为“天堂”带来了黎明。树上开始响起阵阵鸟鸣，那是提前录制好的。在没有真实重力的环境下，鸟儿很难生存。这里不能养有血有肉的活鸟，因为它们会被离心力逼疯的。

你要是第一次看到“天堂”，定会认为它名副其实：这里郁郁葱葱，凉爽宜人，光线充足，高高的草丛中点缀着野花。如果你不知道大多数树木都是假的，或者不知道为了维持池塘中的蓝藻和硅藻之间的最佳平衡状态需要耗费多少工作量，对你来说应该是件好事。夏米安说她觉得小鹿斑比会从树林中蹦蹦跳跳地跑出来，而弘则宣称他知道具体有多少位迪士尼工程师曾经对《国家安全法》宣誓，会一直保守这里的秘密。

“我们会从霍夫曼斯塔尔那儿得到一些外星碎片。”弘说，他可能是在自言自语。“操控人－代理人”格式塔[1]开始生效，我们很快就会意识不到彼此的存在。肾上腺素的效力正在减弱。“没有任何事物是特别合乎逻辑的。某种……‘精美的机器’……希拉里认为她的声音听起来很镇静，但其实恰恰相反。”

“别跟我说这个。不是说别对返航者抱有期望嘛，对不对？咱们进去吧。”我打开舱门，吸了一口“天堂”的空气，闻起来就像冷藏的白葡萄酒一样清凉，“夏米安在哪儿呢？”

他叹了口气，使我的脑中响起一阵轻柔的静电声。“夏米安本来应该在五号空地照料一个三天前返航的智利人，但她实际上没在那里，因为她听说你要来。所以，她目前在鲤鱼池边等你。真是个固执的臭婊子。”他补充道。

夏米安正在朝池塘里的中国花鲢扔鹅卵石。她一只耳朵后面别着一束白花，另一只耳朵上夹着一根皱了吧唧的万宝路香烟。她光着双脚，脚上弄得全是泥，连身衣的裤腿挽到了大腿中部，满头黑发拢到脑后扎成了马尾辫。

我们俩第一次见面是在一个焊接车间举行的派对上。当时，人们在零重力下一边喝着自制伏特加，一边醉醺醺地交谈，声音在那

1 格式塔（Gestalt），心理学术语。格式塔学派认为整体不等于并且大于其组成部分之和，其理论核心是整体决定部分的性质，部分依从于整体。

个空心的合金球体中啷啷回响。有人拿来一袋水，作为痛饮烈性酒后喝的饮料，他挤出一大捧水，在表面张力的作用下，熟练地将其团成一个滚动的、松软的水球。然后，大家玩起了“传递水球但不能弄破”这老掉牙的游戏。可是，我在零重力下的动作很笨拙。水球向我飘来，我直接用手刺穿了它，破碎后的水球落到我的头发上。我甩甩头，抖落出上千颗银色的小水珠，在拍打它们的时候，身体随之翻滚起来。我旁边的女人见状便哈哈大笑，跟着我慢慢地翻起了筋斗。那个姑娘又高又瘦，留着一头黑发，下身穿着一条松垮垮的束带裤，就是给参观“齐奥尔科夫斯基1号”的游客带回家的那种纪念服，上身穿着一件印有NASA标志的褪色T恤衫，比她整整大了三码。一分钟后，她跟我说起她之前跟一个常驻这里的年轻小伙一起玩悬挂式滑翔的事，还扬扬得意地说他们曾经在其中一个玉米罐里种过大麻。直到弘通过骨导电话告诉我们派对已经结束，我才知道她原来也是个代理人。一周后，她搬过来跟我一起住了。

“就给你一分钟，好不好？”弘咬着牙说，声音在我脑海里显得很骇人，“一分钟。Uno[1]。”随后，他就没声了，应该是彻底切断了我俩之间的线路，估计压根儿也不会听我跟夏米安的谈话。

“五号空地的情况怎么样了？”我在她旁边蹲下，捡起几枚鹅卵石。

1 意大利语，意为“一”。

“不怎么样。刚才听我的翻译说你正在前往‘天堂’的路上，所以我得离开一会儿，临走前给他打了一针催眠药。”她有点儿得克萨斯口音，说“冰块”的时候听着像“屁股”[1]。

“我还以为你会说西班牙语呢。那家伙不是智利人吗？”我朝池塘里丢出一枚鹅卵石。

“我会说墨西哥式的西班牙语。那帮文化狂热分子说他肯定不会喜欢我的口音。这倒也算一件好事。因为他语速一快，我就听不懂。”她紧跟着我投出一枚鹅卵石，石头沉下时在水面上激起涟漪，一圈一圈地向外扩散。“他经常说话语速很快。”她补充说。一条花鲢游过去，瞧瞧她刚才丢的那枚鹅卵石是不是鱼食。“他不会挺过去的。”她没有看我，语气十分平静，“小豪尔赫绝对挺不过去。”

我选出一枚最扁平的鹅卵石，试图让它打个水漂，结果它还是沉底了。关于那个智利人豪尔赫，我了解得越少越好。我知道他还尚有心智，这种人只占百分之十。我们的返航前死亡率是百分之二十，全是自杀。百分之七十的“肉丸”返航后会被自动送入病房：他们全都大小便失禁、喃喃自语，彻底疯掉了。夏米安和我就是挺到最后的那百分之十的代理人。

假如第一批返航的人只带回了贝壳，我觉得根本就不会有“天堂”。“天堂”是在一个自杀的法国人返航后建造的。法国人冰冷的

---

1 在英语里，冰块（ice）和屁股（ass）的发音很像。

手里攥着一个直径十二厘米、具有磁编码的钢环，就像一个赢得了再次免费骑旋转木马机会的幸运儿[1]，真是个颇具黑色意味的场景。我们也许永远都不会知道他是从哪里，或者如何得到的那个钢环，但它确是治疗癌症的罗塞塔石碑[2]。此后，人类便进入了货物崇拜[3]的时代。从“高速公路”捡来的东西，人类哪怕研究上千年也不一定搞得出来。夏米安说，我们就像那些可悲的岛民，将时间都花在了建造着陆跑道上，以期“银色大鸟”能够再次返回。夏米安还说，与“高级”文明接触危险至极，你甚至不希望这种事发生在你的死对头身上。

“你有没有想过他们是怎么想出这场骗局的，托比？”阳光从东边照射进来，沿着这个圆柱体国度——它没有地平线，视野中尽是郁郁葱葱——的轴向倾泻而至，她眯着眼睛直视阳光，“他们肯

1 在国外，旋转木马场地边上通常会有小铜环或小铁环，它们被放在一个架子上，可以被旋转木马的骑手抓住。大多数情况下，只有一个铜环可以兑换奖品，抓住者可以免费再骑一轮，或者换一个毛绒玩具。

2 罗塞塔石碑制作于公元前196年，是今日研究古埃及历史的重要里程碑。后来被用来暗喻要解决一个谜题或困难事物的关键线索或工具。

3 货物崇拜（Cargo Cult）是一种宗教形式，出现于一些与世隔绝的落后土著之中。当货物崇拜者看见外来的先进科技物品时，会将之当成神祇般崇拜。

定把精神病学领域所有的重量级大咖都聚集到了一起，让他们围坐在一张长长的仿红木桌子旁，整得跟在五角大楼开会似的。每个人都拿着一本空白记事本和一支崭新的铅笔，为了这个隆重的场合，特意把铅笔削得尖尖的。各种学派悉数到场：弗洛伊德学派、荣格学派、阿德勒学派，还有斯金纳的门下走狗，所有你听说过的学派都去了。在场的每个狗杂种都心里门儿清，好好表现自己的时刻终于到了。他们以精神病学专家的身份被邀请到那里，而且不仅仅是其所在派别的代表，那帮人简直可以称得上西方精神病学的化身了。然而，讨论半天，还是一点儿用也没有！被派往‘高速公路’的人毫无征兆地返航，要么已经死了，要么一边流着口水，一边哼唧儿歌。活着回来的人顶多也就挺三天，在这期间连一个字都他妈的不会说，最后或是开枪自杀，或是患上紧张型精神分裂症。”她从腰带上拿下一只小手电筒，毫不费力地砸开它的塑料壳，取出里面的抛物面反光镜，“克里姆林宫尖声咆哮，中情局都急疯了。最糟糕的是，那些想资助这件事的跨国公司也临阵退缩了。‘宇航员都死了？没记录下数据？还是算了吧，朋友。’所以，那帮精神病学超级大咖全都高度紧张，直到某个古怪的家伙——他可能是加州大学伯克利分校的——笑嘻嘻地说，”说到这里，她装出烂醉如泥的语气，慢吞吞地说，“‘比如说，嘿，干吗不把这些人安置到一个美好梦幻的地方呢，嗯？我们可以在那里给他们注射大量的致幻剂，同时安排能理解他们的人与之沟通，怎么样？’”她哈哈大笑，又摇了摇头。她用反光镜将阳光聚焦来点燃香烟，一缕灰色的烟雾在白热的光点处袅袅升起。他们不给我们用火柴，因为火会破坏空气中氧气和二氧化碳的平衡。

“好了，”弘说，“时间到。”我看了一眼手表，我们实际上好像聊了三分钟。

“祝你好运，宝贝。”她柔声说，假装将注意力放在香烟上，“一路平安。”

痛苦如约而至，每次都会这样。你知道将会发生什么，但你不知道何时发生，也不知道具体会如何发生。你会试图抓住它不放，在黑暗中撼动它。但假如你时刻做好迎接痛苦的思想准备，你就不能正常工作了。正如弘引用的一句诗所说，痛苦“教我们谨慎行事，同时又教我们不去在意”[1]。

我们就像一群拥有智能的家蝇，在一座国际机场里四处漫游，其中几只竟然稀里糊涂地钻进了飞往伦敦或里约热内卢的航班，甚至有可能在旅途中侥幸存活，并最终活着返航了。“嘿，”没有钻进航班的苍蝇问，“那扇门的另一侧发生了什么？他们知道些什么我们不知道的事吗？”在“高速公路”边缘，每一种人类语言的密码都能被你解开，也许除了萨满教巫师和秘术师的语言之外，因为这两种神秘语言意图描绘的是由恶魔、天使和圣徒所组成的统治团体。

不过“高速公路”是受规则所支配的，我们已经学会了其中几条。这成了我们依循的金科玉律。

---

1 出自美国诗人 T.S. 艾略特的诗作《灰星期三》。

规则一：每次只能载一人，多人团体或两人小组都不行。

规则二：飞船上不能搭载人工智能，不管“高速公路”那边是什么东西，都不会跟智能机器打交道，至少以人类现有的能力造出来的那种不行。

规则三：携带记录仪器纯属浪费飞船空间，每次返航后，它们什么信息记录都没有。

在为圣母奥尔加守灵期间，几十个新兴物理学派涌现出来，其理论比以往的学派要更加离奇精妙、离经叛道，每一种学派都妄图挤到物理学大厦的顶端，但最后，它们还是一个接一个地倒下了。在“天堂”的静谧夜晚，你仿佛能听到那些学派支离破碎的声音，随着某些企业智囊团毕生的事业变成历史注脚中的简短一笔，那些理论的碎片便叮当作响，最终化作灿烂夺目的尘埃，而击碎它们的，只不过是精神失常的返航者在黑暗中喃喃地吐露出的只言片语。

机场里的苍蝇要搭乘顺风机，它们最好别问太多问题，最好别试图探究其中最根本的原因。朝那个方向反复尝试，一定会导致妄想症的毒苗缓慢且不可遏止地长大开花，你的思想会在夜间“天堂”的舱壁上投射出巨大的黑暗图案，这些图案会以一种特有的方式凝固，变成令你为之癫狂的宗教信仰。那些聪明的苍蝇坚决支持黑箱理论：“黑箱”的隐喻得到了大家的认可，它代表在任何一个计算我们是否神志正常的方程式中，“高速公路”永远都是那个未知数X。我们不必操心“高速公路”为何物，或者是谁把它建在那里的，我们只需要把注意力放在“我们要把什么东西放进黑箱”和“我们能从中得到什么”就行了。我们往“高速公路”送了一些东西（一个名叫奥尔加的女人、她的飞船，以及许许多多的跟随者），同时获得了“高速公路”的馈赠品（一个丧失心智的女疯子、一枚贝壳、外星制品，以及一些外星技术的碎片）。黑箱理论家使我们确信，我们最应该关心的是如何充分利用好这场交易。我们来到这里是为了让人类的钱花得物有所值。不过，有些事情变得越来越明显，其中之一便是，我们并非唯一找到这座机场的苍蝇。我们收集到的外星制品，至少来自六个迥异的外星文明。“跟我们一样，他们也是乡巴佬。”夏米安如此称呼他们。我们就像货船船舱里的林鼠[1]，和其他港口的老鼠交换些漂亮的小物件，梦想着一睹灯光璀璨的大城市的风采。

简单来说，这就是一个关乎“付出”和“收益”的问题。返航的莱妮·霍夫曼斯塔尔无疑就是“收益”。

我们在三号空地（这里也被称为“极乐世界”）举行了莱妮·霍夫曼斯塔尔的返航仪式。我蹲在精心仿制的藤槭架子后面，仔细观察她的飞船。它原本的外形像是一只没有翅膀的蜻蜓：长达十米，又细又长，其“下腹”位置装着反应引擎。而现在，在引擎被拆除

1 林鼠（Pack Rat），一种小型啮齿动物，收集任何它发现的物体来筑巢，而且喜欢收集并在窝中藏各种怪诞的物品。

之后，它看起来宛如一只惨白的蛹：这只“幼虫”鼓起的眼睛里装满了大量根本就不起作用的传感器和探测仪。它被安放在空地中央一个平缓的斜坡上，这座小丘的形状经过特殊设计，可以支撑各种各样的飞船。较新的飞船体形更小，跟汽车大奖赛上的冲洗机差不多大，只有一个座舱，根本没有做成探索飞船的样子。其实就是个只能容纳“肉丸”的舱室。

“我不喜欢它，”弘说，“我不喜欢这艘飞船。它给我的感觉不太对劲……”他可能是在自言自语，或许他已经近乎完全融入了我的意识，所以也可以说是我在跟自己交谈，这意味着“操控人－代理人”格式塔差不多开始运行了。我被锁定在自己的角色中，不再是探入“天堂”的贪婪耳朵的侦察兵，也不再充当通过无线电与一位更专业的精神病学家相连接的专业“探测器”的角色。格式塔被彻底激活后，弘的意识将会和我融为一体，成为另一种存在——当我们俩还是精神独立的个体时，绝对不会允许彼此进入这种能够窥探到对方最幽深角落的状态。届时，我们之间的关系对于古典弗洛伊德学派的学者而言将是一场噩梦。但我知道他刚才的话说得对，这艘返航飞船给人的感觉非常不对劲。

三号空地大致呈圆形。它必须得是这样，因为它实际上是一个贯穿“天堂”地板的周长为十五米的圆形电梯，伪装成了阿尔卑斯山上的迷你草地。他们锯掉了莱妮的引擎，把她的飞船拖进外层圆筒，再让空地下降到气闸甲板上，然后用这个栽满了青草和野花的巨大的盘子，托着她升上“天堂”。他们用广播覆盖技术使她的传感器尽数失效，同时还封锁了她的舷窗和舱门。把“天堂”装点成这样，就是为了让初来乍到者感到惊喜。

我发现自己正在寻思一件不相干的事：不知夏米安是否已经回到豪尔赫的身边。也许她正在给他做好吃的，可能正在做那条我们“抓”住的鱼——实际上是他们从池底的鱼笼里捞出来送到我们手中的。我想象着煎鱼时散发出的香味，闭上眼睛，幻想着夏米安站在“天堂”的鱼塘里，这个长腿女孩在浅水中蹚过，大腿上挂着亮晶晶的水珠。

“行动，托比！现在就进去！”

我的脑海中响起弘的声音。在长期训练和格式塔的反射作用下，其实我已经赶到空地中央了。“该死，该死，该死……”弘咒骂道。我知道情况一定十分糟糕。翻译希拉里语速飞快地嘟哝着关于解剖图之类的话，声音很低，听着却很尖锐，她原先那 BBC 播音员般冷冰冰的语气荡然无存。弘肯定提前用遥控器开启了舱门，因为他不想等着它自己打开。他触发了安装在船体上的六颗爆炸螺栓，从而将舱门的整个锁定装置炸了下来，险些砸到我，幸亏我本能地急转弯躲开了。舱门装置被炸飞时，将帮助乘客登上去的合金梯子也一并带走了。于是，我只能攀上飞船光滑的侧面，抓住舱内紧挨着入口的蜂巢状支柱爬了进去。

舱内充满了螺栓中可塑炸弹的味道。我蹲在舱口处，怔怔地定在那里，这是我有生以来第一次切切实实地感到恐惧。

我以前也有过这种恐惧感，但只是触碰到了它的边缘，而且是最外层、程度最轻微的边缘。但这次不一样，恐惧变得无边无际，充斥着夜晚的宇宙，它无情地汹涌而至，让我感到无尽的空虚和寒冷。这种恐惧中包含了临终遗言、深邃太空，以及人类历史上每一次漫长的告别。它令我退却，令我哀号。我身体颤抖，趴在地上，放声痛哭。他们经常跟我们讲解，还警告我们这种情况时有发生，试图将其解释成这项工作所特有的临时性广场恐惧症[1]。但我们知道那是什么：这种感受只有代理人明白，操控人是不会理解的。任何一种解释都离真实原因差了十万八千里。

那就是恐惧本身，是漆黑宇宙刺过来的长长的手指。这种黑暗将那些喃喃自语、精神错乱的返航者一并送进了散发温和白光的病房的血盆大口中。最先感受到这种恐惧的是圣母奥尔加。她拼尽全力不让我们发现“高速公路”的秘密，她死死地攥着无线电通信设备，手上鲜血直流，意图让飞船的广播装置失灵，同时祈祷地球引力不要捕获她，就让她在宇宙中死去……

弘大惊失色，但他肯定明白是怎么回事，而且他知道应该怎么做。

他打开了我的疼痛开关。剧痛袭来，像一根赶牛鞭一样，一下又一下地抽打着我。他驱使我克服恐惧，往飞船里面走去。

克服恐惧后，我看清了船舱内部的样子。里面一片死寂，有一股陌生人的味道——是女人的味道。

---

1 广场恐惧症（Agoraphobia）是焦虑症的一种，当人们认为环境不安全并且不容易逃离，因而在公共场合或者开阔之地停留时产生的极端恐惧感。

逼仄的船舱破旧不堪，好像住了很久似的，包在加速缓冲椅的塑料已经老化，用来修补的银色胶带也开始一缕缕地剥落。但椅子根本不像有人坐过的样子。她不在这里。这时，我看到了用圆珠笔疯狂涂画的图案，上面的符号难以辨认，其中有数以千计微小且扭曲的椭圆形互相交叠。这种图案几乎画满了整面后舱壁，而且还被拇指印抹花了，看上去甚为悲惨。

弘的频段响起嘶嘶的静电声，我听见他对我低声恳求：找到她，托比，快，拜托了，托比，找到她，找到她，找到——

我在手术室里发现了她，那是通道尽头的一间窄小的凹室。在她上方有一台精美的机器，是外科手术机械手，它闪闪发光，锃亮纤细的机械臂整齐地折叠起来，像是镀了铬的蜘蛛蟹腿。机械臂的尖头上装有止血钳、镊子和激光手术刀。希拉里的情绪异常激动，她已经魂不附体了，频段里传来有气无力的声音，念叨着“解剖人类手臂、肌腱、动脉”，以及“基本的人体组织分类法”之类的话。说着说着，她尖叫起来。

手术室里丝毫不见血迹。机械臂纤尘不染，能够在零重力下执行手术，并且可将血液全部抽走，绝对不会血肉模糊。她是在弘刚刚把舱门炸开之前死的。她的右臂在白色的塑料手术台上铺展开来，皮肤被剥下，肌肉和其他组织被严格对称地切开，用十二枚不锈钢解剖针固定着，宛如一幅中世纪的画作。她死于失血过多。为了防止船员用手术机械手自杀，它的程序被精心设计过，不过，它还兼具自动解剖功能，可以用来制作生物制品以便于储存。

她想到了欺骗机械手的方法。通常来说，只要时间足够，谁都能想到欺骗机器的方法。而她有整整八年的时间。

她躺在一个可折叠架子里，那架子像是牙科椅的龙骨支架。透过架子间隙，我可以看到横跨她连身衣后肩的褪色的绣片，那是一家大型西德电子集团的商标。我想把情况说给她听。我跟她说:“万分抱歉，你已经死了。请原谅我们，我和弘是过来帮你的。明白吗?他了解你，你瞧，弘就在我的脑袋里。他读过你的档案、你的性生活资料。他知道你最喜欢的颜色、你童年的恐惧、你的初恋情人，以及你喜欢的老师的名字。而且我身上有正好适合你的信息素，我就是个行走的致幻剂仓库，其中一定有你喜欢的种类。另外，我们可以编织谎言，弘和我，我俩都是一等一的骗子。拜托了，你必须得瞧瞧。我们俩都跟你素不相识，但为了你，弘和我的意识融为一体，会变成你最熟悉的陪伴者，莱妮。”

她是个身材娇小的女人，笔直的金发中隐约露出她这个年纪本不该有的几缕灰白。我抚摸了一下她的头发，然后退出船舱，回到外面的空地上。我站在那里，望着那艘停在装饰着花草的圆形电梯正中央的飞船。随后，我们便开始下降。高高的草丛颤动起来，野花也随之摇摇晃晃。空地向下滑落，离开“天堂”，阳光隐没不见，外层圆筒中蒸气电弧的刺目光线照射过来，使宽阔的气闸甲板蒙上一层厚重的阴影。甲板上有穿着红色制服的人在跑动。一辆装有粗大橡胶轮子的红色小车掉了个头，免得被电梯压到。

那名克格勃特工、冲浪小伙涅夫斯基正在舷梯下面等我们——这舷梯是他们推到空地边上的。等空地降到最底下之后，我才看见他。

“我得把你身上的药拿走，哈尔佩特先生。”

我定在那里，眼里泛着泪光，身子都快站不稳了。他伸手扶住我。涅夫斯基身穿黄色制服，却来到红衣人员工作区。我猜他甚至不知道自己为什么会被派到下面的密封甲板上来。不过他很可能不在意这个，他似乎对什么都不太在意。他手里拿着写字板。

“我得把那些药拿走，哈尔佩特先生。”

我脱下连身衣，捆扎好，然后递给他。他将其塞入一个密封塑料袋里，又将塑料袋放进用手链系在左手腕上的小箱里，最后旋动数字键，把密码锁给锁好。

“别一次性用完，小子。”我说，然后昏了过去。

那天深夜，夏米安带来了一些致幻药，每一粒都用厚厚的箔纸包住，使我的小宿舍笼罩在一种特殊的黑暗之中。这与茫茫宇宙的黑暗截然不同。后者的黑暗是有知觉的，它追捕着“高速公路”的搭车客，伺机将他们拖进病房里，它的黑暗中孕育着恐惧的种子。而夏米安带来的黑暗就像五岁时的一个雨夜，你坐在父母的汽车后座上看到的那些不断移动的影子，它令你感到既温暖又安心。在骗过像涅夫斯基那样拿着写字板勾勾画画的工作人员方面，夏米安比我老练得多。

我没有问她为何从“天堂”回来了，也没过问豪尔赫怎么样了。她也没问我任何关于莱妮的事。

弘离开了，彻底下线了。我在那天下午的执行任务情况报告会上还见过他呢。跟往常一样，我俩当时谁都没看谁。其实无所谓，我知道他会回来的。像莱妮这种情况，在工作中经常遇到，真的。这份工作就是很折磨人，那只不过是“天堂”里寻常的糟糕一日罢了。第一次感到那种恐惧的时候确实很难受，但我一直都知道，它就蹲伏在那里等着我。在报告会上，他们讨论了莱妮的解剖图，以及她用圆珠笔绘就的分子链草图。那种分子链能在指令下发生变化，分子可以作为开关、逻辑元件，甚至还能发挥线路的功能，这么一层一层地堆积，就能组合成一个非常大的分子，亦即一台微小计算机。我们可能永远不会知道她在那边遇到了什么，也可能永远不会知道交易的细节。如果知道了，我们也许会感到非常歉疚。我们并非宇宙蛮荒之地中唯一的文明，还有其他文明也在寻找技术碎片。

去他妈的莱妮，去他妈的法国人，去他妈的所有把技术碎片带回来的人。他们带回了治疗癌症之法，带回了贝壳，带回了很多说不上名字的碎片。正是这些人让我们在此处等待他们返航，正是这些人填满了病房，正是这些人将那种恐惧引了过来。然而，紧紧抓住药物带来的黑暗，紧紧抱住夏米安，倾听她缓慢的呼吸声，倾听来自大海的韵律，我感到温暖而亲密。药物令我亢奋不已，透过骨导电话，从不间断的嘈杂的静电声中，我听到了大海的声音。这种声音深埋在我们的骨子里，不管离家多么遥远，它都不会弃我们而去。

睡在我身边的夏米安翻了个身，咕哝着一个陌生人的名字，那名字属于一个精神崩溃的返航者，他很久以前就在病房里去世了。夏米安的纪录至今无人能破：她帮那个男人多活了两星期，直到他用大拇指剜出双眼。从“天堂”下来的过程中，她尖叫个不停，死命地抓挠电梯的塑料盖子，指甲都被抓折了。下来之后，他们给她注射了镇静剂。

尽管如此，在我们内心深处，那团欲望之火却依然没有熄灭，它源自一种特殊的需求，一股说不清道不明的驱动力，促使我们不断地重返“天堂”。我们俩燃起这团火的方式是一样的：在小舱里躺了好几星期，等待“高速公路”把我们带走。然而，当我们做完最后一次耀斑实验时，却还是待在那里，最后只得被拖船拖来了这里。有些人就是不会被“高速公路”带走，没人知道为什么。而且，被拖回来之后，这种人就再也不会被派出去了。他们说再去一次的话，花费就太过高昂了。但他们一边盯着我手腕上的绷带，一边在脑子里盘算着真实的想法：我现在太有价值了，说不准能成为代理人，给他们派上大用场。别担心自杀倾向，他们这么开导说，这种情况很常见。他们完全理解我的心情：我其实就是觉得被“高速公路”狠狠拒绝了。但实际上，我当时很想再去一次，想得不得了。夏米安也是。她试过服药自杀。但他们给我们做了思想工作，稍稍扭转了我们的想法，修正了我们的欲望，植入了骨导电话，又给我们各自配了一名操控人。

奥尔加一定早就知道了，她肯定早就料想到事态会这样发展。她试图阻止我们找到“高速公路”，那个她曾经去过的地方。她知道，如果我们找到她，我们必然会去那里。可是，即便现在已经知道了这些，我却还是很想去。可惜，我再也没有机会了。但我们可以躺在荡悠悠的吊床里，笼罩在苍茫的黑暗之中，我想牵住夏米安的手。我们的掌心之间握着撕掉的药物箔纸包装。与此同时，圣母奥尔加在舱壁上冲我们微笑，你能感觉到她的存在。所有的圣像都是用同一张宣传照片冲印出来的。它们被从宣传品上撕下来，贴在夜幕下的舱壁上。她圣洁的笑容，将永远守护着我。

（刘文元 译）

红星，冬季轨道

布鲁斯·斯特林 威廉·吉布森

科罗廖夫上校在安全缚带中缓缓翻身，他梦见了冬季与重力。他又回到年轻的时候，成了一名军校生，策马扬鞭驰骋过十一月末的哈萨克斯坦大草原，驶入火星干燥的赭红色落日中。

不对劲，他想到——

猛然醒转，发觉自己身处“苏联太空伟绩陈列室”——那马蹄声原是来自罗曼年科和克格勃委员的夫人。他俩又躲在“礼炮号”空间站尾端的屏风后苟合——紧缚的安全带“吱嘎吱嘎”，复合舱壁上传来有节奏的“咚咚咚咚”，如同马蹄踏过雪地。

科罗廖夫松开安全缚带，老练地踢腿，把自己推进卫生间。他耸耸肩，脱掉磨旧的连身服，将便桶固定在腰际，擦去钢镜上凝结的水汽。睡着的时候，罹患关节炎的手又肿起来了；由于钙质流失，手腕只有鸟骨一般粗细。自上次感受重力以来，二十年弹指一挥间，他已在轨道上老去。

他用吸屑剃刀刮了脸。左脸颊和太阳穴上，静脉破裂留下的瘀痕斑斑驳驳。那场爆炸留给他的另一件赠品是终身残疾。

他从卫生间出来，发现那对私会的情人已经完事了。罗曼年科在整理衣服，而克格勃委员的妻子瓦伦蒂娜把棕色连身服的袖子扯掉了，白皙的手臂上闪耀着汗液的光泽，淡褐色的秀发在通风口吹来的微风中飘动。她的双眸是最纯净的矢车菊蓝，只是两眼相隔稍近，神色中半是歉意半是狡黠。“瞧瞧我们给你带了什么，上校。”

她递上一个小小的航空饮料瓶，里面装着干邑白兰地。

科罗廖夫看着塑料瓶盖上浮雕图案般的法国航空商标，惊讶得直眨眼。

“这酒是搭上一艘‘联盟号’飞船来的。听我丈夫说，是藏在黄瓜里偷运来的，”她咯咯笑起来，“他给了我。”

“我们决定借花献佛，上校，”罗曼年科说道，咧嘴大笑，“毕竟我们随时可以休假。”科罗廖夫没有理会这句调侃，只是尴尬地瞟了一眼自己萎缩的双腿和苍白无力的双脚。

他打开瓶盖，醇厚的酒香让他突然血气上涌，脸颊有些刺痛。他小心地举起酒瓶，吮出几毫升白兰地——烧喉咙，像喝了一口酸液。“老天，”他大口喘气，“好多年没喝了，我要醉了！”他边说边笑，眼泪模糊了视线。

“听我爸说，从前上校你喝酒可豪爽了。”

“对。”科罗廖夫说道，又呷了一口，“是的。”白兰地像液体黄金一样流遍全身。他其实不喜欢罗曼年科，也从未喜欢过这孩子的父亲——那家伙是个一团和气的党员，早年四处巡游演讲，住黑海边的乡间别墅，喝美国烈酒，身穿法式西装，脚蹬意大利皮鞋……这孩子长得和他父亲一模一样：同样清澈的灰色眼眸，全然不掺杂一丝烦恼。

酒精在科罗廖夫稀薄的血液中翻涌。“你们太慷慨了。”他说道，轻轻踢步来到控制台前，“快来拷一点我的私藏数据，刚拦截的美国有线广播。听得人脸红耳热的，可别浪费在我这老家伙身上了！”他插进一盘空白磁带，按下录制按钮。

“我会把它给炮手班的，”罗曼年科咧嘴坏笑，说道，“他们可以用军械室的跟踪控制台播放。”人们总爱把粒子束发射站称为军械室，那里的士兵对这种磁带尤为饥渴。科罗廖夫又为瓦伦蒂娜录制了一份拷贝。

“荤段子吗？”她看上去有些警惕，但又掩饰不住好奇，“上校，我们过几天还能再来吗？周四二十四点怎么样？”

科罗廖夫冲她笑笑。被挑中上太空之前，她一直是个普通工人。凭借美貌，她成了得力的宣传工具——工人阶级的劳动模范。随着白兰地在血脉中游走，他现在怜悯起她了，觉得无法拒绝她的小幸福。“陈列室的午夜幽会？瓦伦蒂娜，你真浪漫！”

她摇摇晃晃地飘在半空，吻了吻他的脸颊。“谢谢你，我的上校。”

“你是真君子，上校。”罗曼年科说道，拍拍科罗廖夫枯瘦如柴的肩膀，动作尽量轻柔。这孩子在健身器材上锻炼了无数个小时，手臂的肌肉鼓得像个铁匠。

科罗廖夫目送这对情人小心翼翼地走回中央对接区——三座日渐陈旧的“礼炮号”空间站与两条走廊在此交会。罗曼年科进入“北边”的走廊，去军械室；瓦伦蒂娜则去了相反方向，前往下一个对接区，走向她丈夫睡眠舱所在的那座空间站。

“宇宙格勒号”太空城有五个对接区，每个区域都对接了三个空间站，两端是军事设施和卫星发射台。太空城内噼啪声、嗡嗡声、呜呜声不绝于耳，让人觉得像是在地铁站里，而阴湿的金属味又让人联想到不定期货船。

科罗廖夫再次将瓶子举到跟前，现在它已空了一半。他把酒瓶藏到陈列室的一件展品——回收自“阿波罗号”着陆点的NASA哈苏相机——后面。自上次休假以来，他还没碰过一滴酒。那都是爆炸之前的事了，往事借酒浮上心头，他的思绪在甜蜜与痛苦参半的波涛中遨游。

他飘回控制台，访问了一段内存文件，那里原本存储的阿列克谢·柯西金[1]演讲集萃已被他秘密删除，代之以他的私藏数据——数字化的八十年代流行乐，他少年时期的最爱。他还有翻录自西德电台的英国乐团金曲——华约重金属风，黑市上搞来的美国货。他戴上耳机，按键播放来自波兰琴斯托霍瓦市的雷鬼乐队“危机旅”的歌曲。

这么多年过去了，他已很少再听那些音乐，但此时往事一幕幕涌上心头，他心中一阵酸楚。八十年代，他也曾蓄过长发，作为一个苏联精英的孩子，父亲的社会地位使他能够成功跳出莫斯科警察

---

1 阿列克谢·柯西金（Alexei Kosygin，1904—1980），苏联政治人物，于1964年至1980年出任苏联总理。

的触及范围。他记得，在一家闷热昏暗的地下俱乐部，喇叭噪声刺耳，牛仔布与浅色头发组成一张影影绰绰的棋盘。他曾将阿富汗大麻粉掺在万宝路香烟里抽吸。他记得那个美国外交官的千金，坐在她父亲黑色林肯轿车的后座上，红唇热烈奔放。白兰地造就的温暖迷雾之中，诸多名字与面容如潮水般涌来。来自东德的尼娜曾给他看一些油印纸张，内容译自唱反调的波兰报纸——

直到某天晚上，她再也没出现在咖啡馆。那些纸上都是各种流言，关于寄生虫病、反苏活动、疯人院蠢蠢欲动的化学恐怖事件——

科罗廖夫开始发抖。他抹了把脸，发现脸上大汗涔涔。他取下耳机。

五十年过去了，此刻他却突然感到极度的恐惧。他记不起何时有过这样的恐惧感，即使在爆炸粉碎了腰椎的时候也未曾体验过。他剧烈地颤抖。那些灯，空间站的灯光太亮了，但他懒得去摸开关。虽然这是他经常进行的简单动作，但是……开关和绝缘电线此时莫名地可怕。他思绪烦乱，盯着前方。那是“月面步行者”月球车的小型发条模型，轮子上的魔术贴抓牢曲壁，像一只有知觉的生物，蹲在那里伺机行动。墙上是一张张苏联宇航先驱的标准肖像，一双双眼睛鄙夷地紧盯着他。

干邑白兰地。多年的无重力生活扰乱了他的新陈代谢。他已不再是从前的自己，但仍能保持冷静，尽量克制。要是他醉酒呕吐，人人都会笑话他。

陈列室门口响起敲门声，管道工尼基塔——“宇宙格勒号”的首席维修员——以完美的慢动作跳水姿势穿过了打开的舱门。这位年轻的平民工程师满脸怒气。科罗廖夫有些发怵。“你今天起得真早，管道工。”他紧张地说，装作一切正常。

“因为德尔塔三区有轻微泄漏。”他皱皱眉，“你懂日语吗？”管道工的工作马甲污渍斑斑，十几个口袋鼓鼓囊囊，他把手伸进其中一个，抽出一盒磁带，在科罗廖夫面前晃了晃。他下身的李维斯牛仔裤熨得服服帖帖，脚上的阿迪达斯跑鞋却破旧不堪。“我们昨晚截到了这个。”

科罗廖夫瑟缩了一下，好像那磁带是一件武器。“不，我不懂日语。”他的声音温顺得令自己吃惊，“我只会英语和波兰语。”他感觉自己的脸涨红了。管道工是他的朋友，他了解并信任对方，可是——

“你没事吧，上校？”管道工边问，边动手加载磁带内容，长满茧子的手指熟练地调出一个词典程序。“看你那样子，就跟吃了蟑螂似的。我想让你听听这个。”

科罗廖夫不安地观看着，磁带录像一闪，播起了棒球手套广告。一个声音疯狂地说着日语，词典程序转换出俄文字幕，斯拉夫字母在显示屏上迅速移过。

“马上就到新闻广播了。”管道工边说边咬指甲边的老皮。

翻译字幕滑过日本播音员的脸，科罗廖夫紧张地眯起眼：

美国裁军团体披露……拜科努尔航天发射场筹备活动……证实苏联终于做好准备……取消武装空间站渔舟城……

“是宇宙城，”管道工低声说，“词典有点小问题。”

建于20世纪初，是深入太空的前沿阵地……雄心勃勃的计划，由于月球采矿失败而被搁置……空间站成本高昂，回报率还不及无人轨道工厂……晶体、半导体和纯药物……

“自以为是的杂种，”管道工嗤之以鼻，“我跟你说，那个天杀的克格勃委员，叶夫列莫夫，他插了一脚！”

苏联的巨额贸易逆差……民众普遍不满投入太空的……政治局和中央委员会书记处最新决定……

“他们要把太空城关闭！”管道工的脸愤怒得扭曲了。

科罗廖夫扭身离开屏幕，抑制不住地颤抖起来。突如其来的眼泪从睫毛上滴落，水珠飘浮在无重力的空间中。“别烦我！我也无计可施！”

“出什么事了，上校？”管道工拽住他的肩膀，“看着我的脸。有人喂你服用了‘恐惧’？！”

“走开吧。”科罗廖夫乞求道。

“那个间谍小杂种！他给了你什么？药片还是针剂？”

科罗廖夫瑟瑟发抖。“我喝了点酒——”

“他给你服用‘恐惧’！对你这样患病的老人下手！看我不打烂他的脸！”管道工猛地抬起膝盖，一个后空翻，脚蹬头顶的门把手，像炮弹一样冲出了舱室。

“等等！管道工！”但管道工已像松鼠一样迅速冲过对接区，消失在走廊尽头。此刻，科罗廖夫发现自己完全无法承受独处的孤寂。他听到远处传来愤怒的吼叫，回声中夹着金属的嗡鸣，听不清具体内容。

他战栗着闭上眼睛，等着有人来扶起他。

他叫精神科医师贝奇科夫帮他穿上那身旧制服，制服左胸的口袋上别着齐奥尔科夫斯基勋章的星徽。黑色尼龙套靴内絮了厚厚的夹层，外加魔术贴固定的鞋垫，已经不合他扭曲的双足，于是他打着赤脚。

贝奇科夫给他打了一针。不到一个小时他就清醒过来，情绪变得阴晴不定，忽而消沉，忽而怒不可遏。他要求与叶夫列莫夫面谈，此时就在陈列室里等待对方前来。

他的住处被大家称为“苏联太空伟绩陈列室”。随着他怒气渐消，被一种由来已久的心灰意冷取代，他强烈地感觉到自己不过是又一件展品。他阴沉地盯着金色相框内那些展望太空的伟人肖像：齐奥尔科夫斯基、雷宁[1]、图波列夫[2]；在它们下方略小一些的相框内，是凡尔纳、戈达德[3]和奥尼尔[4]的肖像。

---

1 尼古拉·雷宁（Nikolai Rynin，1887—1942），苏联土木工程师，航空航天研究员，太空旅行的推动者。

2 安德烈·图波列夫（Andrei Tupolev，1888—1972），苏联飞机设计师，世界航空工业的先驱者。

3 罗伯特·戈达德（Robert Goddard，1882—1945），美国物理学家、发明家，液体火箭的发明者。

4 杰勒德·奥尼尔（Gerard K.O'Neill，1927—1992），美国物理学家，1977 年创立了太空研究所。

收拾。莫斯科政权是历史上最强大的政权，我们不能允许自己失去全球视野。”

“你以为我们那么容易对付吗？我们都是精英，受过高端训练的专业精英。”

“精英是少数派，上校，过气的少数派。除了引进美国的大毒草之外，你们有什么贡献？这里的人员应该辛勤工作，而不是成天像醉醺醺的黑市小贩一样，走私爵士乐和黄色音像。”叶夫列莫夫一脸平静，“这里的人员都要返回拜科努尔。地面武器有定向打击这里的能力。当然，你得留下来，因为还会有别国的宇航员来做客：非洲的、南美的。对于那些人，太空仍保有旧日的威望。”

科罗廖夫咬牙切齿：“你对那个孩子做了什么？”

“你的管道工吗？”政委皱皱眉，“他攻击了国家安全委员会的官员，将受到严密监控，直至返回拜科努尔。”

科罗廖夫挤出一个苦笑：“放他走，否则你自己也会惹上指控，麻烦缠身。我准备亲自跟古巴列夫[1]元帅谈谈。虽然我只有荣誉军衔，叶夫列莫夫，但我还是有一点影响力的。”

克格勃委员耸耸肩。“炮手班接到拜科努尔方面的命令，须将通信室置于严密监控之下，否则他们将饭碗不保。”

“军事管制，啊？”

1 阿列克谢·古巴列夫（Aleksei Gubarev，1931—2015），苏联宇航员，曾两次执行“联盟号”的航天任务。

“这里可不是喀布尔[1]，上校。如今世道艰难，你是这里的道德权威，应当树立榜样。”

“咱们走着瞧吧。”科罗廖夫说。

“宇宙格勒号”沿着弧线从地球的阴影中滑出，暴露在白花花的日光下。科罗廖夫所在的“礼炮号”空间站舱壁发出噼噼啪啪、嘎吱嘎吱的声音，像是载了一舱玻璃瓶。空间站的视窗往往会优先排查，科罗廖夫心不在焉地想着，一边用手指抚弄太阳穴附近破损的静脉。

年轻的格里什金想法与科罗廖夫如出一辙。他从脚踝边的口袋里取出一管填缝剂，开始检查视窗边缘的密封情况。格里什金是管道工的助手，也是他最亲密的朋友。

“现在我们必须进行表决。”科罗廖夫疲惫地说。“宇宙格勒号”上的二十四位平民职员中，有十一位同意参加会议，加上他自己是十二人。剩下的十三人，要么不愿意卷入其中，要么极力反对罢工行为。算上叶夫列莫夫和六人炮手班，刚好有二十人缺席。“我们已经讨论过我方诉求，那么，赞成目前所列条件清单的人——”他举起健全的那只手，另有三人举手。格里什金正在视窗边忙活，他伸出脚表示赞成。

1 喀布尔（Kabul），阿富汗的首都。

科罗廖夫叹了口气，说道：“看样子太少了，最好能全体一致。让我听听你们的反对理由吧。”

“‘军事羁押’这个术语，”生物专家科罗夫金说，“可以理解成我们暗示应该由军方为当前的情况负责，而不是由罪犯叶夫列莫夫负责。”他似乎感到不舒服，“我们对此深表同情，但不能签名。我们是党员。”他似乎想加一句什么，但终究还是沉默了。“我已故的母亲，”他的妻子轻声说，“是犹太人。”

科罗廖夫点点头，没接话茬。

“只有罪犯才这么愚蠢。”植物学家格卢什科说道。他和妻子都没有举手。“真是疯狂。‘宇宙格勒号’完蛋了，我们都知道这一点，越早回家越好。这地方一直都是座监狱，除此之外它还能是什么？”无重力状态不利于他的新陈代谢：由于没有重力，血液容易集中在面部和脖颈处，他看上去活像自己在实验中使用的南瓜。

“你只是个植物学家，瓦西里，”他的妻子语气生硬，“而我，你记得吗，我是‘联盟号’的驾驶员。你的工作是不会受到威胁的。”

“我不支持这种蠢事！”格卢什科朝舱壁粗暴地踢了一脚，借力飘出舱去。他的妻子跟在后面，一路委屈地抱怨。她虽然心中气恼，声音却压得很低——太空职员都已学会了用这种方式谈论私事。

“平民职员总共二十四人，”科罗廖夫说，“五人愿意签字。”

“是六个。”另一位“联盟号”驾驶员塔季扬娜说道。她的一头黑发梳到脑后，绑了条绿色尼龙发带。“你忘了管道工。”

“太阳能气球！”格里什金惊叫，朝地球指去，“看！”

“宇宙格勒号”正经过加利福尼亚海岸上空，海岸线轮廓清晰，土地绿意盎然，广阔的城市曾经连名字都仿佛带有魔力，如今却日渐衰败。白如羊毛的层积云之上，高高地飘着五只太阳能气球，这些网格球体表面装有反光镜，通过电线与地面连接。美国曾有个宏伟的计划，要修造一系列太阳能卫星，后来换成了这些造价更低廉的东西。挺有用的，科罗廖夫想，近十年来他亲眼见到这些气球的数量不断翻倍。

“听说那些东西里也住着人？”系统员斯托伊科来到视窗边，与格里什金一同眺望。

科罗廖夫还记得《维也纳条约》签订之后，美国提出了一系列莫名其妙的能源方案，真是可悲。由于苏联牢牢地控制了全世界的石油流向，美国似乎逮到什么都要试验一番。随后，堪萨斯的反应堆熔毁，他们的核能之梦也破灭了。三十多年以来，他们逐渐陷入孤立主义[1]与工业衰退。太空，他悲伤地想，美国人也该进入太空。他们前期意气风发，却突然没了后劲，这种怪事他实在无法理解。或许他们只是缺乏想象力，缺乏远见。美国佬，你们瞧，他心里默默地说，你们真该努力到这儿来，加入“宇宙格勒号”，加入我们辉煌的未来。

“谁愿意住在那种东西里面呢？”斯托伊科说道，捶了捶格里

---

1 孤立主义（Isolationism），由美国前总统华盛顿提出的一种外交政策。在防务上采取不干涉原则，即除自卫战争外，不主动卷入任何外部军事冲突；在经济文化上限制与国外的贸易和文化交流。

什金的肩膀，绝望而无力地笑了。

“你们在开玩笑吧，”叶夫列莫夫说，“咱们现在麻烦已经够多的了。”

“我们没开玩笑，叶夫列莫夫政委，这些就是我们的要求。”提意见的五个人挤进他与瓦伦蒂娜居住的空间站，背靠舱尾的屏风，声援科罗廖夫。屏风上印着精心修饰过的总理照片——总理正坐在拖拉机后座上挥手。科罗廖夫上校知道，瓦伦蒂娜此刻多半是在陈列室与罗曼年科缠绵——吱嘎吱嘎。他不禁想：罗曼年科怎能经常逃避炮手班的轮值呢？

叶夫列莫夫耸耸肩，低头瞥了一眼诉求清单，说道：“管道工必须继续接受监控，我有上级的直接命令。至于这份文件的其他内容——”

“你有违令使用精神药物之罪！”格里什金大叫。

“这完全是我的私事。”叶夫列莫夫平静地说。

“这是犯罪行为。”塔季扬娜回敬道。

“塔季扬娜飞行员，咱俩都知道，这个格里什金是太空城最活跃的私藏数据盗版贩子！咱们都是罪犯，你没发现吗？这就是制度之美，难道不是吗？”他脸上突然露出嘲讽的狞笑，“‘宇宙格勒号’不是波将金村[1]，你们也不是革命家。你们要求与古巴列夫元帅联

1 波将金村（Potemkin Village），一种精心设计的供来访官员参观的大型欺骗性工程。在现代政治和经济中，“波将金村”指专门用来给人制造虚假印象的建设和举措。

系？他已经被拘留在拜科努尔了。你们要求与科技部长联系？部长正在领导大清洗。”他决定性的大手一挥，随即将打印文件撕成碎片——诸多黄色薄片在无重力空间四散纷飞，像慢镜头里的蝴蝶。

罢工第九天，科罗廖夫与格里什金、斯托伊科会面，地点在格里什金居住的空间站，以前管道工也住在那里。

四十年来，“宇宙格勒号”的居民一直在与各类霉菌顽强抗争。无重力状态下，无论灰尘、油脂还是水汽，都不会沉积，霉菌孢子潜藏在各处：衣服里、填料里、通风道里。这里温暖潮湿，活脱脱一个超大的皮氏培养皿，孢子如水面浮油一般肆意散播。现在空气中有股干燥的腐臭味，混着绝缘材料燃烧的不祥气息。

一艘“联盟号”着陆舱离开太空城，空洞的呼啸声惊扰了科罗廖夫的睡眠。他猜测乘员是格卢什科夫妇。过去的四十八小时里，叶夫列莫夫指挥了未参加罢工人员的疏散活动。炮手班成员仍然坚守岗位，也看紧了军械室和兵营环舱，管道工尼基塔就被关在里面。

格里什金的空间站成了罢工总部。所有罢工的男人都没刮胡子，斯托伊科感染了葡萄球菌，整条小臂上都是红热的皮疹。舱壁内贴满了美国电视节目上妖艳女郎的海报，碰头的三人就像道德败坏的色情出版商。灯光昏暗——“宇宙格勒号”只启用了一半电力。

“那些人疏散之后，”斯托伊科说，“咱们的势力相对增强了。”

格里什金闷哼了一声。他鼻孔里塞着两条白色的医用棉花。他深信叶夫列莫夫会用 β-咔啉喷雾剂镇压罢工，而塞棉花只是他普通水平的焦虑偏执的症状之一。在拜科努尔方面下达疏散命令之前，一位技术员已将柴可夫斯基的《1812序曲》循环播放了好几个小时，音量震耳欲聋。而格卢什科满太空城追他妻子，赤身裸体，满身瘀青，一路放声尖叫，把整个“宇宙格勒号”闹了个底朝天。斯托伊科查看了克格勃委员的档案文件和贝奇科夫的精神科诊疗记录——好几米长的黄色打印纸飘浮在走廊中，卷成螺旋状，在通风口导入的气流中起起伏伏。

“想想回到地面之后，他们的证词会对我们产生什么影响，”格里什金嘟囔道，“甚至连审判都没有，我们就会被直接送进精神病院。”政治医院的可怕别称似乎激起了这孩子的极度恐惧。科罗廖夫则意兴阑珊地吃着一块软糯的小球藻布丁。

斯托伊科抓起空中飘浮的一张打印纸，大声读出来：“偏执狂，对于特定观念过于执着！反社会制度的修正主义空想！”他把纸揉成一团。“要是能占领通信室，我们一定要联系美国通信卫星，把这些事情一股脑都爆料给他们。也许这样才能让莫斯科感受到咱们的怒火！”

科罗廖夫从小球藻布丁上挖出一只被困的果蝇——它生了两对翼翅，胸部裂成两部分，无声地证实了“宇宙格勒号”的高辐射水平。昆虫都是从实验里逃出来的，几十年过去，当初的实验已被人遗忘，而它们繁衍了一代又一代，遍布整个太空城。“美国人对我们没兴趣，”科罗廖夫说，“对于这种爆料，莫斯科连脸都不会红一下。”

“除非运粮的日子到了。”格里什金说。

“我们有多缺粮，美国的积压就有多严重。”科罗廖夫阴沉地铲起更多绿藻送进嘴里，机械地咀嚼吞咽，“即使美国人想接触我们，他们也接触不到。卡纳维拉尔角[1]已经成了废墟。”

“咱们的燃料不够了。”斯托伊科说。

“可以到余下的着陆舱里取一些。”科罗廖夫回答。

“那么，我们又怎么返回该死的地面呢？”格里什金的拳头不住地颤抖，“即便到了西伯利亚，也是无边的树木森林！蓝天，见鬼吧！让它摔成碎片吧！掉下去烧光！”

科罗廖夫的布丁飞溅在舱壁上。

“哦，该死，”格里什金说，“对不起，上校，我忘了你回不去了。”

他走进陈列室，发现塔季扬娜正飘浮在那幅讨厌的火星登陆画前，脸上挂着湿滑的泪痕。

“上校，你知道吗？他们在拜科努尔塑了你的半身像，黄铜的。我上学的时候经常路过。”她显然一夜没睡，眼睛红了一圈。

“到处都有半身像，各大高校都需要。”他笑着牵起她的手。

“那天到底出了什么状况？”她仍旧盯着画作。

“记不太清了。看了太多遍录像带，现在反而记不得自己的感

---

1 卡纳维拉尔角（Canaveral），位于美国佛罗里达州布里瓦德县大西洋沿岸的一条狭长的陆地，附近有肯尼迪航天中心和卡纳维拉尔角空军基地，美国的航天飞机多是从这两个地方发射的。

受。我对火星的记忆，也和所有普通学生一样了。”他又向她展露微笑，“不过，这张糟糕的画肯定画得不对。无论如何，这一点我非常确定。”

“怎么会变成这样了呢，上校？为什么要结束？我小时候在电视上看了全程直播。我们在太空的未来是永恒的——”

“也许美国人是对的。日本没有搞载人工程，而是送了机器和机器人去修筑轨道工厂。月球采矿我们失败了，但我们想，至少还能建造永久性的研究设施。我猜，根源是财政问题，那些坐在办公室里拍板的人，他们不同意。”

“这是他们对‘宇宙格勒号’下达的最终决定。”她递给上校一小片对折的薄纸，“莫斯科方面给叶夫列莫夫下了命令，我从打印件里找到的。他们默许空间站在接下来的三个月里经历轨道衰减。”

他此刻也目不转睛地盯着那幅令他满心厌恶的画作。“已经无所谓了。”他听到自己这样说。

她痛哭起来，脸紧靠科罗廖夫不再灵便的肩膀。

“我有个计划，塔季扬娜，”他边说边抚摩她的头发，“你得听听。”

他瞥了一眼旧劳力士表。他们正飞越东西伯利亚上空。他记起当年瑞士大使在克里姆林宫开阔的拱顶屋内赠予他这块手表的情景。

是时候行动了。

他飘出空间站，来到对接区，一长条打印资料浮在空中，怎么也撩不开，顽固地缠在他脑袋周围。

他那只健全的手干起活儿来依然麻利。他笑着将一个大氧气瓶从捆绑带上取下，然后倚着门把手，竭尽全力将它丢过对接区。它在舱壁上反弹了几下，发出刺耳的碰撞声，但没造成半点破坏。他跟上去，抓住它，再次往外丢。

随后，他击中了失压警报。

高音警报器鸣声大作，灰尘从喇叭上腾起。警报激活了液压系统，对接区域响起沉闷的呜呜声，然后猛地闭合。科罗廖夫的耳膜都在震动。他打了个喷嚏，又去追氧气瓶。

照明灯突然亮到极致，随后一闪而灭。他在黑暗中微笑，摸索着钢瓶。斯托伊科触发了全面系统崩溃。其实这并不难，存储了那么多私藏电视广播，内存早已接近崩溃状态。“真够决绝的。”他喃喃自语，用钢瓶击墙。应急电池启动，微弱的灯光又闪烁起来。

他的肩膀一阵疼痛。他记起了那场真正爆炸时的嘈杂喧嚣，手中继续顽强地击打。一定会起效的，一定能骗过叶夫列莫夫和炮手班成员。

伴随着“吱嘎”一声，一扇舱门的手动轮盘开始转动。最终，舱门猛地打开，塔季扬娜往里瞧了瞧，羞涩地笑了。

“救出管道工了吗？”他问道，放开钢瓶。

“斯托伊科和乌曼斯基正在和警卫员理论，”她握拳击掌，“格里什金在准备着陆舱。”

他随她来到下一个对接区。斯托伊科搀扶着管道工走出兵营环舱的门。管道工赤着脚，胡子拉碴，青了半张脸。气象学家乌曼斯基跟在他们身后，拖着一个昏迷不醒的士兵，磕磕绊绊地往前走。

“感觉怎么样，管道工？”科罗廖夫问。

“抖个不停。他们一直给我服用‘恐惧’，剂量虽然不大，但真让我以为刚才有一场爆炸！”

格里什金从最靠近科罗廖夫的那艘“联盟号”着陆舱滑出，身后拖着一捆工具和几米长的尼龙系索。“他们都离开了，系统崩溃后，他们只能用自动导航。我一直手拿螺丝刀守着遥控装置，谨防被地面控制超驰。你感觉怎样，我的尼基塔？”他对管道工说，“你即将深入中华腹地。”

管道工面露难色，晃晃身子，又颤抖起来：“我不会说汉语。”

斯托伊科递上一份打印资料。“这是中文的发音：我要叛逃，带我去最近的日本大使馆。”

管道工咧嘴大笑，五指梳过一蓬乱发，发丝被汗污浆得直挺挺的。“你们剩下的人怎么办？”他问。

“你以为我们这么做，只是为了你个人的利益吗？”塔季扬娜朝他扮了个鬼脸，“要确保中国的新闻机构获取那份资料，管道工。我们每人都有一份复件。咱们要让全世界都知道，苏联打算怎么对待第一个登上火星的人——尤里·瓦西列维奇·科罗廖夫！”她朝管道工抛了个飞吻。

“这个菲利普琴科怎么办？”乌曼斯基问。那个士兵已失去知觉，凝结的暗红色血珠沿着不规则路径在他脸颊上滚动。

“何不带上那个可怜的杂种？”科罗廖夫说。

“那跟来吧，浑球。”管道工说道，抓起菲利普琴科的皮带，将他丢向“联盟号”舱门，“我，管道工尼基塔，会帮你一把，让你的人生更悲惨。”

科罗廖夫看着斯托伊科和格里什金封好身后的舱门。

“罗曼年科和瓦伦蒂娜呢？”科罗廖夫问道，又看了一眼手表。

“这儿呢，我的上校。”瓦伦蒂娜说着，从另一艘“联盟号”舱门口探出头来，金发在脸庞四周飘荡，“我们马上就完。”她咯咯笑了。

“到了东京有的是时间。”科罗廖夫厉声说，“不出几分钟，他们就会命令海参崴和河内的喷气机紧急起飞。”

罗曼年科伸出赤裸的结实臂膀，一把将瓦伦蒂娜拽回着陆舱。斯托伊科和格里什金封好了舱门。

“太空小农。”塔季扬娜不屑地哼了一声。

管道工带着昏迷不醒的菲利普琴科起飞，“宇宙格勒号”发出空洞的隆隆声。然后又是一阵轰隆隆，那对情人离开了。

“跟上，我的朋友乌曼斯基。”斯托伊科说道，“再见了，上校！”两人沿着走廊离开。

“我跟你一起走，”格里什金对塔季扬娜说着，咧嘴一笑，“毕竟你是个飞行员。”

“不，”她说，“还是单独行动。咱们兵分几路，能提高成功的概率。你用自动驾驶就行，不会有问题的，别乱碰面板上的任何按钮。”

科罗廖夫目送塔季扬娜扶着格里什金走进对接区的最后一艘

“联盟号”。

“等到了东京，”格里什金说，“我要带你去跳舞，塔季扬娜。”她封好舱门。又是一阵轰隆隆声，下一个对接区的斯托伊科和乌曼斯基起飞了。

“赶紧走，塔季扬娜。”科罗廖夫说，“快，我可不想看他们把你击落在公海上。”

“这里就剩你一个人了，上校。全靠你单兵御敌。”

“你走后，他们也该走了。”他说，“我得仰赖你们造势，给克里姆林宫抖一点黑料，保我在这里活命。”

“到了东京该对他们说什么呢，上校？你有什么要告诉世界的吗？”

“告诉他们……”各种老掉牙的套话从他脑海中奔涌而出：*我们的一小步……我们为和平而来……全世界无产者……*这些政治正确的官腔让他想纵情狂笑。“你得告诉他们，”他说着掐了掐自己萎缩的手腕，“我这把老骨头，需要这里。”

塔季扬娜给了他一个拥抱，然后从他身边滑开了。

他独自一人守在对接区。四周的死寂令人抓狂：系统崩溃后，通风功能失灵，伴他生活二十年的嗡嗡声消失了。终于，他听到了塔季扬娜驾驶“联盟号”脱离空间站的声音。

走廊里来了什么人？是叶夫列莫夫，他正穿着太空服笨拙地移动。科罗廖夫笑了。

树脂面罩后的叶夫列莫夫面无表情，官样十足。他与科罗廖夫擦肩而过时，刻意避开了对方的眼睛。他前往的目标是军械室。

“不！”科罗廖夫大喊。

电喇叭高声鸣叫，全面战斗警报响起来了。

科罗廖夫抵达军械室的时候，舱门正开着。里面的士兵手忙脚乱，出于日常训练的本能反应，他们抓起控制台座椅宽宽的安全带，斜扣过宇航服臃肿的前胸。

“住手！”他抓向叶夫列莫夫宇航服面料上僵硬的褶皱。一个加速器“突突突”地发动起来。跟踪雷达屏幕上，绿色的十字标线正逼近一个红点。

叶夫列莫夫取下头盔，面不改色，猛地反手给了科罗廖夫一击。

“让他们住手！”科罗廖夫呜咽道。舱壁摇晃起来，桁梁轰然折断，好似被一条巨大的鞭子抽了一记。“你老婆，叶夫列莫夫，她也在外头呢！”

“出去，上校。”叶夫列莫夫抓住科罗廖夫罹患关节炎的手掌，用力一捏。科罗廖夫尖叫起来。“出去。”一只戴着手套的拳头当胸捶了他一拳。

科罗廖夫被推进了走廊，一路无助地捶打对方的太空服。“即便是我，上校，也不敢违背红军的命令。”叶夫列莫夫的面罩碎了，此刻面露病态。“小拳打得不错，”他说，“在这里等好戏结束吧。”

随后，塔季扬娜的“联盟号”撞上了空间站的桁梁和兵营环舱。电光石火之间，在亮如闪光灯的刺目阳光中，科罗廖夫看见军械室皱叠起来，随后坍塌，好似被一脚踩瘪的啤酒罐；一个没了脑袋的士兵躯体翻滚着离开控制台；叶夫列莫夫的头发竖直向上飘起，张开口却没说出话来：真空从他敞开的头盔中吸出了太空服内的空气。两条细细的血流从科罗廖夫的鼻孔中淌出，空气逃逸的尖啸被他脑袋里更深沉的咆哮声掩盖了。

科罗廖夫记忆中的最后一件事，是听到舱门砰的一声关紧了。

他醒来时，周围一团漆黑，眼球后方一阵阵剧痛。他想起惨痛的教训，这一回与那场爆炸一样危险——血液中的氮气冒着泡泡，带来狂热的、极度的痛苦……

可一切又都如此遥远，如此不切实际，真的。他扳动舱门的转轮，只是出于某种莫名的崇高使命感，仅此而已。这是一项相当繁重的劳动，而他极想回陈列室睡觉。

他用填料把裂缝补上了，但要挽救崩溃的系统完全在他能力范围之外。他有格卢什科的菜园，里面有蔬菜与藻类，他不会饿死，也不会缺氧。通信室已随着军械室和兵营环舱一起，在塔季扬娜驾驶“联盟号”进行自杀式撞击之时从太空城脱离了。他猜测那场碰撞使“宇宙格勒号”偏移了轨道，但没法预测它将在何时坠入炽烈的上层大气。他现在经常生病，常想自己或许挨不到太空城烧毁的时候，这让他心烦意乱。

他花了无数个小时沉浸在陈列室的录像磁带库中。第一个登上火星的他，如今成为最后一个孤独的太空人，这点追求也算合情合境。

他对加加林的形象痴迷起来，他反复播放那些雪花点点的六十年代电视录像，无休无止。所有新闻片最终都以宇航员遇难的消息收尾。“宇宙格勒号”的沉闷空气里总萦绕着烈士的精神：加加林，“礼炮 1 号”的三位船员，蜷缩在“阿波罗 1 号”里被活活烤焦的美国人……

科罗廖夫常梦见塔季扬娜，她眼中的神色与他在陈列室肖像画中捕捉到的如出一辙。有一天他醒来，或者是梦见自己醒来，发现身处她睡过的那个空间站，穿着旧制服，前额上套了一个电池工作灯。他远远地看见自己从口袋上扯下齐奥尔科夫斯基勋章的星徽，钉到了塔季扬娜的飞行执照上，那场景就像在看陈列室显示屏上播放的新闻片。

敲门声传来，他知道那一定也是梦。

舱门转动起来，然后开了。

蓝幽幽的灯光明灭不定，就像老电影中的场景。他看见来人是个黑人女子，长长的哑黑色脏辫在无重力空间中根根扬起，好似头上围了一群眼镜蛇。她头戴护目镜，一条丝质飞行员头巾在身后飘动。“安迪，”她说的是英语，“来看看这里！”

一个肌肉发达的矮个子男人飘在她身后。他的头发稀稀拉拉，身上只穿了一件弹力护身衣，腰间拴着叮当乱响的工具带。他探头往里瞧，问道：“他还活着吗？”

“我当然活着。”科罗廖夫说。他的英语略带俄国口音。

那个叫安迪的人滑进屋来，浮在他上方。“你还好吗，兄弟？”他右臂的肱二头肌上刺有文身——网格气球图案，下方是两道交叉的霹雳，配以“犹他州，日辉 15”的字样。“真没想到还能看见活人。”

“我也没想到。”科罗廖夫眨眨眼说道。

“我们打算住在这里。”女人说着靠近了些。

“我们是从气球上来的。我猜，你会说我们是非法占住者吧。你知道这东西正在经历轨道衰减吗？”男人笨手笨脚地在半空翻了个筋斗，腰带上的工具叮叮当当。“零重力的感觉真是爽爆了。”

“老天，”女人说，“我还真不习惯！简直棒呆了，就像高空跳伞，而且没风。”

科罗廖夫盯着男人，对方的神情大大咧咧又稍显笨拙，一看就是出生以来享够了自由。“可你们连发射台都没有。”他说。

“发射台？”男人大笑起来，“告诉你我们是怎么上来的——用缆绳把这些用不上的助推发动机拖上气球，然后扔出去，拽着它们，在半空中点火。”

“你们疯了。”科罗廖夫说。

“可到底还是上来了，不是吗？”

科罗廖夫点点头。如果这些都是梦，那这梦也太怪异了。“我是尤里·瓦西列维奇·科罗廖夫上校。”

“你去过火星！”女人不禁鼓掌，“孩子们要是听到这个该多激动啊。”她从舱壁上摘下小月球车模型，给它上发条。

“嘿，”男人说道，“我得干活了。外面有一堆助推器，我们得把这东西抬高一点，以免待会儿烧起来。”

有什么东西撞上了舱体，“宇宙格勒号”在冲击之下发出巨响。“一定是‘塔尔萨号’。”安迪说道，看了一眼腕表，“真准时。”

“可是，为什么？”科罗廖夫大为迷惑地摇头，“你们为什么来这里？”

“刚才告诉你了啊，我们打算来这儿住。我们可以扩建这个地方，或者再多修一些类似的空间站。有人说我们永远不可能住在热气球上，但我们做到了，我们只有一次机会凭借自身力量到达这里。如果是为了政府、军官、一群文书而在这里生活，谁愿意呢？非得是拓荒先锋不可——骨子里渴望得要命的那种，对吧？”

科罗廖夫笑了，安迪也笑得咧开了嘴。“我们抓住电线，就顺着它们直直爬了上来。到了顶上，哎呀，老兄，你要么纵身一跳，要么就得烂在那里，”他扬起声调，“不能走回头路，先生，不能！我们完成了伟大的一跳，接下来要留在这里！”

女人将月球车模型的魔术贴轮子顶在曲壁上，松开手。它在几人头顶上一溜小跑，发出愉快的嗡嗡声。“多可爱啊！孩子们肯定会喜欢的。”

科罗廖夫盯着安迪的双眼。“宇宙格勒号”又发出隆隆响声，月球车模型被震到了新的路线上。

“是‘东洛杉矶号’，”女人说，“那上面载有儿童。”她取下护目镜，科罗廖夫看见她眼里盈满了近于疯狂的惊奇。

“那么，”安迪说着，把工具腰带摇得哗啦啦响，“你愿意带我们参观一下吗？”

（李懿 译）

新玫瑰旅馆

我在这座“棺材”里住了七个晚上，桑迪。它叫新玫瑰旅馆。此刻，我多么需要你。有时候，你会闯入我的脑海。记忆片段在脑海里慢慢回放，甜蜜且美好，我仿佛重新体验了一遍与你共度的时光。有时候，我会从包里掏出你的小型自动手枪，用拇指抚摸它光滑的廉价镀铬层。中国产的点二二口径，枪管与你已经消失的双眼中扩张的瞳孔差不多宽。

现在福克斯已经死了，桑迪。

福克斯让我忘了你。

我记得，在新加坡明古连街某家旅馆的昏暗酒吧里，福克斯倚靠在装有衬垫的吧台旁，挥舞着双手，高谈阔论着势力范围、内部斗争、职业发展路径，以及他发现的某个智库的防御漏洞。福克斯是头脑战争中的风云人物，公司纠葛中的调解人。各大跨国公司控制着经济命脉，而他则在财阀间的秘密冲突中扮演雇佣兵的角色。

我看见福克斯咧着嘴笑，语速极快，只需摇摇头，就将我的冒险事业贬低为商业间谍活动。锋芒，他说，必须要找到锋芒。他的语气里充满强调的意味。锋芒，在福克斯眼里，是可望而不可即的圣杯，是人类纯粹天赋中不可或缺的部分，锁于世界上最炙手可热的科研人员的头颅内，无法转移。

锋芒是无法在纸上书写的，福克斯说，也无法输入电脑磁盘。

而钱在公司叛徒的手中。

福克斯是个优雅的家伙，他身穿严肃的深色法式西装，额前一绺不听话的乱发却让他显得有几分稚气。他从吧台走过来时，歪斜的左肩破坏了他的良好形象，任何一位巴黎裁缝的妙手都拯救不了他的这一缺陷，对此我感到不是滋味。他在瑞士的伯尔尼被一辆出租车碾过，身体从那之后再也无法复原。

我想，我之所以追随他，是因为他追求他所说的锋芒。

而在我们共同追求锋芒的路上，我遇到了你，桑迪。

新玫瑰旅馆位于成田国际机场破败的边缘地带，活像一座棺材架。通向机场的主干道旁，有一块水泥地，上面密密麻麻地架起了很多一米高、三米长的塑料胶囊舱，就像是哥斯拉嘴里长了好些多余的牙齿。每间胶囊舱内的天花板上都装有电视机。我整天待在里面看日本综艺节目和老电影。有时候，我会把你的枪握在手里。

我时常能听到喷气式飞机的声音，它们飞进成田机场上空等待降落。我闭上双眼，想象清晰的白色尾迹逐渐模糊消散的画面。

你走进横滨的一家酒吧，那是我初次与你邂逅。眼前这个欧亚混血的女孩大腿修长，曲线优美，穿着仿冒某位东京设计师原创作品的中国山寨货；欧洲人的深色双眸下，是亚洲人的突出颧骨。我还记得，随后，你将手提包里的物品倒在酒店房间的床上，翻找化妆品。一同被倒出的还有一卷皱巴巴的新日元、一本用橡皮筋捆起来的破旧的地址簿、一张三菱银行卡、一本封面印有金菊图章的日本护照和一把中国产的点二二口径自动手枪。

你给我讲了你的故事。你的父亲曾经是东京的一位公司主管，如今他却身败名裂，被最大的财阀之一保坂集团扫地出门。那晚，你说你的母亲是荷兰人，然后向我讲述你在阿姆斯特丹度过的那些夏天，水坝广场上停留的鸽群仿佛一张柔软的棕色地毯。

我从来没问过你的父亲做了什么才落得这样的下场。我看着你穿好衣服，你的黑色直发在空中飞舞。

如今，保坂集团盯上了我。

新玫瑰的“棺材”胶囊舱架在回收的脚手架上，色彩鲜明的瓷釉包裹着钢管。我爬上楼梯时，每走一步，瓷釉碎片就纷纷脱落。我用左手数着一张张棺材盖似的胶囊舱门，上面的贴纸用多语种写着：遗失钥匙将处以罚款。

我抬起头，望见喷气式飞机从成田机场起飞，归家的路途如今仿佛空中明月般遥远。

福克斯很快就发现了我们可以如何利用你，但他还不够慧眼识人，没看出你的野心。不过，那时他也从未在镰仓的海滩陪你躺上一整夜，从未听你讲述过你的梦魇，从未在星空下听过你编造的整个童年——每次的版本都不一样，你用孩童般的口吻不断吐露出更多新鲜的往事，并一直发誓，这次说的绝对是事实，绝无虚言。

我并不在乎，只是在你身下的沙滩变得冰凉后，紧紧搂住你的臂。

有一次，你离开了我，跑回那片海滩，说你把我们的钥匙落在了那里。我在门上找到了它，便去追你，却发现你站在齐脚踝的碎浪中，光滑的脊背僵硬地颤抖，双眼望着远处。你说不出话，一直发抖，神志不清，在异样的未来和美好的过去间迷失了自我。

桑迪，你离开了，留我独自在这里。

没有带走任何东西。

你的这把枪。你的化妆品，塑料盒包装的眼影和腮红。你的克雷牌微型计算机，这是福克斯送你的礼物，里面有一份你输入的购物清单。有时候我会把它翻出来，浏览那一小块屏幕上清单里的每件物品。

一台冰柜，一台发酵机，一台孵化器，一台配有琼脂糖电池和透射仪的电泳设备，一台组织植入器，一台高效液相色谱仪，一台流式细胞仪，一个分光光度计，四罗[1]硼硅酸盐闪烁管，一台微型离心机，一台内置计算机并配有软件的 DNA 合成器。

这些东西非常昂贵，桑迪，但那时保坂集团为我们买单。后来，你让他们付出了更大的代价，可你却不告而别。

浩为你列了那张清单，可能是在床上列的吧。读卖浩，马斯生物实验室有限公司的员工。保坂集团想要得到他。

他炙手可热，锋芒外露。福克斯一心寻找基因工程师，其程度不亚于球迷对球星的痴迷。福克斯几乎能在舌尖品尝到自己对浩的

1 罗（Cross），量词， 罗为十二打，即 百四十四个。四罗为五百七十六个。

渴望。

在你出现前，他三次将我派去法兰克福，只是为了一睹浩的风采。根本不与浩打照面，更不会朝他使眼神或点头示意，只是为了能看他一眼。

各种迹象表明，浩已经安定下来。他和一个德国女孩在一起。她热衷于传统的洛登毛呢外套和擦得锃亮的栗色马靴。浩在城里的广场边买了一栋翻新的房子。他玩起击剑，放弃了剑道。

马斯生物实验室的安保人员遁于无形，却无处不在，犹如黏稠而透明的糖浆。回来后我告诉福克斯，我们根本接触不到他。

桑迪，是你替我们接触到了他。你出现得恰到好处。

保坂集团的联系人就像保护母体的特化细胞。而福克斯和我，则像有机体中的诱变剂，是在商业海洋的暗面上漂浮的可疑角色。

将你安插到维也纳后，我们向保坂集团提出，可以帮他们把浩搞到手。洛杉矶的酒店房间里，保坂的人连眼皮都没眨一下，始终表现出非常冷静的样子，只是说他们得考虑一下。

福克斯提到了基因竞争中保坂公司的头号对手，他直呼其名，违背了禁止使用特定名词的基本礼仪。

对方再次表示，他们需要考虑一下。

福克斯给了他们三天的时间。

在将你送去维也纳的一周前，我带你去了巴塞罗那。我记得你当时把头发束在脑后，戴着一顶灰色贝雷帽，古董商店的橱窗上映出蒙古血统赐予你的高颧骨。我们漫步在兰布拉大道，来到腓尼基港，沿途可见玻璃屋顶的市场，贩卖产自非洲的橘子。

老牌丽兹酒店的房间昏暗而温暖，柔和的欧式氛围笼罩着我们，犹如一床软被。我可以进入睡梦中的你，你随时准备好迎接我。我注视着你略带惊讶、张成 O 形的柔软双唇，和你即将陷入蓬松的丽兹经典白亚麻枕的面庞。我进入你的身体里，想象着新宿车站人潮汹涌、灯红酒绿的夜晚。你扭动的身体仿佛在打着新时代的节拍，令人如梦境般沉醉，远离尘世的喧嚣。

飞抵维也纳之后，我把你安置在浩的妻子最喜欢的酒店里。酒店大厅的地板犹如大理石棋盘，黄铜电梯内散发着柠檬油与小雪茄的气味，让整座大厅显得静谧而沉稳。想象浩的妻子置身其中并非难事，油亮的马靴踩在光滑的大理石地板上，反射出光芒，可我们知道她不会出现，她并没参与这次的行程。

她去了莱茵兰的一家温泉疗养中心，而浩则在维也纳参加一场会议。当马斯生物实验室的安保人员涌进酒店仔细搜查时，你正躲在暗处。

一个小时后，浩出现了，独自一人。

福克斯曾对我说："想象一下，如果外星人来到地球，想要确认这颗星球上占主导地位的智慧生命形式，他匆匆一瞥，然后做出判断。你猜他会选什么？"当时的我应该耸了耸肩。

"是财阀，"福克斯说，"跨国公司。财阀内部流动的血液是信息，而不是人。它的结构独立于组成它的个人而存在，公司就是一种生命形式。"

"省省你关于锋芒的长篇大论吧。"我回应道。

"马斯生物实验室则不同。"他不顾我打断他，继续说。

“马斯的规模小，行动快，果决无情，属于‘返祖现象’，马斯这家公司充斥着锋芒。”

我记得福克斯曾谈论浩的锋芒的本质。放射性核酸酶，单克隆抗体，以及与蛋白质链、核苷酸之类有关的东西……福克斯称之为“炙手可热的蛋白质”，可以完成高速链接。他声称浩是个怪才，这种人视范式若无物，颠覆整个科研领域，给知识体系带来猛烈的修正。“基本专利”，他说出这个词时，它代表的巨额财富不禁令他喉咙一紧，这四个字隐隐散发出百万巨款无须纳税的诱人气味。

保坂集团渴望得到浩，但他锋芒过盛，令他们感到担忧。他们想让浩单独工作。

我去了马拉喀什[1]，又去了旧城区麦地那[2]。我找到了一家信息素提取实验室，那里曾经是海洛因制毒场所。我用保坂集团的钱买下了它。

我和一名大汗淋漓的葡萄牙商人穿过德吉玛广场的市集，讨论着荧光灯和通风样本笼的安装方案。城墙外是高耸的阿特拉斯山脉。德吉玛广场上挤满了杂耍艺人、舞者和说书人，还有脚踏车床的童工，面前摆着木碗的截肢乞丐，笼罩着他们的是宣传法国软件的全息动画广告牌。

1 马拉喀什（Marrakech），位于摩洛哥西南部的城市。

2 此处指摩洛哥的旧城区麦地那，非沙特阿拉伯省会。

我们漫步于成捆的原羊毛和成排的装有中国制造微晶片的塑料桶之间。我暗示道，我的雇主计划生产合成β−内啡肽。总得见什么人说什么话。

桑迪，我时常会想起你在原宿的日子。躺在这口“棺材”里，闭上眼，我眼前便会出现你在那里的画面——五光十色的小型时装店组成的水晶迷宫，弥漫着新衣服的气味。我看见你高耸的颧骨，流连于巴黎皮具的铬制展示架。有时候，我会牵起你的手。

我们以为是我们发现了你，桑迪，其实是你找到了我们。此刻，我明白了是你一直在寻找我们，或者像我们这样的人。福克斯因为我们的发现而扬扬得意：多么漂亮的新工具，你像手术刀般耀眼，恰好能帮我们从马斯生物实验室这样严防死守的母体上切割下浩这样拥有强烈锋芒的个体。

想必你已寻觅良久，在混迹新宿的无数个夜晚里，寻觅一条出路。你的过去分散在各处，但你总是小心翼翼地避开新宿那些夜晚的记忆。

而我自己的过去也在数年前销声匿迹。我理解福克斯的一个习惯，他会在深夜里清空钱夹，来回翻看自己的身份证明。他会把卡片摆成不同的形状，重新整理它们，等待脑海中形成一个完整的图画。我知道他在寻找什么。就像我们都会不停整理我们的童年记忆。

今晚，在新玫瑰旅馆，我从你的记忆卡片中抽取了一张。

我选择了最初的版本，与你共度的第一个良宵，你躺在横滨酒店的床上为我朗读著名的酒店入住须知。我选择了你的保坂集团高管父亲蒙羞的记忆。保坂集团，多么完美的关联。还有你那来自荷兰的母亲，阿姆斯特丹的夏日，午后的水坝广场上，停留的鸽群犹如柔软的地毯。

我从马拉喀什的酷暑中来到希尔顿酒店的空调房。我读到你通过福克斯转达给我的消息，汗湿的衬衫冰冷地贴在我的后腰上。你已然得手，浩即将离开他的妻子。虽然马斯生物实验室的安保部署严谨又隐秘，可你如果想联系上我们并不困难。你带浩去了一家可以边喝咖啡边吃羊角包的绝妙小店。你最喜欢的服务员一头白发，举止友善，腿脚有点不便，他是我们的人。你将需要传递的消息藏在亚麻餐巾下。

今天一整天，我都注视着一架小型直升机在我的领地上空划出细密的网格，我的领地正是我的流放之地——新玫瑰旅馆。我从舱室门口看到它耐心的影子映在沾满油污的水泥上。它离我不远，甚至可以说很近了。

我离开马拉喀什，前往柏林。我在一家酒吧里，跟一个威尔士人碰头，开始为浩的失踪事件做准备。

这是一个复杂的计划，如维多利亚时代舞台魔术里使用的黄铜装置与滑镜般精妙，而期待的效果却相当简单。浩将会走到一辆氢燃料电池驱动的奔驰车后，接着消失不见。那十几名日常跟踪他的马斯生物实验室安保人员将如蚁群般涌到那辆车周围，他们的安保装置也会像环氧树脂一样，牢牢封锁住他的消失地点。

他们知道在柏林该如何快速行动。我甚至可以再安排与你共度最后一晚。我没有将这个打算告诉福克斯，他可能不会同意。现在，我已经忘了那座城市的名字。在高速路上时我还记得，而在莱茵地区灰暗的天空下行驶一小时后，我躺在你的臂弯里忘了它。

破晓之前，下起了雨。我们的房间里只有一扇窗，又高又窄，我站在窗边，望着雨水如细密的银针般坠入河流。你的呼吸声传入我的耳中。河水穿过低矮的石拱桥。街上空空如也。整个欧洲像是一座陷入死寂的博物馆。

我已经为你订好了从奥利到马拉喀什的航班，用的是你新换的名字。当我完成最后一步，让浩人间消失的时候，你搭乘的班机已经起飞了。

你把手提包放在深色的老书桌上。我趁你睡觉时，翻看了你包里的东西，任何与我在柏林为你购买的新身份冲突的东西，都要清理掉。我拿走了中国制造的点二二小型手枪、你的微型计算机和你的银行卡。我又从我的包里取出一本新的荷兰护照和一张用你的新名字开户的瑞士银行卡，把它们塞进你的手提包里。

我的手触碰到一个扁平的物体。我把它掏了出来，是一张电脑磁盘，没贴标签。

它躺在我的掌心上，毫无动静。那里面暗藏着编码，正在等待合适的时机。

我站在那里，凝视着你的一呼一吸，你的胸脯随之起伏，双唇微微张开，饱满的下唇唇角处，隐约有瘀青的痕迹。

我把电脑磁盘放回你的手提包里。我在你身边躺下，你翻了个身，靠着我，逐渐醒来，你的呼吸里满是新亚洲灯红酒绿的夜晚，未来如清澈的泉水般从你的体内涌出，冲洗掉我脑内的一切，只留下与你共度的此刻。这就是你的魔力，你存在于历史之外，只属于当下。

你知道如何将我带入那无人之境。

而那次，是最后一次。

刮胡子时，我听到你把你所有的化妆品都倒进了我的包里。“我现在是荷兰人了，”你说，“我想要一张新面孔。”

读卖浩博士在维也纳失踪了，失踪地点在辛格大街旁一条安静的小路上，离他妻子最爱的酒店有两个街区远。十月里一个晴朗的下午，在十几名专业安保人员的监视下，读卖浩博士人间蒸发了。

他似乎穿过了一面镜子，维多利亚时代的舞台魔术装置起了作用，将他传送到舞台下的某处。

我坐在日内瓦一家酒店的房间里，接到了威尔士人打来的电话。一切顺利，浩掉进了我的兔子洞，正在去往马拉喀什的途中。我给自己倒了一杯酒，想念起你的双腿。

一天后，福克斯和我在日航航站楼的一家寿司店里见了面。他刚刚从摩洛哥航空的一架喷气式飞机上下来，精疲力竭，却又扬扬得意。

他上钩了，他说道，“他”指的是浩。他爱上了她，他说道，“她”指的是你。

我露出微笑。你向我承诺过，一个月之后，我们在新宿见。

你这把廉价的小手枪正和我一起躺在新玫瑰旅馆里。表面镀的铬开始脱落了。它的做工粗劣：粗糙的钢铁枪管上刻着模糊的汉字。红色的枪柄是塑料的，两侧各有一条龙的花纹，就像小孩的玩具。

福克斯在日航航站楼里吃着寿司，正因我们的成果兴致高涨。

他的肩膀一直不太舒服，但他说不在乎。现在，他有钱去看更好的医生了。现在，他有钱买任何东西。

我们从保坂集团那里挣来的钱，对我而言似乎并不是非常重要。倒不是因为我不敢相信我们刚刚到手的这笔横财，而是在与你共同度过最后一夜之后，我开始相信，一切都是命中注定的，这是万物的新秩序，让我们发挥我们的作用，扮演我们的角色。

可怜的福克斯。他的蓝色牛津衬衫从未如此挺括，他的巴黎西服从未如此漆黑华贵。他坐在日航航站楼里，用寿司从一个小方碟里蘸绿芥末，浑然不觉他的生命只剩下不到一周的时间。

天黑了，泛光灯高高挂在刷了漆的金属杆上，整夜照射着新玫瑰旅馆的“棺材架”。这里的一切似乎都不再承担最初的用途。所有东西都被过度回收利用了，甚至这些“棺材”也是。四十年前，这些塑料胶囊舱室堆在东京或横滨，为差旅途中的商务人士提供现代化的便利。也许，你的父亲曾在里面过夜。后来，换了新的脚手架，它们又出现在银座的玻璃大楼外围，里面挤满了成群的建筑工人。

今夜的微风送来了弹球厅里的撞击声，和马路对面手推车上炖菜的香味。

我正往橘子薄米饼上抹蟹肉味的磷虾酱。能听见飞机的声音。

待在东京的最后几天，福克斯和我住在凯悦酒店五十三层两间相邻的套房里。我们和保坂集团断了联系。他们付钱后，就将我们的信息从集团的官方数据里删除了。

但是，福克斯仍不肯罢休。浩是他的宝贝，他的宠儿。福克斯对他产生了特别的兴趣，堪比父爱。他欣赏浩的锋芒，因而让我与

“睡觉吧，”他说，“你说得对，已经结束了。”

我确实去睡觉了，但电话吵醒了我。又是从马拉喀什打来的，卫星电话的白噪音里响起了一阵葡萄牙语，语气里透着恐惧。

保坂集团没有冻结我们的账户，他们直接让它们人间蒸发了。真金转瞬变成了童话。前一分钟，我们还是拥有硬通货的世界百万富翁，下一分钟，我们就变回一穷二白。我叫醒了福克斯。

“是桑迪，”他说，“她出卖了我们。马斯生物实验室的安保人员在维也纳策反了她。仁慈的耶稣可以做证。”

我看着他用瑞士军刀划开了破旧的手提箱。里面用万能胶粘了三根金条。每根金条都经过鉴定，烙有某个已经不存在的非洲政府的国库印章。

“我早该料到的。”他语气平静地说。

我说：“这不可能。我记得我还提到了你的名字。”

“忘了她吧，”他说，“保坂集团会杀了我们的。他们会认为是我们出卖了他们。快打电话查查我们的账户。”

我们的账户消失了。银行不承认我们中的任何一人曾经开过户。

“快跑。”福克斯说。

我们拔腿就跑，跑出侧门，钻进东京的公交系统，逃往新宿。那一次，我才真正感受到保坂集团的势力范围有多大。

我们求助无门。与我们在生意上合作了两年之久的家伙们一看到我们登门就纷纷变脸，冷眼相对。我们只能赶在他们拿起电话给保坂集团通风报信前离开。表象世界下暗藏的张力骤增，我们不论逃到哪里，都会遭到同样的冷遇，无处躲藏。与此同时，保坂集团的眼线也无处不在。

保坂集团放任我们跑了大半天，然后再次派人弄断了福克斯的脊梁骨。

我没有亲眼见到他们动手，但我看见福克斯坠楼了。我们在银座的一家百货商场，距离打烊还有一个小时，我看见他从擦得锃亮的夹层楼面上跌下，画出一道弧线，落在新亚洲商品区。

不知为何，他们放过了我，我一路狂奔。福克斯带走了金条，而我的口袋里只有一百新日元。我一路跑到了新玫瑰旅馆。

现在我大限将至。

跟我走吧，桑迪。听听这通往成田国际机场一路的霓虹灯在嗡嗡作响。几只夜蛾在新玫瑰旅馆外的泛光灯上断断续续地打着转。

可笑的是，桑迪，有时候我觉得你并不真实存在。福克斯曾说过，你是个幽灵，是经济极端发展的产物，新世纪的鬼魂，在世界上那么多家凯悦和希尔顿酒店的成千上万张床上凝结成形。

此刻，我的手里握着你的枪，揣在夹克口袋里，这只手似乎离我很远，脱离了我的身体。

我想起了我的葡萄牙商业伙伴，他忘了怎么讲英语，就用四种我几乎听不懂的语言试图让我明白他想表达什么，我猜他是想告诉我麦地那发生了火灾。其实不是麦地那，他是指保坂集团里最顶尖的科研人员。瘟疫，他一直念叨着，瘟疫，发热，死亡。

聪明的福克斯在逃亡途中拼凑出了事情的原委，甚至不用我提及在德国从你的包里发现了电脑磁盘。

有人篡改了 DNA 合成器的程序，他说。那东西存在的意义就是能一夜之间合成保坂集团需要的高分子。DNA 合成器有内置计算机和预装软件，价格不菲，桑迪。不过这却不及保坂集团最终为你赔掉的数目。

我希望马斯生物实验室给你开了个好价钱。

磁盘在我的手中，窗外的雨水落入河中。我心知肚明，却无法面对。我把那段脑膜炎病毒的编码又放回你的手提包里，在你的身边躺下。

默纳死了，和保坂集团的其他科研人员一起，浩也包括在内。希达纳遭受了永久性脑损伤。

浩没有考虑过污染的风险。他造的蛋白质是无害的。因此他才会留 DNA 合成器独自运转了一整夜，造出了符合马斯生物实验室规格要求的新型病毒。

马斯生物实验室有限公司，规模小，行动快，果决无情。这里充斥着锋芒。

通往机场的公路又直又长。我一直行驶在路边的树荫下。

我朝电话对面的葡萄牙人咆哮起来，逼他告诉我浩的妻子遭遇了什么。消失了，他回答道。我的耳边仿佛响起了维多利亚时期机械装置的发条声。

所以，福克斯的坠楼是必然会发生的，带着他可怜的三根金条，最后一次摔断了他的脊梁骨。他躺在银座一家百货商场的地板上，商场里的所有目击者一时间纷纷失声尖叫起来。

可我仍旧无法恨你，宝贝。

保坂集团的直升机又飞回来了，没开探照灯，使用了感知人体热源的红外线仪进行搜索。它在离我一公里的地方掉头朝我飞来，朝新玫瑰旅馆飞来，发出沉闷的轰鸣声。成田机场的灯光下，它只留下一道黑影一闪而过。

我放弃抵抗，宝贝。只要你肯回来，握住我的手。

（梁涵 译）

冬季市场

这里经常阴雨绵绵。在冬季，有些日子根本就见不到阳光，只能看到灰蒙蒙的明亮天光笼罩世界。但也有些冬日略有不同，那种天气就像有人拉开幕帘，让你看上三分钟的灿烂阳光，以及悬于天际的山峦，仿佛上帝亲自出演的电影开头的标志性场景。她的几个经纪人从位于贝弗利大道的镜像金字塔最深处给我打来电话的那天，正是这种天气。他们告诉我，她已经与网络相融合，永远地跨越到了另一边，此外，《沉睡之王》的销量马上就要突破三白金[1]了。《沉睡之王》大部分都是我剪辑的，同时，我还做了脑图的转换工作，并且用快速擦除组件精心润色了一遍，所以我很可能会获得不菲的提成费。

不，我对他们说，不行。但随后又说，是的，好吧。然后挂断了电话。我抓起夹克，一步三阶地下楼，直奔最近的酒吧，让自己喝得酩酊大醉，断片儿了八个小时，午夜时分，不知怎

1 按照美国唱片认证标准，一白金为音乐唱片销量达到一百万张，三白金即销量达到三百万张。

的就站在了两米高的混凝土高台上。福溪[1]潺潺流过。城市灯光璀璨如常。在霓虹灯和汞汽弧光灯的映照下，一如往常的灰碗似的天空显得更小了。天正下着雪，雪花很大，但并不浓密，一碰到黑黢黢的溪水便融入其中，杳无踪影。我低头看着双脚，发现脚尖已经探出高台边缘，透过两脚之间的窄缝，即可看到正下方的福溪之水。我穿着一双崭新且昂贵的日本鞋，那是在银座购买的用手套革制作的轻型胶底靴子，鞋尖处用橡胶包了起来。我在那里站了很长时间，然后才把稍稍探出的脚收回来。

因为她已经死了，我已然接受了这个事实。因为她现在已经长生不朽，而我还帮过她一把。还有一个原因：我知道她明天一早会打电话给我。

我父亲是一名音频工程师，技艺相当精湛。他很久以前——甚至早在数字化时代来临之前——就开始从事这个行当了。他那道工序有一部分得用机器搞定，这种机器在二十世纪很常见，操作甚是笨重，颇有一种维多利亚时代的质感。基本上，他就是个车床操作工。人们把录音带交给他，他就把里面的声音刻录在胶盘的沟槽里。刻录后的胶盘要先电镀，再压制定型，这样就制出了所谓的唱片，也就是你在古董店里见到的那种黑色的玩意儿。我记得他在去世前

1 福溪（False Creek），位于加拿大温哥华市中心的一条很短的水湾。

几个月跟我说过，在某些频率下——我想他应该是将其称为“瞬变频率”——主车床上的机械录音头会很容易烧毁。这种录音头极为昂贵，所以你得用一种叫作加速计的东西防止它们被烧坏。当我站在那里，脚尖悬在溪水上方时，脑子里想的正是：她的“录音头”即将被烧毁。

因为他们就是这么对待她的。

而那正是她想要的。

不给丽丝用加速计进行保护。

上床睡觉前，我切断了电话服务，做法是用产自西德的三脚架夹持设备的那端把电话砸得稀巴烂。要修好这个三脚架，得花费我一个星期的工资。

不知过了过久，我醒过来，叫了一辆出租车，回到鲁宾在固兰湖岛[1]的住处。

在那个没人能完全理解的领域，鲁宾是一位大师，一位导师，日本人通常将这种人称为“先生”。他真正精通的是垃圾、基皮[2]、

1 固兰湖岛（Granville Island），位于福溪南岸，与温哥华市中心隔水相望。

2 基皮（Kipple）是由美国科幻作家菲利普·迪克自创的词，出自小说《仿生人会梦见电子羊吗？》。基皮指的是最无用的垃圾，比如垃圾邮件、空火柴盒、口香糖包装纸、昨日的报纸，等等。没有人的时候，基皮会自我繁殖，整个宇宙都在向着最终、最绝对的基皮状态演进。

丢弃物，也就是这个世界漂浮其上的废弃物的海洋。他就是“Gomi no sensei”：垃圾大师。

一进屋，我就发现他正蹲在两台鼓乐机器中间鼓捣着什么。这种机器我从未见过，破损得很严重，锈迹斑斑的横臂折叠起来，搁在一堆外壳凹陷的钢罐中间。钢罐是从里士满的垃圾桶里翻找出来的。他从不将这个地方称为工作室，也从不称自己是艺术家。鲁宾把他从事的事情表述为“瞎鼓捣”，似乎将其视为他童年时期在后院里打发无聊的午后时光的一种延伸。他在这个拥挤不堪、邋里邋遢的房间里走来走去——这房间其实是个小型飞机棚，有一条鹅卵石小道由这里通向“市场”的溪畔——身后跟着一些由他打造的更智能、更灵活的机器。看起来，这里仿佛就是一个不断壮大的垃圾地狱，而他则像和蔼可亲的撒旦那般晃荡着，专心致志地思考如何完善那些他仍未搞懂的流程。我见过鲁宾给他的造物编写了一种程序，使其能够识别当季热门设计师设计的服装，假若看到行人穿着这种衣服，它就会出言辱骂。其他造物存在的意义更加令人费解，其中有几个被造出来仅仅是为了拆解自己，同时竭尽所能地发出巨大的噪音。鲁宾就像个小孩子，不过，在东京和巴黎的展览馆里，他的作品可是相当值钱的。

我把丽丝的事告诉了他。他让我别憋着，把心里的话都吐出来，最后点了点头。“我明白，”他说，“有个加拿大广播公司的讨厌鬼给我打八次电话了。”他抓起一个凹痕累累的杯子抿了一口，“你想来杯烈性威士忌吗？”

“他们为什么打给你？”

“因为《沉睡之王》的背面有我的名字，在‘献辞’部分。”

“我还没看过《沉睡之王》的成品呢。”

“她给你打电话了吗？”

“没有。”

“她会打的。”

“鲁宾，她死了。他们已经把她火化了。”

“我知道，”他说，“但她照样会打给你。”

垃圾。

垃圾之海止于何处？而世界又始于何处？一个世纪前，东京周围就已经再无多余的空间用于堆放垃圾了，所以日本人想到一个办法：用垃圾来制造空间。1969年，他们在东京湾用垃圾建造了一座小岛，并将其命名为梦之岛。然而，东京每天仍会吞吐出九千吨垃圾，所以他们又建造了一座“新梦之岛”。今天，他们把所有的垃圾掩埋场连接合并到了一起，于是，“新日本”从太平洋中冉冉升起。鲁宾看到这个新闻时，缄默不语。

对于垃圾，他着实没什么可说的。垃圾是他的工具，是他赖以生存的空气，他一生都徜徉在垃圾的汪洋中。他驾驶着左摇右晃的卡车在大温哥华区穿梭。这辆卡车是用一辆破旧的梅塞德斯机场摆渡车拆卸的零件组装而成的，车顶被一个硕大的橡皮袋完全盖住。袋子里装着一半的天然气，随着车子的行进翻来滚去。他的脑子里被缪斯女神涂满了奇奇怪怪的设计图样，他的目标物就是能够把那些设计构建出来的物件。他不断地把垃圾带回家，其中有些物件依然还能运转。有的物件则是人类，比如丽丝。

我是在鲁宾的一个派对上认识丽丝的。鲁宾经常举办派对。他看起来一点也不喜欢这种事，但派对办得相当不错。那年秋天，我记不清有多少次躺在泡沫塑料板上，被鲁宾的古董浓缩咖啡机的咆哮声惊醒。那台咖啡机是个生满锈的庞然大物，机顶立着一只很大的镀铬老鹰，它运行起来的骇人噪音像是要把这地方的波纹钢墙壁掀开，但与此同时，这种声音听起来也甚为抚慰人心，因为这意味着：有咖啡可以喝了，生活还会继续下去。

我第一次见到她是在厨房。确切地说，那儿还不够格被称作厨房，里面只有三台冰箱、一台轻便电炉和一台坏掉的对流式烤箱，后者是跟着垃圾一起被运回来的。我第一眼看到她时，她正在打开那台只存放啤酒的冰箱，光线从冰箱内泻出，照亮了她的颧骨和充满坚定气质的双唇。此外，我还看到了她手腕上反射着冷光的黑色聚碳酸酯，以及那个部位被外骨骼摩擦出的光亮且曲线顺滑的伤口。我喝得烂醉如泥，根本不知道那是什么东西，但我很确定，那会儿绝不是逗乐的时候。所以，一看见丽丝，我便像其他人一样，连忙做了一件别的事来掩盖尴尬——去对流式烤箱旁边的台子上拿了瓶酒，转身离开，头也不回。

但是，她却主动来找我了。两小时后，她在编入外骨骼的程序驱动下，用极度优雅的姿态在派对的人群和垃圾中间迂回着穿行而过，来到我身边。当时，看着她越走越近，我才意识到她的身体竟是这般模样。我尴尬得要命，既不能躲，不能跑，也不能含含糊糊地找个借口逃离此处。我怔怔地站在原地，搂着一个不认识的女孩的腰，在此期间，丽丝在房间内曲折行进，优雅的姿态中带有一丝嘲弄的意味。最后，她终于正面冲我走来，在威兹[1]的效用下，她的眼神像是火焰般炽烈。那女孩见状便扭动身体，一言不发地挣开我的胳膊，惊惶地闪开了。丽丝站在我面前，全靠细如铅笔的聚碳酸酯义肢支撑身体。凝望那双眼睛，你仿佛能听到她的神经突触在痛苦哀号，那是她大脑中每一条回路被药物撕扯开时发出的难以置信的高声尖叫。

“带我回家。”她说道，那几个字像鞭子似的抽打着我。我记得自己应该是摇了摇头。“带我回家。”她又说了一遍，语气中饱含痛苦，同时还带有一丝狡猾，以及令人讶异的残忍。就在那时，我清楚地知道，这个滥用威兹的小姑娘恨我的程度竟如此之深，从未有人像她那样痛恨过我。全都是因为我在鲁宾那台只存放啤酒的冰箱旁看了她一眼，紧接着就移开了目光。

所以——如果这个连词没用错的话——我做了一件虽然不知道原因但仍然会做的事。因为我心里很明白，我只有这一种选择。

我带她回家了。

我在第四大道和麦克唐纳大道交口处的老公寓楼十层，有一套两居室。通常，楼里的几台电梯是正常工作的。如果坐在阳台的栏

---

1 威兹（Wizz），作者杜撰的一种药物。

杆上，抓住隔壁大楼的一角，背对楼外，身体后仰，你就能透过一道笔直的狭缝看到大海和山峦。

从鲁宾那儿回家的路上，她一句话也没说。到家时，我已经清醒多了，所以在开门让她进屋的那一刻，我不禁感到很不自在。

她看到的第一样东西，是我前一天晚上从“自主领航”拿回家的便携式快擦组件。外骨骼载着她从积满灰尘的宽幅地毯上走过去，姿态和先前一样，活像模特在T台走秀。远离派对的喧闹后，我可以听见外骨骼移动时发出柔和的咔嗒声。她站在那里，低头看着那台设备。当她用那个姿势站着的时候，我能看到外骨骼的肋拱结构从胸前延向后背，在磨损的黑色皮夹克下凸起，线条清晰可辨。她患上的要么是从未有人彻底搞懂的古老疾病，要么就是某种显然由环境污染导致的甚至还没来得及命名的新型疾病。假如没有外骨骼，她根本就动弹不得。外骨骼与她的大脑通过肌电接口直接相联。聚碳酸酯支架看上去很脆弱，却能带动她的四肢活动。除此之外，还有一个更精妙的系统通过嵌入体产生的电流，控制她纤细的双手。这让我想起了高中实验录像带里，青蛙的后腿在电流的刺激下不停抽搐，随后，我又为产生这个想法而对自己心生厌恶。

“这是快速擦除组件。”她用一种我从未听过的冷漠语气说。我当时心想，这可能是威兹的药效正在消退导致的。“你家里怎么会有这个？”

“我是剪辑师。”我一边说，一边关上身后的门。

“原来如此。”她哈哈大笑，“你是做这个的。在哪儿？”

“在固兰湖岛，一个叫‘自主领航’的地方。”

她转过身，将手搭在臀上，然后身体扭动起来，也可以说是外骨骼驱动她扭动。她灰色的双眼变得暗淡无神，眼神中冒出威兹、憎恨和模仿拙劣的性欲之光，像刀子一样刺中了我。“你想跟我做爱吗，剪辑师？”

又是一句鞭子似的话抽打过来，但我不想再默默忍受。于是，我挑衅似的挺起自己被啤酒麻痹的，能自如走路、四肢灵活、说话流利——完全正常的身体，冷冷地盯着她，恶狠狠地回复道：“即便我跟你做，你能感觉得到吗？”

这一回击出乎她的意料。她也许是惊得眨了眨眼，但表情始终毫无变化。“不能，”她说，“但我有时候喜欢看。”

她在洛杉矶死去的两天后，鲁宾站在窗前，凝望着雪花飘落进福溪。“这么说，你从来没跟她上过床？”

一只带滚轮的双头埃舍尔[1]蜥蜴蜷缩着身子，从我面前的桌子上一溜而过。

“没有。”我实话实说，紧接着又大笑道，“不过，我们直接联梦了。就在见到她的第一天晚上。”

1 M.C. 埃舍尔（M. C. Escher，1898—1972），荷兰版画家，因其绘画中的数学性而闻名。在他的作品中，可以看到对分形、对称、密铺平面、双曲几何和多面体等数学概念的形象表达。

“你疯了，”他带着赞许的语气说，“你没准儿会因此丧命。你的心跳可能会停止，也可能会突然停止呼吸……”他转过身，继续望向窗外，“她打给你了吗？”

我们联梦了，直联。

我以前从未做过这个。如果你问我为什么要这么做，我会告诉你：因为我是个剪辑师，直联是一种不专业的表现。

可真相应该是这样的：

在业内，我是说在合法范围内——我从来不搞色情片——我们把初级产品称为“干梦”。所谓干梦，其实是意识层面的神经活动输出。大多数人只有在睡眠中才能进入这种意识层面，但艺术家们，比如跟我在自主领航共事的艺术家，则能够冲破“表面张力”，潜入荣格[1]的意识之海，然后携着梦，钻出海底。简单来说就是这样。我想，有些艺术家经常会利用各种手段这么做。不过，神经电子学技术则能让我们获取这种梦境体验，再通过线缆传输到网络中，这样我们就能将其打包出售，看着它在市场上流通。听着挺唬人，但实际上万变不离其宗……我父亲一般会这么评价。

一般情况下，我是在工作室里拿到原材料的，之后，还得用价

---

1 卡尔·荣格（Carl Jung，1875—1961），瑞士心理学家，主张把人格分为意识（自我）、个人无意识（情结）和集体无意识（原型）三个层次。

值数百万美元的障板对其进行过滤，全程甚至都不用跟艺术家本人见面。你瞧，我们需要把原材料进行精心调整，平衡其中的各种元素，如此一来，最终卖给消费者的商品就变成了艺术品。不过，仍然有人天真地认为，他们会很喜欢跟所爱之人直接联梦。我想大部分青少年都试过一回。当然，这件事做起来相当容易。直联所需的设备盒、电极和电缆在无线电器材店就能买到。但我从来没做过。现在回想起来，我并不确定此前为什么不想直联，甚至不确定为什么连这个念头都没动过。

但是，当我跟丽丝并肩坐在我的墨西哥蒲团上，把视觉导线插入她光滑的外骨骼后部脊椎上的插孔——那个插孔位于脖子的根部，被她黑色的头发遮住了——时，我知道自己为何要跟她这么做。

因为她声称自己是一位艺术家，还因为我知道我们俩已经莫名其妙地铆足劲儿杠上了，这场对战我绝对不会输。也许你会觉得我们的对抗毫无意义，但这只能说明你以前并不了解她，或者现在还没有通过《沉睡之王》了解她。了解之后你便会知道：她的内心和脆弱的外表完全不相符。你从未体验过她的渴望，那种渴望已然褪去了华而不实的外衣，只剩下赤裸裸的欲望，那股欲望的目的性之强，令人惊惧万分。那些明确知道自己想要什么的人，总是让我感到害怕，而丽丝很久以前就知道她想要什么了，其余的东西她都不在乎。但在当时，我根本就不敢承认自己害怕了。我在自主领航的混录室里看过太多陌生人的梦，所以我知道，大多数人潜意识里恐惧的事物都很荒谬，与其清醒之时的状态对比，显得特别滑稽。不过，跟她直联那会儿，我的酒还没醒呢。

我戴上电极，伸手去够快擦组件的调节钮，关上了它强大的工作室剪辑功能，暂时把这台价值八万美元的日产电子产品，变成了类似于无线电器材店里卖的那种廉价的小设备盒。“开始啦。”我说道，然后打开开关。

语言。那种体验，语言根本无法形容。或者说，哪怕我知道应该如何描述从她的大脑中喷涌而出的东西，以及她的反应……可若要用语言准确地表达出来，我也几乎无能为力。

《沉睡之王》里有一个片段：看上去，你好像是在午夜时分骑着一辆摩托车，路上没有灯光，但是不知怎的，你并不需要光线照明。你沿着盘踞于悬崖峭壁上的海岸公路疾驰，速度快得令你周身笼罩在静寂之中，就连引擎的轰鸣声都被远远地抛在身后。一切都被你抛在了身后……在《沉睡之王》里，这个片段不过转瞬即逝。像这样的片段有上千个，但它却令你印象深刻，总想再次体验一把，最终拓展了你感受的疆界。太奇妙了。自由和死亡，如刀锋般迎面劈来，虽是一瞬，那种感受却恒久不衰。

而那晚，我体验到的则是那个片段最原始的版本：不顾一切地横冲直撞，那是未经雕琢的最本真的《沉睡之王》。它炸裂开来，向四面八方飞溅，冲进一片虚无的空间，贫困、无爱和身份低微的“垃圾元素”充盈其间，散发出熏天的恶臭。

那是丽丝的野心，从她的大脑中直接迸射出的巨大冲击。

这个过程持续了四秒钟。

当然，毫无疑问，她赢了。

我摘下电极，盯着墙壁，热泪盈眶，墙上的镶框海报随之扭曲晃动。

我不敢看她。我听见她拔掉视觉导线的声音，以及外骨骼把她从蒲团上撑着站起来的嘎吱声。我还听见外骨骼拖着她去厨房喝水的柔和的咔嗒声。

紧接着，我哭了起来。

鲁宾捏着一根纤细的探针，插入那只行动迟缓的、带滚轮的双头埃舍尔蜥蜴的腹部。他用戴在太阳穴位置的微型头灯照明，透过放大镜仔细检查它里面的电路。

“你被她迷住了，对吗？”他耸耸肩，抬头看着我。天色已晚。头灯上的两束强光直刺我的脸庞。他的钢铁仓库中阴冷潮湿。从大海那边传来凄凉的雾号声。“对吗？”

这次轮到我耸肩了。“我的确被她迷住了……除此之外，我似乎别无选择。”

光束从我的脸上移开，重新射入那个残次玩具的硅基心脏。“那就行。这是名副其实的‘选择’。我的意思是，她注定要变成现在这个样子。你在其中起的作用跟快擦组件差不太多。即使她没有选你，她也会去找别人。”

在九月一个凄冷的上午，我跟资深剪辑师巴里做了个交易，好让我可以单独使用二十分钟五号混录室。丽丝的干梦涌了进来，和我们直联时同样的片段冲撞奔腾。但这次，我已经做足准备，提前设置好了障板和脑图，所以我用不着亲身体验。之后，我又在剪辑室里花了两周时间，把零散的片段精心地拼凑为一个整体，最终将她的干梦做成了能播放给自主领航的老板马克斯·贝尔看的东西。

当我跟贝尔解释我的所作所为时，他看上去一点儿也不开心。标新立异的剪辑师会造成很坏的影响，如果任由他们我行我素，到最后，大部分剪辑师都会误以为自己真的找到了下一位巨星，然后就开始把时间和金钱浪费到这上面。我说完后，他点点头，用红色水彩笔的笔帽挠了挠鼻子。“啊哈，我知道了。这可以说是自从鱼类长腿爬上陆地以来最劲爆的新闻了，对吧？”

但他还是联上了我剪辑的样带。观看完毕，样带从他的博朗牌办公桌的播放沟槽中咔嗒一声弹了出来。他呆滞地盯着墙壁，面无表情。

“马克斯？”

“啊？”

“你觉得如何？”

“我觉得如何？我……你刚才说她叫什么名字？”他眨眨眼，“莉萨？她跟谁签合约了？”

“她叫丽丝，是个无名小卒，马克斯。她现在还没跟任何人签合约。”

“我的天哪！”他依然面无表情。

“你知道我是怎么找到她的吗？”鲁宾一边说，一边费力地挤过一堆破烂的纸板箱，去找电灯开关。箱子里装满了被仔细分类过的垃圾：锂电池、钽电容器、射频连接器、线路板、屏蔽带、铁磁谐振变压器、缠在线轴上的方条铜线……有一个纸板箱里装着数百个芭比娃娃的脑袋，还有一个箱子里装着看上去像是太空服手套的工业安全护手。房间被灯光照亮。在一个被剪开的刷了油漆的罐子里，有一只康定斯基[1]风格的螳螂，它感知到光线袭来，遂扭动着高尔夫球般大小的脑袋，转向那盏亮起的灯泡。“我当时在固兰湖岛挑选垃圾，刚拐进一条巷子，就看到她坐在那里。那身外骨骼引起了我的注意。她看起来情况很不妙，所以我问她：‘你没事吧？’但她只是闭上了眼睛，根本没搭理我。我心想，随便吧，毕竟这不关我的事。可是，大约四个小时后，我恰好又经过那条巷子，发现她丝毫没有动过。‘听着，亲爱的，’我跟她说，‘也许你的硬件坏了，我能帮你，好不好？’她还是没理我。‘你在这儿待多久了？’她继续一言不发。于是我就走了。”他走到工作台旁，用苍白的食指抚摸着那只螳螂纤细的金属腿。工作台后面有一块因湿气过重而膨胀的陈旧的小钉板，上面挂着钳子、螺丝刀、系带用的枪、一把生锈的黛西牌气枪、剥线钳、压线钳、逻辑探针、热风枪、一台袖珍示波器……似乎人类历史上有过的一切工具都在上面了，而且从来没人想过归置一下。尽管如此，我发现鲁宾仍然能毫不犹豫地从板子上取走目标工具。

“但我还是回去了，”他说，“大概一小时之后。等我返回

1 瓦西里·康定斯基（Wassily Kandinsky，1866—1944），出生于俄罗斯的画家和美术理论家，抽象艺术的先驱之一。

巷子时，她已经昏迷，不省人事了。所以我把她带回来，检查了一下外骨骼有什么毛病。原来是电池没电了。我猜情况是这样的：电量用完后，她就爬到那条巷子里，坐等自己饿死的那一刻来临。”

“那是什么时候的事？”

“大概在你带她回家的一周之前。”

“要不是你发现了她，她很可能就死了吧？”

“肯定会有人发现她的。她不愿意请求别人给予任何帮助，你知道吧？只会直接拿走。她受不了别人的施舍。”

马克斯给她找了几名经纪人。一天后，那三位精明强干的初级合伙人抵达了温哥华国际机场。丽丝不想去自主领航跟他们会面，坚持要我们把他们仨带到鲁宾家。被捡回来之后，她就一直住在那儿。

“欢迎来到温哥华。”几位经纪人侧着身子从门口挤进房间时，鲁宾对他们打招呼道。他长长的脸上沾满了油垢，那条工装裤很是破旧，前裆开口用一枚变形的回形针凑合着别住了。两个男孩下意识地咧嘴一笑，而那个女孩的笑容则显得稍微真诚一些。“斯塔克先生，”她说，“我上周去伦敦，在泰特美术馆看到您设计的装置了。”

“那件艺术品叫《马尔塞洛电池厂》，”鲁宾说，“英国佬说那就是一坨粪便……”他耸耸肩，“那帮英国佬。我的意思是，他们的审美简直匪夷所思。”

“他们说得没错，那件艺术品非常好笑。”

听到这个声音，男孩们立刻笑容满面。他们穿着西装，像两座黢黑的灯塔杵在那里。样带已经寄到洛杉矶了，所以他们知道说这话的人是谁。

“你就是丽丝吧，”女孩一边说，一边在鲁宾那堆积如山的垃圾之间的过道里费力地朝她走过去，“你很快就要出名了，丽丝。咱们还有很多事情需要讨论……”

丽丝只是用聚碳酸酯支撑着站在原地，脸上的表情跟我第一次见到她的那晚一模一样，就是她在我的公寓里问我要不要跟她上床时的那副表情。不过，哪怕这个年轻的女经纪人看到了，她也完全不会把情绪表现出来。她可是专业经纪人。

我告诉自己：我也是专业的。

我告诉自己：放轻松。

“市场”周围的大铁罐中，垃圾熊熊燃烧。雪还在下。孩子们挤在火边不停地换脚，像患了关节炎的乌鸦似的。寒风吹打着他们的深色外套。在费尔维尤的贫民窟里，晾在外面的衣服已经被冻得梆硬。天色昏暗，在杂乱的卫星天线和太阳能电池板的衬托下，粉红色的方格床单格外显眼。某个生态保护论者架设的风车转动不休，仿佛是对高额电费竖起的一根飞速旋转的中指。

鲁宾穿着溅满油漆的比恩牌胶底帆布鞋，大脑袋瑟缩在特大号的工装夹克里。我们经过此地时，常常会有冻得耸肩弓身的孩子指着鲁宾说：像机器人和其他的狗屁设备，反正那些疯狂的玩意儿都是这家伙造的。

“你知道你的问题是什么吗？”他说道。我们到达桥下，朝第四大道的方向走着，“你是那种总是看使用手册的人。这种人以为，人类造的一切东西、利用的任何技术，都有各自特定的用途，那些东西被造出来，是为了做一些人们已经理解的事。但如果是一项新技术，那么，它将会开辟出一片从未有人想到的新领域。老弟，你要是读说明书，就不会像我这样瞎鼓捣了。当别人用它——比如丽丝——做你从未想到过的事情时，你就会觉得坐立不安。”

“她不是第一个那么做的人。”车辆在头顶轰隆隆地驶过。

“的确不是，但她肯定是你认识的人里，第一个把自己转译成计算机程序的。那个法国小子——那位作家，叫什么来着？三四年前，他这么做的时候，你失眠了吗？”

“我当时对那件事没怎么关注，就是个公关宣传的噱头吧……”

“他现在还在写呢。诡异的是，除非有人炸毁他的主机，否则他会一直写下去……”

我皱起眉毛，摇了摇头。“但那已经不是他本人了，对吧？只是个程序罢了。”

“你这个观点很有趣，很难说是或不是。至于丽丝嘛，咱们拭目以待吧。毕竟她不是作家。”

《沉睡之王》锁在了她的大脑里，就像她的身体被锁在外骨骼里一样。

经纪人为她跟一家制片公司签了约，并从东京请来了一个制作团队。她告诉他们，她想让我来剪辑，我拒绝了。马克斯拽着我进入他的办公室，然后威胁说，要当场解雇我。他的原话是：如果我不参与其中，那我就没有待在自主领航的必要了。温哥华显然不是世界的中心，所以经纪人想让她去洛杉矶发展。这意味着马克斯能赚一大笔钱，而且很有可能会让自主领航名声大噪。我无法向他解释我为什么拒绝。这件事太疯狂，也太私人了。至少我当时是这么想的。可她还是坚持让我操刀。马克斯对此事很是重视。他根本没有给我任何选择的余地。我们俩都很清楚，我找不到别的工作。所以，我只得跟他一起走出办公室，向经纪人宣布我们已经消除分歧，我同意做她的剪辑师。

听到这话，那几个经纪人咧开嘴笑了。

丽丝掏出一支装满威兹的吸入器，吸了一大口。女经纪人见状，扬起一道完美的眉毛，但她的指责也就仅限于此了。签完合约之后，丽丝又朝她的目标迈进了一步。

她自始至终都明确地知道自己想要什么。

我们花费三周的时间完成了《沉睡之王》的基本录制工作。我找了很多理由避免去鲁宾那儿，其中几个理由甚至连我自己都信了。虽然那里完全没有安保措施，经纪人对此颇为不满，但丽丝依然住在那儿。鲁宾后来告诉我，他不得不让他自己的经纪人打给他们，对那仨人大发雷霆，从那以后，他们似乎就不再担心丽丝的安全问题了。我之前不知道鲁宾也有经纪人。我总是很容易忘记鲁宾·斯塔克比我那会儿认识的任何人都有名，而且肯定比我当时预想中丽丝将来的名声还要大。我知道我们的作品有很强的冲击力，但你永远猜不到某样东西究竟能产生多么大的影响。

话虽如此，但在自主领航忙活的那段时间，我依然全力以赴。

丽丝简直太棒了。

她好像天生就是做这个的料，尽管她出生的时候，使这种艺术形式成为可能的技术尚未出现。等你看过她的作品之后，会情不自禁地想到：许多世纪以来，究竟有多少杰出的艺术家一辈子都默默无闻？他们的数量可能多达数千，甚至数百万。诚然，那些人永远都成不了诗人、画家或萨克斯演奏家，然而，他们体内却蕴藏着与丽丝同样的潜能，那种大脑波形等待被电路接入的一刻，在世间大放异彩……

在工作室的那段时间，我免不了会了解到一些关于她的事。她出生在温莎[1]。父亲是美国人，在秘鲁服过役。退伍回家时，他已经是个半瞎的疯子了。她身体上的毛病都是先天的。她的体表长有脓疮，因为她一直不愿意脱下外骨骼—— 一想到身体彻底失去支撑，她就会有种快要窒息而死的感觉。她对威兹上瘾，每天的摄入量足够让一整支橄榄球队亢奋不已。

她的经纪人请来几位医生。他们给聚碳酸酯填入泡沫，又用微孔敷料贴在脓疮的部位。他们给她注射了各种维生素，还想办法改善她的饮食。但在这个过程中，没有一个人试图把吸入器拿走。

他们还请来了发型师、化妆师、服装师、造型师以及口齿伶俐的公关专家。她全程只是摆出一副像是微笑的表情忍受着他们的摆布。

在那三个星期的时间里，我们一句闲谈都没有。聊天仅限于工

1 温莎（Windsor），位于加拿大安大略省的一座城市。

作室内，只是艺术家和剪辑师之间的工作讨论，三言两语便结束对话。她产生的意象如此强烈、极端，以至于她根本无须向我解释她想要什么效果。我拿着她导出来的东西处理一番，然后回传给她。她要么说“行”，要么说“不行”，不过通常都是“行”。经纪人们注意到了这一点，对我表示认可，然后拍拍马克斯·贝尔的后背，示意他出去吃饭。随后我就涨工资了。

我自始至终都表现得很专业。我工作能力强，办事周密，待人和气。我下定决心不再崩溃，永远不再回想那个痛哭流涕的夜晚。而且，这是我做过的最棒的一件艺术品了，我心里清楚得很。这本身就令人兴奋不已。

后来的一天清晨，大概六点，经过一段漫长的联梦——在此期间，她第一次把那段瘆人的沙龙舞导了出来，后来，孩子们将这个片段称为“幽灵之舞”——之后，她开口跟我说话了。此前，其中一位男经纪人一直守在这里，龇牙咧嘴地笑着，但他现在出去了。自主领航里死一般的静寂，只能听到马克斯办公室里那台送风机的嗡嗡声。

“凯西，”她的声音嘶哑，这是过量吸食威兹导致的，“真抱歉，我太咄咄逼人了。”

我思索片刻，本以为她指的是我们刚刚录制的样片。我抬起头，发现她正站在我面前。我这才突然意识到，房间里只有我们俩。自从开始制作样片以来，我们就没有单独相处过。

我的心情十分复杂，完全不知道如何回应。

她被外骨骼支撑着，看上去比我在鲁宾家初次见到她的那晚还要糟糕。化妆师不断地为她涂抹化妆品，然而在那皮肤下面，威兹正在吞噬她羸弱的躯体。有时候，我仿佛能从她那张不甚漂亮的少年般的脸上，看到一个骷髅头浮现出来。我不知道她的真实年龄。她看起来不老，但也不年轻。

“斜坡效应。”我一边说，一边把电缆卷起来。

“那是什么？”

“大自然用这种方式告诫你要改正不良行为。算是个数学定律吧，意思是一种刺激物能让你嗨翻天的次数是有限的，即便增加剂量也不行。而且，你永远都不会产生像前几次吸食那样强烈的亢奋感了。或者说，那种刺激物本来就不应该一直让你高度亢奋。这正是人造药物的问题所在：它们太聪明了。你吸食的那玩意儿，每个分子上都有一条狡猾的尾巴，作用就是防止你的身体将已经分解的肾上腺素转化成肾上腺素红[1]。如果没有这道措施，你现在已经精神分裂了。丽丝，你的身体还有其他小毛病吗？比如呼吸暂停？你睡觉时有过呼吸停止的情况吗？”

我用愤怒的语气说出这段话，但我不确定自己是否真的愤怒。

她用那双淡灰色的眼睛瞪着我。服装师把她那件破旧夹克换成了油亮的哑光黑罩衫，这样就能更好地隐藏聚碳酸酯肋拱凸起的痕迹。她总是把拉链拉到脖子的高度，尽管工作室很热，她依然这么

---

1 肾上腺素红通过肾上腺素的氧化生成，它可以令人产生欣快感。

做。发型师前一天给她做了个新发型，但不太成功。在她那紧绷的三角形脸庞上方，蓬乱的黑发向一侧歪斜。她直直地瞪着我，我再次感觉到了她那股极强的目的性。

“我从不睡觉，凯西。”

直到很久以后，我才想起她对我说了声抱歉。那是我唯一一次听到她说出与她的性格不相符的话。从那之后，她再也没说过这两个字。

鲁宾的日常饮食包括自动售货机里的三明治、巴基斯坦菜外卖，以及浓缩咖啡，我从未见他吃过别的东西。我们到第四大道上一家狭窄的小饭馆去吃咖喱角，里面只有一张塑料桌，夹在柜台和厕所门中间。鲁宾吃了十二个咖喱角，六个荤的，六个素的。他吃得很投入，一个接一个，连下巴都懒得擦一下。他对这家饭馆很专一，但很讨厌那位希腊服务员。其实，他俩都看彼此不顺眼。但是，如果那个服务员走了，鲁宾可能再也不会来了。希腊人盯着鲁宾下巴和夹克上的食物碎屑。鲁宾则在吃咖喱角的过程中，时不时地在钢框眼镜脏污的镜片后面眯起眼睛，对服务员怒目而视，以示反击。

今天的晚餐是咖喱角。明天的早餐将是装在乳白色三角塑料盒里的鸡蛋沙拉，配以白面包，再加上六小杯浓度极高的咖啡。

“你根本没预想到她会这么成功，凯西。”他从沾满指纹的镜片后面凝视我，“因为你不擅长横向思维，你只会读使用手册。你以为她追求的是什么？性爱？更多的威兹？全球巡演？这些她全都不在乎，因此她的冲击力才会如此强劲。她已经什么都不在乎了。

所以《沉睡之王》才会广受欢迎，所以孩子们才愿意买它，信仰它。因为他们比谁都懂。‘市场’里的那些围在火边取暖的孩子，连今晚能否找到睡觉的地方都不知道。他们信仰《沉睡之王》。这是近八年来最火爆的软商品。固兰湖岛一家商店的伙计告诉我，他卖这玩意儿赚的钱，比卖其他东西加起来还要多，就连进货都很难……她之所以大获成功，是因为她跟那些孩子一样，只是境况比他们更糟。老弟，那种没有梦想、没有希望的生活，她太懂了。你看不到困住那些孩子的笼子，凯西，但笼子正在一点一点地收紧，他们绝无半点挣脱的可能。”他擦掉下巴上的一块油腻的肉末，但漏掉了另外三块，“所以她就为他们吟唱，诉说他们所不能说的，为他们描绘一幅希望的图画。然后，她就用赚到的钱给自己买了一条出路，仅此而已。”

我看着水蒸气冷凝后形成大滴大滴的水珠，从窗户上落下来，留下一道道痕迹。透过窗户，我能勉强辨认出一辆被部分拆卸开的拉达汽车，车轮已被破坏得不成样子，轮轴则散落在人行道上。

“有多少人跟丽丝一样做过转译，鲁宾？你知道吗？”

“不太多。但也不好说，因为其中有很多人可能是政客——人们还天真地以为他们已经确确实实死了呢。”他冲我做了个鬼脸，“这个想法可真让人不舒服。不管怎么说，他们最先享用了这项技术。对于一般的千万富翁而言，这项技术还是太贵了，但我听说至少七个人做过。据说三菱公司给温伯格做了，就在他的免疫系统彻底崩溃之前。他是三菱在冈山市的杂交瘤细胞实验室的负责人。嗯，三菱在单克隆抗体领域的股票价格一直居高不下，所以他们可能真的给他做了。还有朗格莱，那个法国小子，小说家……”他耸耸肩，“丽丝之前没钱做这个。即便是现在，她的钱也不够。但是，她在正确的时间把自己推到了正确的地方：她马上就要死了，又身在好莱坞，而且他们已经预感到《沉睡之王》会有多么火爆了。”

《沉睡之王》制作完成那天，一支伦敦的乐队乘坐日本航空公司的飞机来到温哥华。那是四个干瘦的年轻人，他们演奏起来就像一台润滑良好的机器，展示出一种过犹不及的时尚感，丝毫没有打动人心。他们到自主领航后，我让他们坐在四张一模一样的宜家白色办公椅上，排成一排，把导电胶涂在他们的太阳穴上，贴上电极，然后给他们播放《沉睡之王》的粗加工版本。听完后，他们立刻讨论起来，完全不搭理我。他们挥舞着四双苍白的手，用英语叽里呱啦地说着全球音乐家通行的行话，外行人基本上听不懂。

从我零零散散捕捉到的信息来判断，他们非常兴奋，认为《沉睡之王》棒极了。于是我便抓起外套出去了。临走前对他们说，劳烦他们自己把导电胶擦掉，谢谢。

那天晚上，我最后一次见到丽丝。虽然我原本没打算见她。

走回“市场”的路上，鲁宾大声地打着嗝。湿乎乎的鹅卵石上反射着车辆尾灯的红色灯光。“市场”之外的城市干干净净，灯光璀璨的大楼仿佛雕塑一般，那其实全是假象。被玻璃幕墙包绕的高楼大厦的底部堆满了垃圾，伤残者和迷失者像腐殖质一样依偎在垃圾之上，越聚越多……

“我明天得去趟法兰克福，去那儿搞一个艺术装置。你要不要一起来？我可以给他们发信，说你是随行的技术员，”他耸起肩，把脑袋更深地瑟缩进工装夹克里，“没法给你支付工资，但可以承担机票费用。你要不要……”

鲁宾的这项提议可真怪，我知道他这么做是因为担心我，他觉得我对丽丝的事反应不正常，唯一能想到的办法就是带我离开这座城市。

“现在这个时节，法兰克福比这儿还冷。”

“你可能需要换个环境，凯西。我是说……”

“谢谢。但马克斯那儿还有很多工作要做。‘领航’现在声名鹊起，人们纷纷从世界各地飞过来洽谈合作……”

“行吧。”

我离开领航，把乐队丢在那里之后，就回家了。我走到第四大道，然后登上一辆经停我家的电车。沿途经过我每天都会看到的商店橱窗，每家店里都亮着绚丽且花哨的灯光。橱窗里摆放着服装、鞋子、软件、日本摩托车（像一尘不染的搪瓷蝎子般横卧在那里），还有意大利家具。橱窗内展示的商品随着季节的更迭而变化，商店也在不断更替。城市里弥漫着节日即将来临的气氛，大街上的人比平常更多，很多都是情侣，他们步履匆匆、目标明确地走过一扇扇明亮的橱窗，为的是给他们关心的人买到最完美的礼物。有一半的女孩穿着长及大腿、装填衬垫的尼龙靴，这是去年冬季纽约的流行款，鲁宾说她们看起来像是得了象皮病。想到那幅画面，我便会心地咧嘴一笑，可突然间，我又意识到，我和丽丝真的结束了。好莱坞就像一个巨大的金钱黑洞，引力大得难以想象，而她已将脚趾探入黑洞之内，必然会被不可逆转地吸入其中。我相信她已经死了——可能到好莱坞之后，她真的很快会死——唯有如此，我才能放下戒心，对她生出一丝怜悯之情。但也仅有“一丝”而已，因为我不想被任何事情影响那晚的心情。我想去纵酒狂欢。已经很久没有放松过了。

我在公寓楼下的街角下了车。只按了一下，电梯就开了。好兆头啊，我自言自语道。上楼，脱衣服，洗澡，找出一件干净衬衫穿上，又用微波炉热了点玉米卷饼。我一边刮胡子，一边劝告镜子中的自己：平复一下心情，你这些天工作太辛苦了，你的信用卡都被奖金塞满，是时候去消费了，免得它被撑爆。

玉米卷饼嚼起来跟硬纸板似的，但我还挺喜欢吃的，因为吃的时候，我会感到极度平静。我的汽车还在本拿比市，车上的氢电池裂了条缝，正在那边修补，所以我不用担心酒驾的问题。我可以出门，疯玩一晚，第二天早上打电话请个病假。马克斯肯定不会生气，因为我现在是他跟前的大红人，他能赚那么多钱，我功不可没。

“你欠我太多了，马克斯，”我对着从冰箱里拿出来的那瓶冰凉的绿牌伏特加说，“你心里门儿清。我刚刚花了三周的时间剪辑一个极其扭曲的人的梦境和梦魇，马克斯。全是为了你。为了让你的公司发展和壮大。”我找出一个去年举办派对剩下的塑料杯，往里面倒了三指深的伏特加，然后回到客厅。

有时候公寓里看起来好像根本没人住。倒不是说屋里脏乱差。

我很擅长收拾房间，只不过打扫起来有点死板，甚至每次都会掸掉镶框海报等物品上面的灰尘。但也有些时候，看着屋子里只有一些最基本的生活消费品，我会突然轻微地打个寒战。我的意思是，我并非想用猫咪或绿植之类的东西让房间内充满生机，只不过有时候我会觉得，随便哪个人都可以住在这里，拥有这些东西。我的生活和你的生活，我的生活和任何人的生活……一切似乎都可以互换。

我想鲁宾一直以来也是这样看待生活的，但对他来说，这是他创造力的源泉。他住在别人的垃圾堆里，拖回家的每一件东西都曾经崭新锃亮，也一定对某些人有过特殊的意义，不管他们持有的时间是多么短暂。所以，他把这些东西扫进那辆外形古怪的卡车里，拉回家，堆在一起，直到他想到让它们重新焕发生命力的主意。有一次，他把一本关于二十世纪艺术的书拿给我看。他很喜欢这本书，里面有一张自动雕塑的照片，叫《死鸟再飞》，那是把真正的死鸟穿到一根细绳上，不停地转来转去。看到这件作品，他不禁微笑着点点头。我看得出来，他觉得在某种意义上，那位艺术家是他精神上的祖先。但是，对于我的镶框海报、从哈德逊湾百货公司买来的墨西哥蒲团和从宜家买来的泡沫床垫，鲁宾能拿来做什么呢？管他呢，我一边喝下一小口冰凉的伏特加，一边心想，他肯定能想出一些绝妙的点子，所以他是一位著名艺术家，而我不是。

我走到窗前，将额头贴在平板玻璃窗上，玻璃和我手中的杯子一样凉。“该出门了，”我对自己说，“你现在的症状是都市单身焦虑症的表现。这种病有药可治——喝得酩酊烂醉。快去吧。”

那天晚上，我并未找到纵酒狂欢的感觉，但我也没有放弃找寻、回家、看一部老电影，最后在蒲团上迷迷糊糊地沉入梦乡——就像成年人通常应该做的那样。过去的三个星期里，体内积聚的紧张情绪仿佛机械表的主发条般驱使我忙忙碌碌。于是，我那晚便在夜市中嘀嗒嘀嗒地游荡，不停地喝酒，从一个地方随意晃荡到另一个地方。我猛然发觉，那天晚上我好像滑入了另一个时空，看起来和我所在的城市一模一样，唯一的不同之处在于：我爱的人或认识的人，甚至连最起码交谈过的人，这座城市里一个都没有。像那样的夜晚，你走进一家熟悉的酒吧，却发现店员全都被替换了，然后你才明白，你去那里的真正动机只是想看到一张熟悉的面孔，不管是女侍者还是酒保，是谁都行……众所周知，一旦有了这种心情，你会很难进入狂欢的状态。

尽管如此，我却依然在夜市中游荡，去了不知六家还是八家酒吧，最后来到一家颇有伦敦西区特色的俱乐部。这里看起来似乎从九十年代至今就没有重新装修过。塑料制品上镀的铬膜脱落严重，全息图模糊不清，你要是想看清楚，就会头痛不已。我记得巴里跟我提起过这个地方，可我想不起来他为什么跟我说了。我举目四望，咧嘴笑了起来。如果我想让自己意志消沉，那可真是来对了地方。我挑了一个位于吧台角落的凳子坐下，对自己说：是的，这地方真让人压抑，简直糟糕透顶，糟糕的程度足以扭转我那晚狗屎一样的心情，这无疑是件好事。我想再喝最后一杯，欣赏一下这个污秽之地，然后叫一辆出租车，打道回府。

就在这时，我看到了丽丝。

她那会儿还没看到我。我依然穿着外套，为了在外面抵御寒风，粗花呢衣领也竖了起来。她在吧台另一头的角落里，面前放着几盏喝光了的大酒杯，杯沿上附带着装饰性的小伞或塑料美人鱼。当她抬头望向身边的小伙时，我看到她的眼中闪现出一道威兹特有的灼光，由此判断，她面前的饮料里不含酒精，因为她体内的药物浓度太高，根本不能跟酒精混合。不过，那个小伙倒是醉得不轻，傻呵呵地咧嘴笑着，险些从凳子上滑落下去。他一边嘀咕着什么，一边努力聚焦目光，试图看清丽丝的面容。丽丝只是坐在那里，穿着服装师团队给她换上的黑色皮革罩衫，拉链拉到脖子的高度，她的头骨像是一只一千瓦的灯泡，马上就要烧穿她那苍白的脸。看到这幅场景，看到她坐在那儿，我立刻明白了很多事情。

我知道她真的快要死了，要么是因为威兹的蚕食，要么是因为身体的疾病，要么是因为这二者的叠加。她心里清楚得很。她身边的小伙子已经烂醉如泥，根本看不出来她衣服之下的外骨骼，却能看出那件罩衫价格昂贵，她喝的饮料也不便宜。我知道，眼前的情形跟我想的完全一样。

但我感到十分尴尬不安，大脑已经无法思考，所以当时还想不通她为什么要这么做。

她正在微笑，或者说，正在摆出一副她认为应该是微笑的表情。她知道在当时的情境下，做什么表情最恰当，同时，对小伙子含混不清的蠢话及时附和着点点头。我又想起了她那句骇人的话：但我有时候喜欢看。

时至今日，我终于想通了一件事。我知道，如果我没有恰巧去那家俱乐部，没有看到他们，那么，我就能平静地接受之后发生的一切，甚至有可能为她庆祝一番，或者让自己信任她后来将要变成的东西：无论那是某种硬件机器，还是依照丽丝的形象创建的假装是她的程序——逼真到就连程序自己都相信它就是丽丝本人。这样一来，我就可以跟鲁宾一样，相信她真的对一切都不在乎了，这位高科技圣女贞德渴望能与好莱坞的那台计算机上帝交媾相融，除了跨越人机界限的那一刻，其他什么都不重要。她发出一声解脱的嘶喊，丢掉那具瘫痪羸弱的躯体，彻底挣脱聚碳酸酯和令她憎恶的肉体的束缚。嗯，或许实际情况果真如鲁宾所想。毕竟，她最终还是做到了。也许真的是那样。我敢肯定，最后的结果正是她一直期望的。

然而，看着她坐在吧台边，抓住那个醉醺醺的小伙子的手（她甚至都感觉不到那只手的触感），我便彻底明白，自古以来，从来没有哪个人的动机是百分百单一、纯粹的。即便是——用过量威兹破坏身体，疯狂地想要获得明星地位和计算机控制下的永生的——丽丝，也有她的弱点：在某种程度上，她比我更有人性，虽然我不愿意承认，但事实确实如此。

我知道，她那晚出去是为了给自己一个吻别。她需要找个醉汉帮她实现这个愿望。因为，我在俱乐部看到她的那一刻就已经明白：她之前跟我说的话是真的，她的确喜欢看。

我想她有可能在我起身离开的时候看到我了。我几乎是跑出去的。如果她真的看见我匆忙逃走，看见我脸上恐惧和怜悯的表情，我猜她肯定会比以前更加痛恨我。

从那以后，我再也没有见过她。

总有一天，我要问问鲁宾，他为什么只会调烈性威士忌。鲁宾调的酒，酒劲儿很大。他递给我一个凹痕累累的铝杯。此时，他的那些很小的造物正在房间里鬼鬼祟祟地活动，我们周围响起轻微的嘀嗒声。

“你应该跟我去法兰克福。”他再次提议道。

“为什么呢，鲁宾？”

“因为她很快就会给你打电话。我觉得你可能还没准备好。你因为这件事，到现在状态依然一团糟。通话时，对方的声音会跟她一模一样，思考方式也是，你在电话这头肯定会不知所措。跟我一起去法兰克福吧，你可以稍微喘口气。她不会察觉你在那儿的……”

“我告诉过你，”我想起她在那家俱乐部吧台边上的情形，“还有很多工作需要做。马克斯——”

“去他的马克斯。你刚刚让他身家大增，他以后什么都不做也能活得很滋润。你从《沉睡之王》里得到了丰厚的提成费，如果你愿意打给银行查查账户的话，你会发现你现在也有钱了。度假你还负担得起。”

我看着他，不知道什么时候应该跟他讲讲我最后一次看到她的事情。“鲁宾，很感谢你为我费心，老兄，可我只是……”

他轻叹一声，喝了一口酒。“可是什么？”

“鲁宾，如果她打给我，那还是*原来的她*吗？”

他盯着我看了很久。“天晓得，”他啪嗒一声，把杯子放回桌上，

"我的意思是，凯西，反正技术已经存在了，所以，老弟，究竟有谁能说得清呢？"

"你真觉得我应该跟你一起去法兰克福吗？"

他摘下钢框眼镜，用法兰绒格子衫的前襟擦了擦，但一点儿也没擦干净。"是，我真这么觉得。你需要休息。可能你现在不用休息，但过一阵子肯定需要。"

"何出此言？"

"你得剪辑她的下一部样片啊。相信原材料很快就会送到你手中。因为她现在急需用钱。她占用了一台商业主机的大量内存，可她从《沉睡之王》中得到的分成还远远不够支付他们把她放到主机上的费用。而你是她的剪辑师，凯西。我的意思是，除了你，还能是谁呢？"

我像是完全不能动了似的，直愣愣地盯着他戴上眼镜。

"还能是谁呢，老弟？"

这时，他的一件造物咔嗒响了一声，声音清脆又微弱。我猛然意识到，他说得对。

（刘文元 译）

空战游戏

迈克尔·斯万维克 威廉·吉布森

他原本打算就这么一直坐到佛罗里达。到那边后，找一条军火走私船，以做工抵船费，或者被战区的某支叛军征召入伍。又或者，他可以像永居在这辆灰狗巴士[1]上的“飞翔的荷兰人”[2]那样，手握这张车票，永远不再下车。当诺福克市区的灯光掠过冰冷且油腻的车窗时，他冲着自己在玻璃上的模糊倒影咧嘴一笑。司机猛地拐过最后一道弯，巴士随即剧烈颠簸起来，最后晃晃悠悠地停在车站的停车场里。灯光下的水泥地面灰暗又粗糙，活像监狱中的操场。打算归打算，但德克仿佛看到自己饿死在奥斯威戈城外的一个暴风雪天里，他的脸颊贴在同一块巴士玻璃上，一动不动，待巴士驶到下一个车站后，一个身穿

1 灰狗巴士（Greyhound），美国著名的全国性长途汽车公司运营的巴士。

2 飞翔的荷兰人（Flying Dutchman），传说中的一艘永远无法返乡的幽灵船，注定在海上漂泊航行。

褪色工作服的老头咕哝着将自己的遗体拖到了车外。不管怎样，他想到，那样的结局他一点也不在乎。可是他的双腿已经彻底坐麻了。好在，司机宣布要在这里停留二十分钟。这个车站叫泰德沃特站，是一栋十九世纪遗留下来的古旧的煤渣砖建筑，每个洗手间都有两个入口。

他用毫无知觉的双腿支撑着向前走，试图装出一副毫无兴趣的样子，然后悄没声儿地走到小商品柜台旁，想趁店员不备顺手牵羊。但柜台后面的黑人姑娘非常警觉，死死地把守着那个旧玻璃柜里稀稀拉拉的商品，好像她的身家性命都在里面似的。可能真是这样，想到这里，德克便转身离开了。洗手间对面的房间开着门，门上用生物荧光塑料拼写的“游戏”二字闪着微弱的光。房间里，一群本地的愣头青聚集在一张台球桌周围。他闲极无聊，也没什么好做的，于是把头探进屋内，看见一架机翼还不如他拇指长的双翼飞机，喷吐着明亮的橙色火焰，拖着浓烟，呈螺旋状坠落，一碰到绿色的毛毡桌面就立刻消失了。

“干得漂亮，蒂尼！”一个小孩大吼道，“干掉那狗娘养的！”

“嘿，”德克问，“这是在干吗？”

离他最近的孩子又高又瘦，戴着一顶印有彼得比尔特卡车公司标志的黑色网眼帽。“蒂尼的‘马克斯’卫冕赛。”他回答道，眼睛依然紧盯着台球桌上的战况。

“哦，是吗？‘马克斯’是什么？”还没问完，他就看到了

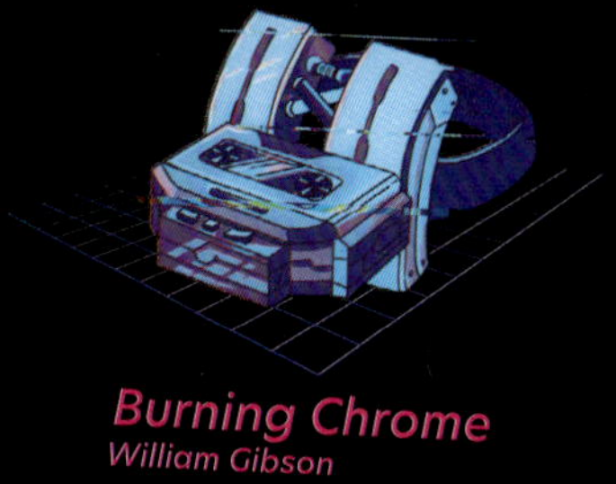

良勋章，四个角上写着“Pour le

上，就摆在一具庞大的、纹丝不
一把看上去不很牢固的铬制管状
色工作衫像船帆一样肥大，但在
好像扣子随时都会绷掉。这让德
兵——一种长相怪异的亚型人们
身上借来的，显得极不协调。蒂
，不过体形还要更大一些，若想
裤腿内得缝上四十英寸长，同时还
蒂尼应该是站不起来了，因为德
子实际上是一把轮椅。蒂尼的脸上
几乎被皱起的肥肉淹没了，但从中
还显得很漂亮。德克感到很尴尬，
尼对面的另一个男人。那人站在桌
好像在推着什么东西，他全神贯注
……

比尔特标志帽子的瘦高个转过身，

1 马耳他骑士团所使用的符号，由四个长度均等的“V”字组成。

2 法语，指“功勋勋章”，又名蓝马克斯勋章，为普鲁士和德意志帝国军队的最高勋章，于1740年开始授予，1918年停止颁发。

一眼就瞥见了德克那条无业游民特有的大麻色工装裤，以及腕部的黄铜手链。“快他妈滚蛋，你这蠢货。这里不欢迎你这种人。”话毕，他转身继续观看空战对决。

有人在下注，有人在补注。这些年轻人赌的全是旧式的玩意儿——现金，都是从邮币公司淘来的印着自由女神头像的美元，以及刻着罗斯福总统头像的十美分硬币。这些赌徒十分小心，掷出的古旧纸币还套着一层透明塑料膜呢。三架红色福克 D－VII 型战斗机[1]编队飞行，从一片烟雾中冲出。大家都紧张得默不作声。在两百瓦灯泡的映照下，福克战机威风凛凛地倾斜转弯。

突然间，一架蓝色的斯帕德[2]不知从哪里钻了出来，后面紧跟着两架同一型号的战机，从昏暗的天花板上俯冲而下。在场的年轻人咒骂起来，只有一个人咯咯地笑了。福克战机的编队被猛地冲散，其中一架几乎俯冲到了毛毡上，但也没有甩掉尾随的斯帕德战机。于是，它紧贴绿色的桌面疯狂地做“之”字形飞行，却依然无济于事。最后，它不得不向上爬升，敌机仍穷追不舍。然而角度过于陡峭，它骤然熄火，又由于高度太低，还没来得及重新点火就坠毁在了桌面上。

一堆银色的十美分硬币被人收走。

1 福克 D-VII 型战斗机（Fokker D VII），德国在“一战”期间制造的双翼战斗机。

2 斯帕德（Spad），法国在“一战”期间制造的双翼螺旋桨战斗机。

那枚形状像马耳他十字[1]的蓝色珐琅勋章，四个角上写着“Pour le Mérite”[2]的字样。

那枚蓝马克斯勋章躺在桌子边上，就摆在一具庞大的、纹丝不动的躯体面前。躯体好像被楔入了一把看上去不很牢固的铬制管状椅子里。对德克来说，那人的卡其色工作衫像船帆一样肥大，但在他那臃肿的躯干上却绷得紧紧的，好像扣子随时都会绷掉。这让德克想起了他在途中见到的南方士兵——一种长相怪异的亚型人们大腹便便，细长的双腿像是从别人身上借来的，显得极不协调。蒂尼要是站着，看起来可能就是那样，不过体形还要更大一些，若想撑住他那肥大的肚子，牛仔裤的裤腿内得缝上四十英寸长，同时还得需要一条钢铁腰带才行。当然，蒂尼应该是站不起来了，因为德克现在才发现，他身下锃亮的椅子实际上是一把轮椅。蒂尼的脸上有一种令人不安的孩子气，五官几乎被皱起的肥肉淹没了，但从中泛出一股强烈的青春气息，甚至还显得很漂亮。德克感到很尴尬，遂将注意力转向别处，看到了蒂尼对面的另一个男人。那人站在桌边，鬓胡浓密，嘴唇很薄，目光好像在推着什么东西，他全神贯注地眯着眼，皱纹从眼角向外蔓延……

“你是蠢猪吗？”戴着彼得比尔特标志帽子的瘦高个转过身，

1 马耳他骑士团所使用的符号，由四个长度均等的“V”字组成。

2 法语，指“功勋勋章”，又名蓝马克斯勋章，为普鲁士和德意志帝国军队的最高勋章，于1740年开始授予，1918年停止颁发。

一眼就瞥见了德克那条无业游民特有的大麻色工装裤，以及腕部的黄铜手链。“快他妈滚蛋，你这蠢货。这里不欢迎你这种人。”话毕，他转身继续观看空战对决。

有人在下注，有人在补注。这些年轻人赌的全是旧式的玩意儿——现金，都是从邮币公司淘来的印着自由女神头像的美元，以及刻着罗斯福总统头像的十美分硬币。这些赌徒十分小心，掷出的古旧纸币还套着一层透明塑料膜呢。三架红色福克D－VII型战斗机[1]编队飞行，从一片烟雾中冲出。大家都紧张得默不作声。在两百瓦灯泡的映照下，福克战机威风凛凛地倾斜转弯。

突然间，一架蓝色的斯帕德[2]不知从哪里钻了出来，后面紧跟着两架同一型号的战机，从昏暗的天花板上俯冲而下。在场的年轻人咒骂起来，只有一个人咯咯地笑了。福克战机的编队被猛地冲散，其中一架几乎俯冲到了毛毡上，但也没有甩掉尾随的斯帕德战机。于是，它紧贴绿色的桌面疯狂地做“之”字形飞行，却依然无济于事。最后，它不得不向上爬升，敌机仍穷追不舍。然而角度过于陡峭，它骤然熄火，又由于高度太低，还没来得及重新点火就坠毁在了桌面上。

一堆银色的十美分硬币被人收走。

---

1 福克D-VII型战斗机（Fokker D VII），德国在“一战”期间制造的双翼战斗机。

2 斯帕德（Spad），法国在“一战”期间制造的双翼螺旋桨战斗机。

现在变成了两架福克战机对战三架斯帕德。其中一架福克被两架斯帕德尾随，一道极细的曳光弹轨迹贴着它的驾驶舱飞过。福克陡然右转，做出一个英麦曼翻转[1]，来到了一架尾随敌机的后方。操控者抓住时机让福克开火，那架双翼斯帕德随即翻滚着坠落下去。

“打得好，蒂尼！”围观者聚拢得更紧了。

德克被这场空战惊呆了，感觉自己像获得了新生。

“弗兰克长途卡车服务站”位于城外两英里的商用车辆专用道旁边。在大巴驶过服务站的时候，德克就已经锁定这个地方，决定去里面溜达一圈。大巴一停，他就沿着车流和水泥防撞栏之间的小道，朝服务站方向走了回去。巨大的八段铰接式卡车呼啸而过，每段卡车经过时产生的涡流都险些将他掀翻在地。在商用车辆专用服务站里偷东西，很容易得手。他大摇大摆地走进弗兰克服务站时，根本没人怀疑他不是大卡车司机，所以他可以在礼品店里不紧不慢地翻看。摆放投影式湿件[2]晶片的铁丝货架，就立在一摞韩国牛仔衬衫和一台展示法兹·巴斯特牌车辆挡泥板的显示器中间。货架上

1 英麦曼翻转（Immelmann），一种高难度的空战战术，是一个高推力、垂直的反转，使飞机迅速实现180° 掉头并造成剧烈的高度和速度变化。

2 湿件（Wetware），计算机专用术语，指软件、硬件以外的其他“件”，即人脑。

方的半空中，有两条东方龙盘绕在一起，他看不出来它们究竟在干什么，反正不是在干架，就是在交尾。他要找的游戏就在货架上：一块贴着“斯帕德对战福克”标签的晶片。他只用了三秒钟偷偷抓起它，然后用更短的时间把上面的磁条划过通用防盗条。要是在华盛顿，警察都懒得没收这种磁条。

在出去的路上，他又顺手偷了两台编程器，以及一个产自巴唐的看起来像老式助听器的小型影像增强遥控器。

他随便钻进一栋高层公寓楼，往租赁代理台里输入了一行口令——他的福利权被剥夺后，就一直使用这行口令。从来没有人核查，政府只会统计实际入住的房间数目，并依此支付租金。

小隔间里有一股淡淡的尿臊味。墙上潦草地写着标语：坚守无政府解放阵线。德克把墙角的垃圾一脚踢开，背靠墙坐下，撕开晶片包装盒。

里面有一张折叠的说明书，上面画着诸如筋斗[1]、横滚[2]和英麦曼翻转等特技飞行动作的图解。此外，盒里还有一管导电胶、一份

1 筋斗（Loop），战机在水平飞行中垂直做出 360° 回环。这样能突然改变飞行方向，以攻击追在机尾的敌机，或者在攻击后再次捕捉新目标。

2 横滚（Roll），战机在机头与机尾形成的轴线上，以螺旋状滚转的方式飞行迷惑敌机，使其难以判断己方的飞行路径。

电脑打印的操作规范清单。晶片本身呈白色，用塑料制成，两面分别印着蓝色和红色的双翼战机及其标志。他把晶片拿在手里翻来翻去地查看：斯帕德与福克，福克与斯帕德，这面是红色，那面是蓝色。他在巴唐感应器的接触面上涂抹导电胶，然后粘在耳后，又将感应器的光纤带插入编程器，把编程器接通墙上的电源，最后把晶片塞进编程器。这套廉价装置是印尼货，程序启动时，会把他的头骨震得嗡嗡直响，令他很难受。当程序启动完成之后，一架天蓝色的斯帕德在他面前无休止地一次次飞过，离他的脸只有几英寸远。它闪闪发光，看上去异常逼真，与细节极尽真实的博物馆展览级别的模型一样，也拥有某种奇特的内在生命力。不过，若想让它保持这种状态，他必须全神贯注才行。如果注意力分散，战机影像就会失焦，变得一团模糊。

他不停地练习，直到耗光耳后感应器的电量，才靠在墙上沉沉睡去。他梦见自己在一个完全由白云和蓝天构成的宇宙里飞翔，这里没有上下之分，永远不必担心会坠落到一片绿色的原野上。

他被一股油炸磷虾的腐臭味熏醒了，饿得胃直哆嗦。但他身上没有现金。不过，这栋楼里住着很多学生模样的租客，他们中间肯定会有人愿意掏钱买一台编程器。于是，他拿着偷来的另一台编程器来到走廊。不远处有一扇门，门上的海报写着：隔壁是一片极其美好的天地。这行字下面有一幅用五颜六色的药片图拼贴而成的星空景象。那些药片图是从某个制药公司张贴的广告上撕下来的，遮住了原本那张早在他出生之前就已经开始建设的“太空殖民地”宣传照片，还遮住了照片的宣传语：一起出发吧。

他敲敲门。门开了，但由于没解开安全链，只能打开两英寸宽，窄缝后面是一张女孩的脸。“有什么事？”

“你肯定会以为这玩意儿是偷来的。”他将编程器在双手之间来回倒腾，“毕竟它是全新的，包装还没拆，条形码也没撕下来。但是，听好了，我不想就这个问题跟你争论。这玩意儿在其他地方卖多少钱，在我这儿只需付一半的钱就能归你。”

“嘿，哇哦，真的吗？没开玩笑？”门缝后面的嘴一噘，挤出一个诡异的笑容。她伸出手，掌心向上，松松地攥住拳头，放到与他下巴平齐的高度。“看这儿！”

她的手上有一个黑洞，黑洞里面是一条黑暗的隧道，顺着胳膊向上延伸。隧道里有两个红色的小亮点，是老鼠的眼睛。那两个红点飞快地向他奔来，越来越大，越来越亮。一只灰色的动物冲过来，扑到他的脸上。

他吓得惊声尖叫，抬起双手，试图挡住它。他的双腿扭曲在一起，摔倒在地，编程器滚落到身下，被他压得粉碎。

他在地上拼命挣扎的过程中，将编程器上的硅酸盐碎片撩了起来，刺中了他的脑袋。他连忙捂紧受伤的部位。疼，疼得特别厉害。

“哦，我的天哪！”那女孩解开安全链，俯身看着他，“看这里，听着，快看这里。”她晃动着一条蓝色毛巾，“抓住这个，我把你拉起来。”

他含泪望着她。是个学生，一看就知道是丰衣足食的人。她穿着一件大号运动衫，牙齿整齐洁白，甚至可以拿来当信用证明了。

她的一只脚踝上戴着一条细细的金链子，他能看到脚踝上婴儿般的细小绒毛。她留着蓬松的日式发型。很有钱的样子。“我本来想把那玩意儿卖了去买晚餐的。”他伤心地说，然后抓住毛巾，让她把自己拉起来。

她笑了笑，同时怯生生地后退几步。“我来补偿你吧，”她说，“你想吃东西吗？别害怕，刚才只是个投影。”

他跟着她进入房间，就像步入陷阱的动物般小心翼翼。

“天哪，”德克说，“这可是真正的奶酪啊……”他坐在一张弹簧沙发上。这张沙发被夹在一只四英尺高的泰迪熊和一堆磁盘之间。地上堆满了书、衣服和纸张，都要没过脚踝了。而她端给他的食物——豪达干酪、牛肉罐头和地道的温室麦片——都像是凭空变出来的。

“嘿，”她说，“我们知道怎么款待无业游民，我做得还不赖吧？”她叫南斯·贝滕多夫，十七岁，父母都有工作——这些贪婪的浑蛋。她在威廉玛丽学院攻读工程专业，除了英语课，其他课程都名列前茅。“我猜你一定很讨厌老鼠，你有恐鼠症吗？”

他斜眼瞥了一下她的床。当然，实际上根本没什么床，那只不过是个搁在地板上的隆起物罢了。“不是的。它只是让我想起了别的东西，仅此而已。”

“想起什么了？”她蹲在他面前，光滑的大腿从宽松的运动衫下露了出来。

“呃……你见没见过——”他不由自主地提高嗓门，语速飞快地说，“——华盛顿纪念碑？在晚上的时候？它顶端有两盏很小的……红灯，应该是飞机警示灯之类的，我，我……”他的身体哆嗦起来。

“你害怕华盛顿纪念碑？”南斯笑得喘不过气来，在地上打着滚，两条晒成褐色的大长腿在空中乱踢。他看见她穿的是一条深红色的比基尼内裤。

“我宁愿死，也不愿意再看它一眼。”他平静地说。

听到这里，她止住笑声，坐起来，端详他的脸庞。她咬住下嘴唇，露出一排雪白整齐的牙齿，像是勾起了某件她不愿回想的往事。最后，她终于鼓起勇气问道：“因为脑锁吗？”

“是的，”他愤愤地说，“他们告诉我，我永远都不准再踏入华盛顿一步，然后，那些浑蛋就哈哈大笑起来。”

“他们为什么抓你？”

“我是个小偷。”他不想告诉她，他实际的罪名其实是商店行窃惯犯。

“很多老一辈的电脑黑客一生都在给机器编程。但你知道吗？他妈的人脑跟机器一点儿也不像，在任何角度都不像。人脑跟机器的编程完全不一样。”南斯喋喋不休地尖声说着胡话。在跟不同的陌生人一起度过上百个寒冷而空虚的夜晚之后，德克很明白，孑然一身的人难得遇到一个听众，所以一有这样的机会，他们就会说个不停。南斯的心思已经完全陷入其中了。德克则一边点头附和，一边打着哈欠，心里则寻思等会儿跟她上床时，自己还能否保持清醒。

“刚才吓到你的投影是我自己做的，”她说着抱住双腿，将下巴抵在膝盖上，“那是用来对付抢劫犯的，你知道吧？我那时恰好带在身上，当时觉得你想把那台印尼产的劣质编程器卖给我简直可笑，所以才拿出来吓唬你。”她弓身前倾，又把手伸了出来，“瞧这里。”德克吓得往后缩。“别害怕，没事儿的，我发誓，这回跟刚才不一样。”她张开手。

她的掌心里有一团蓝色火焰翩然起舞，形状完美，变化无穷。“瞧瞧它，”她惊叹道，“仔细瞧瞧。这效果是我自己编程实现的。它可不是那种只有七帧图像的简单小作品，而是一段连续循环的影像，每个循环的周期是两个小时，在那七千两百秒的时间里，每一帧都不重样，就跟他妈的雪花一样独一无二！”

焰心由冰冷的水晶做成，似有无数个碎片，它们旋转着，每个表面都冷光闪烁。突然，火焰消失了，只留下一道残影，虽然极小，却十分明亮锐利，刺得他眼睛生疼。德克眉头紧锁。残影里大部分是人影，都是漂亮的裸体小人，正在交合。“你到底是怎么做到的？”

她站起身，光脚在亮光纸印刷的杂志上走过。一个原木架子上松垮垮地堆放着几摞打印纸，她动作夸张地一把扫开，让他看到后面那排整齐的小操控台，全是定制的，界面非常简洁，看上去很昂贵。“这些全是我搞到的上等设备。这是影像增强器。这是快速擦除组件。那是一对一脑图功能分析仪。”她像吟诵祷文般说出它们的名字，“这边是量子闪烁稳定器、程序拼接器，还有一台影像组装器……”

“做一团小小的火焰，需要这么多东西？”

“那可不。这些都是最先进的专业湿件投影设备，比你以前见过的所有设备还要先进很多年。”

“嘿，”他说，“你了解‘斯帕德对战福克’那款游戏吗？”

她哈哈大笑起来。这时，他感觉时机已经成熟了，于是伸手去拉她的手。

“别碰我，你这狗娘养的，永远都不许碰我！”南斯大声尖叫，连连后退，脑袋“砰”的一声撞到墙上。她面色苍白，吓得浑身发抖。

“行吧！”他举起双手，“行吧！我不往你身边凑。这样可以吗？”

她哆哆嗦嗦地缩在一边，双眼圆睁，一眨不眨，眼角的泪水越积越多，最后顺着苍白的脸颊滚落下来。过了一会儿，她终于摇了摇头。“嘿，德克，真抱歉。我早该告诉你的。”

“告诉我什么？”刚问出这句话，他就有一种不寒而栗的感觉……他知道答案了。看着她抱紧脑袋、双手轻微痉挛地张开又合拢的样子，答案已经不言自明。“原来你也有脑锁。”

“是的，”她闭上眼睛，“是贞操锁。我那浑蛋父母花钱给我做的。一旦有人碰我，甚至只是靠得过近，我都会难受得要命。”她睁开双眼，眼神中充满仇恨，“我什么过分的事也没做过，他妈的一点儿都没做过。他俩都有工作，而且也十分渴望我能有一份职业，一想到这个，他们就会欲火中烧，激动得连尿都会尿歪。他们害怕我会被性爱之类的东西扰乱心智，从而荒废学业，你知道吧。

到脑锁取下来的那一天，我要去操最卑劣、最肮脏、最粗莽的人……”

她再次抱紧脑袋。德克从沙发上跳起来，在药品柜里翻找。他找到一瓶复合维生素B，先往自己的兜里装了几粒，以备不时之需，接着又拿出两粒，端着一杯水，一起递给南斯。“嘿，”他小心翼翼地与她保持距离，“吃点儿这个会让你放松一些。”

“是啊，好吧。”她说道，然后像是自言自语地说，“你一定以为我是个蠢货。”

灰狗停靠车站的游戏室里空荡荡的，只有一个长下巴的十四岁小孩。此时此刻，他正俯身在一个操控台上，操控着五颜六色的潜艇舰队在北大西洋朦胧的栅格中间穿行。

德克穿着一身年轻人的新装，信步走进去，倚在一堵煤渣砖墙上。墙壁像是涂了无数层光滑的绿色磁漆。他把原来那身无业游民的衣服洗了，穿上从慈善二手店里偷来的牛仔裤和T恤衫，他还在一栋安保措施很差的公寓楼的桑拿房里找到一双靴子。

“朋友，看到蒂尼了吗？”

潜艇舰队像彩色孔雀鱼似的疾驰而过。“那得看打听他的人是谁。”

德克点了点粘在左耳后面的遥控器。斯帕德“腾”地一下从控制台上冲出来，动作犹如蜻蜓一般敏捷而优雅。它太美了，完美无缺、异常逼真，对比之下，这个房间才更像是幻影。他利用程序设定的地面效应，让斯帕德高速逼近大西洋的栅格，在距离玻璃界面只有几毫米的上方飞过。

那个小孩连头都懒得抬。“他在杰克曼台球室，”他说，“沿着里士满路往前走，就在剩余物资店旁边。”

德克操控斯帕德向上爬升，让它渐渐消失。

杰克曼台球室占用了一栋年头很久的砖砌建筑三楼的大部分空间。德克先是找到了百思买军用剩余物资店，然后才在一间黑暗的大厅里看到一块坏掉的霓虹灯标志牌。店门外的人行道上，到处都是另一种类型的军用剩余物资——伤残的退伍军人。其中一些军人的服役时间可以追溯到印度支那战争时期。那些在亚洲失明的老兵蹲在地上，旁边则是些身体一直在抽搐的年轻军人，全都是因为他们在智利吸入了过量的真菌毒素。等到那架破旧电梯的门关上，将那些伤残老兵挡在外面，德克才松了一口气。

在那间幽暗深长的房间尽头，有一只印着胡椒博士标志的钟表，表盘上落满了灰尘。时间显示现在是七点四十五分。早在他出生之前二十年，杰克曼台球室就已经用一层尼古丁、上光剂和发油做过防腐处理了，随着时间的流逝，防腐膜如今已经发黄。在钟表正下方挂着某人爷爷战利品的放大版镶框照片，上面死去的雄鹿双目无神地注视着德克，照片泛着蟑螂翅膀所具有的油亮的深棕色色泽。房间里有台球滚动时轻柔的飒飒声、撞击的啪嗒声，以及一个玩家弯腰击球时，工作靴在油地毡上碾来碾去发出的吱吱声。绿灯罩台灯的上方高高地悬着一串用彩色皱纹纸折叠的圣诞铃铛，皱纹纸上的色彩已经褪成枯萎的玫瑰色。德克一面墙接一面墙地观察。墙上凌乱地挂着很多物件，但其中并没有影像增强器。

“如果需要的话，拿出一个来玩儿。”有人说道。他转过身，与一个戴着钢框眼镜、目光温和的秃头男人对视。“我姓克莱因，名叫博比·厄尔。看样子，你不像是来打台球的，先生。”虽然这么说，但博比·厄尔的语气和态度中完全没有恐吓的意思。他摘下眼镜，用一张折叠纸巾擦了擦厚厚的镜片。这人让德克想起以前的一位车间师傅曾经耐心地教过他如何装配逆行性生物芯片。“我其实是个赌徒，”他笑了笑，露出洁白的塑料牙齿，“我知道自己看起来不太像。”

“我来找蒂尼。”德克说。

“原来如此，”他重新戴上眼镜，“你在这儿可见不着他。他去贝塞斯达了，让退伍军人医院的人给他清理一下肠道系统。当然，他无论如何也不会跟你对战。”

“为什么？”

“这个嘛……因为你不在圈子里，不然我肯定认识你。你的飞行技术还行吗？”德克点了点头，与此同时，博比·厄尔冲着房间另一头大喊，“喂，克拉伦斯！把影像增强器拿出来。来了个想打空战的小子。”

二十分钟后，德克输掉了遥控器和剩余的现金。他从百思买外面伤残的士兵中间大步走过，匆匆离去。

“我现在告诉你，小子，”比完赛之后，博比·厄尔一边搂着德克的肩膀，把他送到电梯那边，一边用长者的口吻说道，“你想跟有实战经验的老兵比赛，根本毫无胜算，你明白我的意思吗？我这水平还算不上特别好呢。我当年只不过是个步兵，曾经皮下注射过十五次兴奋剂，也可能是二十次。但蒂尼原本就是飞行员，他在服役期间一直大量注射兴奋剂，导致他的视网膜变得特别薄……你永远也打不赢他。”

那晚空气凉爽，但德克的胸中燃烧着愤怒与羞辱的烈火。

斯帕德对着成堆的粉色内衣猛烈扫射，南斯见状便说道：“天哪，这可真低级。”德克戴着她那台博朗牌高级遥控器，弓身坐在沙发上。听到这里，他一把将遥控器从耳后薅了下来。

“别管我，你这个必然会有一份正当工作的不缺钱的臭婊子——”

“嘿，放轻松！我说的不是你，而是技术问题。你搞到的晶片简直太低端了。我的意思是，它在市面上也许还算不错，但跟我在学校里做的东西相比，它就有点儿——嘿，你应该让我帮你重写程序。”

“你说什么？”

“让我对它加以改进。原来的破程序都是用十六进制写的，知道吧？因为行业内的程序员都是一些落伍的电脑黑客，他们的思考方式受十六进制限制。让我把它用程序阅读分析仪检查一遍，稍微做点改动，再转译成现代的湿件语言，最后删掉多余的中间程序。这样就能减少你的反应时间，把反馈回路缩短一半，你就能飞得更快，更好。你将会成为一名真正的职业选手，顶尖的那种！”她拿起水烟枪吸了一口，然后蹲到地上哈哈大笑，又被呛得直咳嗽。

“这么改，合法吗？”德克半信半疑地问。

“嘿，你觉得为什么会有人购买金线遥控器？为了讲究派头吗？狗屁。那是因为金线的导电性更佳，反应时间可以缩短好几纳秒。这游戏制胜的关键就是反应时间，小伙子。”

“不是吧，”德克说，“如果真像你说的这么简单，其他人必定早就已经这么做过了。蒂尼·蒙哥马利绝对做过。他的设备肯定是最好的。”

“你这人怎么不好好听我说话呢？”南斯放下水烟枪，里面的棕色液体溅到了地板上，“我搞的东西比你在市面上找到的任何设备都要先进三年。”

“你胡扯吧？”沉默了半晌，德克才再次开口说道，“我是说，你真能办到？”

那种感觉就像从福特 T 型车升级成了路特斯 93T[1]。斯帕德操控起来极其灵敏，德克只要稍稍动一下念头，它就会立刻做出反应。他在游戏厅里玩了好几个星期，一次都没输。他跟当地的青少年对决，将对方的敌机或是一架一架地击落，或是三架同时击落。他瞅准时机，迅速出击，敌机随即翻滚着坠毁……

直到有一天，德克正在把比赛赌博的本钱塞进兜里，这时，一位坐在墙边的又瘦又高的黑人站了起来。他看了看德克手里塑封的现金，然后咧嘴一笑，露出一颗亮闪闪的红宝石牙齿。“你知道吗，”

---

1 路特斯 93T，路特斯公司生产的一款一级方程式赛车。

那人说，“我听说有个飞行技术不错的小子，一直在跟一群小孩子对决。”

“我的天哪，”德克一边说，一边往海带棒上涂抹丹麦黄油，“我把那些黑人玩家全都击败了。他们的技术也挺好的。”

“真不错，亲爱的。”南斯咕哝道。她正在忙活期末的设计项目，把数据费劲儿地输入一台机器里。

“你知道吗，我觉得我能保持常胜，真是因为有这方面的天赋。你知道吗？我的意思是，你的程序确实给了我一定的优势，但要利用好这项优势，我必须身手不凡才行。我现在已经名声在外了，你知道吗？”他兴冲冲地打开收音机，随即传来迪克西兰爵士乐的铜管声，刺耳又响亮。

“嘿，”南斯说，“能不能把收音机关掉？”

“不能，我只是——”他拨弄着旋钮，从中传出一段舒缓浪漫的乐曲，“好啦，快点儿站起来。咱们跳舞吧。”

“嘿，你很清楚我不能——”

“你当然能啦，宝贝。”他把那只巨大的泰迪熊丢给她，接着从地上拿起一条拼布棉质连衣裙。他抓住裙子的腰部和袖子，又用下巴夹住衣领，就当是将她搂在怀里了。裙子上有一股广藿香水的味道，隐约还能闻到一丝汗味。“起来，我站这里，你站那边。咱们跳舞。明白没？”

南斯温柔地眨眨眼，站起身来，紧紧地抱着泰迪熊。然后，他们凝视着彼此的眼睛，缓缓地跳起舞。不一会儿，她便哭了起来，但她的脸上始终保持着微笑。

德克正在做白日梦。他通过耳后的遥控器与战斗机相连接，幻想自己就是蒂尼·蒙哥马利。他想象着神经发出最微弱的信号，战机随即做出响应。他的反应时间大幅缩短。兴奋剂持续不断地注入血管中。

南斯的地板变成了丛林，她的床就是安第斯山脚下的高原。德克操控着斯帕德极速飞行，仿佛它真的是一架与大脑全面连接的交互式战机。电脑控制皮下注射器往他的血液中慢慢地注入高效能增强混合剂。感应器上的金属线穿入颅骨，与他的大脑直接相连。战机在玻利维亚雨林上空蓝绿色的苍穹中以超音速飞翔，猛地做出一个急转弯。如果是蒂尼在操作，他肯定能感觉到气流从飞机舵面呼啸而过。

在下方，步兵在丛林中披荆斩棘向前行进。他们的上臂缠着皮下兴奋剂注射泵，注射一剂蓝色塑料瓶里的液体，就能让他们在对战时战斗力暴增。也许这些人一周得到的剂量只能支撑十分钟。但是，他得让反应时间缩短到极致，操纵战机在超低空飞行，高度如此之低，地面部队压根儿发现不了他正悄然靠近，等到被发现时，他已飞到他们头顶上方，投下几枚光气[1]弹。他们还没来得及对他

1 光气（Phosgene），又称碳酰氯，一种毒性很强的气体，在“一战”期间首次作为化学武器应用于战场。

开枪，他便已经溜之大吉……所以，他必须让注射泵把兴奋剂持续地缓缓注入体内，才能维持这样的状态。大脑与战斗机直接相连，信息在神经元接口上是双向传递的，机载电脑可以监测到大脑在生物化学层面的变化，从而决定何时打开兴奋剂闸门，给他来一剂猛药，使他在空战中取得优势。

那样的剂量会极大地侵害他的身体，持续且逐渐地蚕食他的大脑灰质，将脑膜腐蚀得一点不剩。如果没有及时解除空战状态，他的大脑皮层就会变得很薄，后果就是反应时间短到身体难以承受，与“战斗或逃跑”有关的神经反应将会变成一团乱麻……

“嘿，无业游民，我拿了高分！”

“啊？”德克吓了一跳，抬头一瞧，只见南斯猛地冲进房间，把书和书包扔到最靠近门口的那堆东西上。

“我的期末设计项目拿了高分，我可以不用考试了。教授说他从未见过这么棒的作品。呃，我们把灯光调暗好不好？屋里花里胡哨的，看得我眼晕。”

他满足了她的要求。“那你给我看看，让我欣赏一下那件绝妙的作品。”

“好啊。”她抓起他的遥控器，把床上的东西都踢走，站上去，摆了个姿势。她的手中出现一个小火花，忽的一下变成一团火焰，沿着她胳膊上的一条水银线向上蔓延，缠住她的脖子，随即变成了蛇的样子，它长着三角形的脑袋，快速地吐着芯子。橙色与红色渐渐融化，纠缠在一起。那条蛇蜿蜒地爬到她的双乳之间。“我管它叫‘火蛇’。”她得意地说。

德克俯身凑近一些。她立刻不自觉地向后退。

“抱歉了。这跟你上次展示的那团火焰差不多吧？我的意思是，我能看到里面有很多正在交合的小人。”

“算是吧。”火蛇爬到了她的肚子上，“下个月，我准备用融合程序将两百个独立的火焰程序拼接到一起，来生成视觉效果。然后，我要挖掘大脑中的人体影像，将其导入，让火蛇能够自动辨识方向。这样一来，即便你不去有意识地操控，它也能在你全身上下自动爬行。你可以带着它跳舞。”

“恕我愚钝。你不是还没把程序拼接到一起吗？我怎么现在就能看到它呢？”

南斯咯咯笑了一声。“最有意思的地方就在这里，还有一半的工作没有完成呢。我还没来得及把零散的程序片段合并成一个整体。打开收音机好吗？我想跳舞。”她说着踢掉了鞋子。德克打开收音机，把音量调得震耳欲聋。南斯连忙催他把音量调低到几不可闻的程度。

“听我说，我弄到了两剂兴奋剂。”她在床上蹦蹦跳跳，像个巴厘岛舞女似的挥舞双手，“你注射过吗？简直棒……极了。它能让你的注意力完全集中。看着我。”她像芭蕾舞演员一样踮起脚尖，“这个动作以前我根本做不出来。”

“兴奋剂啊，”德克说，“我上次听说有个人私藏这玩意儿被抓，被罚在步兵团服役三年。你是怎么弄到的？”

“我跟研究生院的一个老兵做了笔交易。她上个月搞到的，注射完都嗨翻天了。这玩意儿让我获得了完美的视觉效果，闭上眼都能看到投影，在大脑里一下子就把程序组装好了。”

“只用了两剂就能有这效果？”

“只用了一剂，另外一剂我留着了。教授被我的作品深深打动，所以为我争取到一次面试机会。两周后，I.G.湿件公司的招聘人员会去学校。届时，教授将会把这套程序和我都推荐给他。我会提前两年毕业，直接参加工作。我不用为了持有兴奋剂而坐牢，也无须支付两百美元的罚款。”

火蛇盘绕成一顶熊熊燃烧的王冠。想到南斯即将离开他的生活，德克产生了一种莫名的惊惶之感。

“我是女巫，”南斯吟唱道，“我是湿件女巫。”她撩起衬衫，从头上脱下来，扔向空中。随着她舞动身体，那对漂亮坚挺的乳房优雅地晃动起来。“我将要爬到——”她现在唱的是一首流行歌曲，“爬到……顶峰！”两个粉嫩的小乳头慢慢变硬。火蛇舔舐乳头，又猝然爬向别处。

“嘿，南斯。”德克一脸不悦地说，“稍微安静点吧？”

“我在庆祝呢！”她伸出一个大拇指，钩在亮闪闪的金色内裤上，火蛇在她的手和大腿根处盘绕游走。紧接着，她继续唱起来：“我是贞洁女神，宝贝，我拥有无穷的能……量！”

德克移开视线。“我得走了。”他嘟囔道。南斯扭动的身体令他欲火焚身，他必须得回屋撸一管了。此外，他还想知道她把另一剂兴奋剂藏在了哪里。任何地方都有可能。

圈内已有既定的规矩，大家都约定俗成地讲究论资排辈，像中式庭院的格局一样等级森严。哪怕德克已经名声大噪，他的名字像野火一样烧到每个人的耳朵里，也得遵守这个规矩。空战小子再有名气，也不能想挑战谁都可以。他必须一级一级往上爬。但是，假如你每天晚上都比赛，随时能接受任何人的挑战，而且你也足够厉害的话……那么，你有可能会爬得很快。

德克已经率先干掉了对手的一架战机。这是一场三对三的锦标赛。观众不多，十来个，但对战十分精彩，他们都吵吵嚷嚷地拍手叫好。这场对决令德克感到既兴奋又平静，他完全沉浸其中。突然间，他意识到房间内安静了下来。他看到观众之间的骚动，他们互相交换着眼神，目光从他身上掠过，定格在他身后。他听到电梯门关上的声音。他冷静地击落对手的第二架战机，这才冒险迅速回头瞥了一眼。

蒂尼·蒙哥马利刚刚进入杰克曼台球室。他那只尚未彻底瘫痪的手微微抽动，操控轮椅在棕色的油地毡上悄声滑过。他一脸严肃，面无表情，看上去十分平静。

就在那一瞬间，德克损失了两架战机。其中一架是因为分辨率下降——注意力一分散，飞机就变得模糊不清，影像增强器便将其删除了。另一架则是因为对手的技术确实相当精湛。那家伙做出一个横滚，陡然降速，滑到一边，待德克的双翼战机从旁边飞过时，便伺机扫射。德克的飞机着火坠落。最后两架战机的飞行高度和速度完全相同，它们都试图靠转弯占据有利位置，便自然而然地互相绕起圈来。

观众们腾出一条过道，让蒂尼来到球桌前。博比·厄尔·克莱因跟在蒂尼后面，他又瘦又高，一副漫不经心的样子。德克与对手交换了一下眼神，把各自的战机从台球桌上叫回来，以便仔细聆听蒂尼讲话。蒂尼笑了笑，小巧的五官在苍白且肥胖的脸庞中央挤成一团，一根手指在镀铬扶手上微微抽动。“我听说过你。”他直视着德克说，声音很温柔，听起来非常甜美，像个小女孩，“听说你技艺超群。”

德克缓缓地点点头。蒂尼脸上的笑容消失了，他柔软丰满的嘴唇自然地噘起来，好像是在等谁吻他。一对明亮的小眼睛毫无恶意地端详着德克。“那就让大伙瞧瞧你到底有多厉害吧。”

德克再次沉浸到残酷的空战游戏中。敌机拖着浓烟和火焰坠落，随即爆炸，落到桌面消失了。随后，蒂尼一言不发地掉转轮椅，进入电梯，离开了台球室。

德克把他赢到的钱收起来的时候，博比·厄尔走到他身边说道：“蒂尼想跟你比赛。”

“是吗？”以德克的级别，还远远没到能够挑战蒂尼的地步，“这是什么骗局吗？”

“原本明天有个人从亚特兰大过来比赛，但他临时取消了。蒂尼很想跟新人比一比。看样子，你得到了一个赢取蓝马克斯勋章的机会。”

“明天吗？周三？我没有多少准备的时间。”

博比·厄尔温和地笑了笑。“我觉得准不准备没太大区别。”

“此话怎讲，克莱因先生？”

“小子，你的技术压根儿不行，明白吗？所以明天不会有任何意外。你飞得跟新手一样，只不过更快、更灵巧一些。你明白我的意思吗？”

“我恐怕不明白。你要不要赌点什么？”

“跟你说实话，”克莱因说，“我正有此意。”他从兜里掏出一个黑色的小笔记本，舔了舔铅笔头，“我押你五比一的赔率。没人能比我开出更公平的赔率了。”

他用一种近乎悲哀的眼神望着德克。“蒂尼天生就比你强，我要说的就这么多，小子。他活着就是为了这该死的游戏。因为他已经一无所有，也不能离开那该死的轮椅。你以为你能战胜一个将空战游戏视作生命的人吗？简直是自欺欺人。”

里士满路对面有一家肯德基，店牌上由诺曼·洛克威尔[1]绘制的上校[2]肖像冷冷地注视着坐在咖啡馆里的德克。他捧着咖啡杯，冰凉的双手不住地颤抖，脑袋里嗡嗡直响。“克莱因说得对，”德克对着上校画像说，“我可以跟蒂尼对战，但我赢不了他。”上校回望着他，目光冷酷而平静，但不是特别友善。他傲视着咖啡馆、百思买，以及他那没精打采的里士满路王国，等待德克承认自己即将实施的行动简直可怕至极。

---

1 诺曼·洛克威尔（Norman Rockwell，1894—1978），美国20世纪早期的重要画家及插画家。

2 指肯德基的创始人山德士上校。

“反正那娘们儿已经打算离开我了。”德克大声说，引得柜台的黑人小姐好奇地看了他一眼，然后迅速看向别处。

“爸爸打电话来了！”南斯手舞足蹈地走进公寓，“砰”的一声关上房门，“你猜怎么着？他说如果我能拿下这份工作，并且坚持六个月，他就会解除我的脑锁！你能相信吗，德克？”她迟疑片刻，“你还好吗？”

德克站起身。时机到了。他感觉此刻很不真实，宛如身在某个电影场景里。“你昨晚怎么没回来？”南斯问。

他脸上的皮肤绷得紧紧的，像是一张羊皮纸面具。“你把兴奋剂藏在哪里了，南斯？我需要它。”

“德克，”她说道，试图挤出一个微笑，但眨眼间，笑容便消失不见，“德克，那是我的。是我的兴奋剂。我需要它。参加面试要用。”

他轻蔑地笑了。“你有钱，随时都能买到一剂。”

“可周五之前来不及！听着，德克，这对我真的非常重要。我下半辈子就指望那场面试了。我需要这个，我只剩下一剂了！”

“宝贝，你他妈想要什么就有什么！瞧瞧你吃的东西：六盎司的金黄色黎巴嫩肉丁！凤尾鱼罐头！而且，只要你需要，就能有不限额的医疗保险。”床脚处堆着未洗的被褥和起皱的光面杂志，她踩在上面踉跄后退。“而我呢？这些东西我一丁点儿都不曾拥有过，也从未占据过什么优势，可以让自己更好地生活。我必须抓住这次机会。还有两个小时就要比赛了，我他妈一定要赢！你听见了吗？”他勃然大怒，这总比心平气和要好。为了达到目的，他需要这股怒火助力。

南斯猛地抬起一只胳膊，摊开手掌，想要像之前一样吓唬他。但他早就料到了，于是“啪”的一下将她的手拍到一边，动作快得甚至连那条黑黢黢的隧道都没看到，更别说那双红色的老鼠眼睛了。紧接着，他俩一起倒下。他压在她身上。她喘息急促，热气喷到他的脸上。“德克！德克！我真的需要，面试要用，我只剩下这一剂……我必须……我必须……”她扭过头去，对着墙壁大哭，“求你了，天哪，求你不要……”

“你把它藏在哪儿了？”

南斯被他死死地压在床上。她开始抽搐起来，全身都在痛苦和恐惧中剧烈抖动。

“藏哪儿了？”

她面无血色，如死灰一般，眼神中充满恐惧，嘴唇缓缓蠕动。他已经越界了，现在收手为时已晚。德克感到既惊骇又恶心，但与此同时，令他出乎意料的是，在某种程度上他竟然很享受这种感觉。

“你把它藏哪儿了，南斯？”突然间，他开始缓缓地、轻柔地抚摸她的脸庞。

德克像大黄蜂一样迅疾地将手指伸到电梯按钮旁，又像蝴蝶一样优雅地按下去，召来了前往杰克曼台球室的电梯。他精神饱满，一切尽在掌握之中。在电梯上行的过程中，他迅速摘下墨镜，对着沾满指纹的铬制轿厢上自己的映像咯咯地笑。他的瞳孔像针孔一样，几乎看不见，可他眼前的世界却异常绚丽明亮。

蒂尼已经在等了，他看着德克的虹膜状态，看着后者在走过来的过程中竭力表现得很平静。蒂尼知道，德克这样是为了装出没有嗑药的正常样子，但他还是没能骗过这位身有残疾的退役飞行员的法眼。蒂尼嘴角上扬，露出一个甜美的微笑。“嗯，”他用少女般的声音说，“看样子这次我能好好玩一把了。”

那枚蓝马克斯勋章挂在轮椅的一根管状扶手上。德克走到自己的位置，对蒂尼鞠了一躬，并没有表露出嘲弄的意思。“咱们开始吧。”作为挑战方，他采取了防守策略。他用意念召唤出战机，让它们处在一个保守的高度，既可以向下俯冲，也足以提前发现蒂尼的进攻，从而及时逃走。他静静地等待着。

观众的反应提醒了他。一个头发油亮的胖小子吓了一跳，另一个眼窝凹陷的白人穷鬼则笑了起来。人们低声讨论着。被兴奋剂提高了反应速度之后，在德克看来，他们缓慢转动的眼珠变得仿佛静止一般。他只用了大概三纳秒便确定了攻击的来源。德克猛然抬头，然而——

狗娘养的，他什么都看不见了！福克战机从两百瓦电灯泡所在的高处，直直地朝他的斯帕德俯冲而去。蒂尼也借此诱使他直视了一眼灯泡，他立刻暂时失明了，眼里泛着泪水。德克紧紧地闭上眼睛，极力让影像保持清晰。他操纵战机编队分开，两架右转，一架左转。它们迅速转弯 180°，然后重新组成编队。他根本看不清敌机在哪里，只能像没头苍蝇似的胡乱躲闪。

蒂尼咯咯笑了。围观者甚是吵闹，他们有的在欢呼，有的在咒骂，还有人把硬币“啪”地拍到桌上，似乎这一切都与紧张刺激的决斗毫无瓜葛。透过他们的喧闹，德克能够清晰地听到蒂尼的笑声。

眨眼间，视力便恢复正常，但他的一架斯帕德已经着火坠落。福克对他残存的战机穷追不舍。他的两架斯帕德分别被两架和一架福克追击。比赛刚进行三秒钟，他就已经损失了一架战机。

他不断闪避，防止自己的战机被蒂尼击中。他让被一架敌机追踪的斯帕德绕起圈来，同时让另一架朝蒂尼和灯泡之间的盲点飞去。

蒂尼的表情变得极其平静。刚才他的脸上还有些许失望，甚至有点蔑视，但现在已经完全被平静取代。他不急不缓地追击，等待德克露出破绽，以便乘机开火。

说时迟那时快，刚飞到盲点附近，德克就驱使他的斯帕德骤然加速。后面两架福克射出的子弹扑了个空，随即分别向左右两侧急转，绕了一圈，以便重新占据有利位置。

暂时逃脱围攻的斯帕德猛地扑向第三架福克，后者是被德克的另一架战机引到这个位置的。德克用炮火猛烈扫射那架福克的机翼和深红色的机身。最初的一瞬间什么都没发生，德克以为自己没有射中。但紧接着，那架红色战机向左一歪，拖着黑色的浓烟坠落下去。

蒂尼眉头紧锁，完美的嘴唇微微噘起，露出不悦的神色。德克笑了。一比一平。蒂尼依然占据有利位置。

两架斯帕德都被敌机死死地咬住。德克让它们分别向左右两侧转弯，离得远远的，飞到桌子对面时，又操控它们相向飞行，一下子就将蒂尼的优势化为乌有。毕竟，不论哪架福克开火，都有可能伤及己方的战机。德克操控斯帕德急速驱进，以最高速度冲着彼此的机头直直飞去。

就在相撞前的一瞬，德克让它们一上一下地错开了，同时向迎面而来的福克开火，旋即转弯闪开。蒂尼早已做好准备。一时间，空中炮火纷飞。随后，一架蓝色斯帕德和一架红色福克陡然爬升，朝着相反的方向飞远。在它们下方，另外两架双翼战机在空中纠缠到一起，机翼相撞，遽然转向，顷刻间，机身双双弯折，直直地坠落到绿色的球桌毛毡上。

开战才十秒钟，就已经有四架战机被击毁。一个黑人老兵噘起嘴唇，轻声地吹起口哨。另一个人则难以置信地摇了摇头。

蒂尼坐在轮椅里，上身挺直，微微前倾，目光尖锐，眼睛一眨不眨，柔软的双手无力地抓住扶手。刚才那种逗趣似的、目空一切的劲头已全然消失，他的注意力全都聚焦到比赛当中。观众、台球桌，乃至杰克曼台球室本身，对他而言好像都不存在似的。博比·厄尔·克莱因将一只手搭在他的肩上，但蒂尼丝毫没察觉到。两架战机已飞到房间的两头，都在艰难地爬升。德克让他的斯帕德紧贴天花板飞行，透过缭绕的烟雾，它的影像显得模糊不清。他匆匆瞥了蒂尼一眼，正好与后者四目相对。二人的目光都冒着森森寒气。“让我瞧瞧你到底有多厉害。”德克咬着牙咕哝道。

他们让彼此的战机相向飞行。

现在，兴奋剂的药效达到了最高峰，德克能够看到蒂尼的炮弹朝他的战机缓慢飞去。他不得不把斯帕德暂时置于福克的弹道上，以便给敌方施以同样猛烈的炮火；紧接着，他让战机向一侧急转，如此一来，福克的子弹只能擦着飞机起落架掠过，从而避免击中斯帕德的要害。蒂尼也同样高度紧张，拼命躲避德克的炮火。两架战机擦身而过，它们的起落架险些撞到一起。

就在德克操控斯帕德急转弯时，幻觉骤然袭来。台球桌上的毛毡立时翻滚、扭动起来，变成了蒂尼曾经在作战中飞越过的玻利维亚雨林。墙壁退到了无穷远处，四周变得灰茫茫一片。他感觉自己仿佛被关在了全自动战机那逼仄的金属驾驶舱里。

不过，德克早就做过功课，他知道肯定会出现幻觉，也知道自己能应付。如果这种兴奋剂的副作用不能很快消除，军队是绝不会同意使用的。斯帕德和福克各自转了半圈，再次相向飞行。德克看得出来，蒂尼·蒙哥马利的神情很紧张，那是因为他回想起了以前在丛林深处上空激战的场面。两架战机迅速逼近。他们仿佛能感受到从驾驶舱仪表直接传到后脑的巨大扭力，腋窝后面的肾上腺素泵将里面的激素注入体内，冰冷的气流贴着机身飞速掠过，将滚烫的金属味和紧张的汗味混在一起。炮弹在德克面前“嗖嗖”飞过，他迅速拉升。斯帕德和福克又一次飞快地擦身而过，还是任何部位都没有相撞。围观者变得狂热至极，他们一边挥舞帽子，一边使劲跺脚，就像一群小丑一样。德克与蒂尼再次四目相对。

他忽然心生一条毒计。虽然他每根神经都紧绷着——就像战机在安第斯山脉上空急速转弯时，为了防止它四分五裂，机身上的碳晶须绷得那样紧——但他依然装作不经意地笑了笑，同时眨眨眼，把脑袋向一侧稍稍一甩，好像是在说“看这里”。

蒂尼向他暗示的方向瞥了一眼。

虽然只是一瞬，但也足够了。德克抓住时机，以最快的速度和最小的角度做出一个英麦曼翻转，速度和角度均已达到理论承载力的极限。这个动作难度如此之大，圈子里还从未有人做到过。经此一转，斯帕德便来到了福克的后方。

看你这回怎么逃脱，蠢货。

蒂尼操纵战机向绿色的毛毡桌面俯冲而下，德克紧随其后。他并未开火。反正他已经处在有利位置了。

蒂尼拼命逃窜，就跟以前执行真正的作战任务一样。虽然每次实地作战时，他都会因为兴奋剂的作用而高度兴奋，但他依然感到十分恐惧。此时，他们降到了毛毡上方，紧贴着毛毡飞行。结束战斗吧，德克想，随后便加快速度。他用眼角的余光瞥见了博比·厄尔·克莱因，后者脸上的表情很是滑稽，像是在恳求他手下留情。蒂尼已经乱了阵脚，肉嘟嘟的脸痛苦地扭曲着。

蒂尼惊慌失措。他操控福克俯冲到人群里。两架双翼战机在观众中间蜿蜒盘旋。有些人本能地连连后退，有些人则笑哈哈地抬手拍打战机。但蒂尼的眼神中满是惊惧，似乎处在永恒的恐惧和幽禁之中，像两条钢锯般无休无止地互相拉扯……

恐惧是因为空气中充满了死亡的气息，而幽禁则是因为他被永久地关在了金属牢笼里。最开始，这个牢笼是战机的驾驶舱，后来是这辆轮椅。德克从他脸上清楚地看出来：空战是蒂尼暂且摆脱牢笼的唯一途径，任何一次机会他都不会放过。直到某个不知其名的民族主义者用一颗古董级的地对空导弹，把他从玻利维亚的蓝绿色天空上轰下来，被迫退役的他直接沦落到里士满路上的杰克曼台球室，没承想，他的常胜之路会断送在这张桌布已然褪色的台球桌对面那个笑里藏刀的小子手里。

德克踮起脚尖，脸上挂着注射兴奋剂之后特有的笑容。然而，早在有人用导弹命中飞在天上的蒂尼，使他被炸得血肉模糊的身体和滚烫的金属机身残骸一起坠落到丛林里之前，他的大脑就已经被同样的兴奋剂给烧坏了。德克恍然大悟：空战比赛的确是支撑蒂尼活下去的唯一动力。他每天都跟死神擦肩而过，然后从那口金属棺材中坐起身，从而继续多活一天。他一直靠强大的意志力阻止自己崩溃。如果那颗意志力的顽石被粉碎，那么，死亡之水就会从心底倾泻而出，将他淹没。蒂尼将会弯下腰，一口血吐到自己的大腿上。

德克发起致命一击……

一阵闪光之后，蒂尼的最后一架战机消失不见了。观众震惊得鸦雀无声。"我赢了，"德克先是轻声地自言自语，随后又大喊道，"狗娘养的，我赢了！"

台球桌对面的蒂尼坐在轮椅里扭动不止，双臂剧烈痉挛，脑袋耷拉到一侧的肩膀上。在他身后，博比·厄尔·克莱因直勾勾地瞪着德克，眼中燃烧着熊熊怒火。

那个赌徒抓起蓝马克斯勋章，用它的绶带绑好一摞塑封的纸币，二话不说便朝德克的脸上丢去。德克不经意似的一抬手，便毫不费力地接住了。

有一刹那，那个赌徒像是要爬上台球桌，向德克扑去。但他的袖子被人拽住了。“博比·厄尔，”蒂尼低声说，声音因蒙羞而哽咽起来，“你得带我……离开这里……”

克莱因动作僵硬地推着朋友的轮椅，愤然转身，消失在阴影之中。

德克仰头大笑。苍天在上，这种感觉太爽了！他将蓝马克斯装进衬衫口袋里，那枚勋章有点凉，沉甸甸的。接着，他把钱塞进牛仔裤里，裤兜看着鼓鼓囊囊的。天哪，他高兴得要跳起来了，狂喜之情像野生动物般在他体内疯狂奔腾，那只狂喜的动物体形健美，就跟他在灰狗巴士上曾经见过的丛林深处那只拥有健壮肋腹的雄鹿一样。他取得了最终的胜利。这一刻，似乎之前经历的一切痛苦和潦倒都是值得的。

但杰克曼台球室里却出奇安静。既没有人欢呼，也没有人围过来祝贺他。他清醒过来。围观者一言不发、充满敌意地瞪着他。没有一个人跟他站在一边。他们的脸上全都写满了轻蔑，甚至还有憎恨。空气似乎也在因为他们随时可能会爆发而颤抖，那一刻仿佛被拉伸到无限长……随后，有个人转过脸，清清嗓子，朝地上啐了一口痰。人群四散开来，他们一边嘟囔着，一边一个接一个地走进了黑暗的阴影中。

德克一动不动。腿上有一块肌肉开始抽搐，这预示着兴奋剂的药效即将消退。他头顶发麻，嘴里的味道糟糕透顶。胡椒博士钟表下方的照片里，死鹿的眼睛死死地盯着他。在那一瞬，他不得不将双手撑在台球桌上，以防止自己倒地不起，从此被他身下那仿佛有生命的阴影永远吞噬。

只需一丁点儿肾上腺素，即可让他摆脱这种状态。他需要庆祝，喝得酩酊大醉，大肆吹嘘一番，一遍遍地讲述自己获胜的全过程，同时，还得在故事中添油加醋，编造各种细节。他需要哈哈大笑，反复地跟别人自吹自擂。在这样一个星光璀璨的深夜，就应该可劲儿地吹牛。

然而，站在安静空旷的杰克曼台球室里，他忽然意识到，根本没有人留下来听他诉说。

一个人都没有。

（刘文元 译）

整垮珂萝米

热得很。我们整垮珂萝米那一晚，真热。大商场里，购物广场里，蛾子拼命朝霓虹灯上撞，朝死里撞。但博比的厂房式大开间阁楼上只有显示器发出的光，还有就是矩阵模拟器上发光二极管的绿光红光。博比这台模拟器上的每块芯片我都熟到家了。表面上看，它跟大家每天上班都能见到的仙台小野Ⅶ型没什么区别，就是那种叫“赛博七型”的。可我把它翻修改造了无数次，里面那么多芯片，你连一平方毫米的工厂标准线路都甭想找到。

我们俩肩并肩守在模拟器的控制面板前，等着，看着屏幕左下角显示的时间。

时间到。“上吧。”我说，但博比已经动手了。他身子向前一探，掌根一抵，把那张俄国程序卡塞进卡槽。动作麻利自如，跟小孩往游戏机里塞硬币似的。小孩做这个动作时，全都满心觉得自个儿这回铁定赢，只等认输的游戏机提供一连串免费游戏了。

矩阵在我意识中展开，我的视域里出现了一片银光，不断蒸腾起伏。这片光其实并不存在，它只出现在我的脑海里，像一个三维棋盘，无穷无尽，完全透明。我们跨进棋盘格时，那个俄国程序似乎也跟着我们偷偷溜了进去。如果有谁接入这部分矩阵，他或许能看见一个淡淡的影子一晃，从代表我们计算机的那座黄色微型金字塔滚出来，涌进矩阵。这个程序是一件具有伪装功能的武器，它能改变自己的色彩，让自己的颜色和周遭一模一样，而且具备抢先优先级，一路上碰到的所有进程都得给它让路。

“太好了。”我听见博比说，“我们刚刚成为东海岸原子能管理委员会的检查程序……”也就是说，我们从此可以在光纤路网中畅行无阻，相当于赛博空间里的消防车，一路拉响警报极速飞驰。但从我们这个矩阵模拟器这儿看，我们好像根本没耽搁时间乔装改扮，而是径直扑向珂萝米的数据库。我这会儿还看不见那个数据库，但我知道，那边的防火墙正等着我们。影子构成的墙，冰墙。

珂萝米——她那张脸蛋倒是漂漂亮亮，光滑得像钢铁。但那双眼睛肯定来自大西洋海沟最深处，冰冷的灰眼睛，活在可怕的压力中。他们说，她用她独家炮制的癌症对付那些跟她过不去的人，最复杂、最精细的癌症变种，潜伏好多年才最后要你的老命。道上流传着不少珂萝米的故事，没一个是让人心里踏实的。

所以我把她赶出脑海，代之以律姬的形象：一道阳光透过带铁窗格的玻璃窗射进阁楼，律姬跪在灰蒙蒙的光柱里，褪色的迷彩裤，玫瑰色的透明凉鞋，弯腰翻着尼龙包时赤裸后背的迷人线条。她抬起头，一缕近似金色的鬈发散落下来，拂过她的鼻梁。她微笑着，穿上博比的一件旧衬衣，系着扣子，黄褐色棉布衬衣覆过双乳。

她笑了。

“婊子养的，”博比说，“我们刚刚告诉珂萝米，说我们是一个税务局的审计程序，三个最高法院的传唤程序……坐稳了，杰克……”

再见了，律姬，也许这次再见就是永别。

黑，一片黑暗。进入珂萝米冰墙的入口。

博比是赛博空间的浪子，他摆弄的就是冰。冰是个缩写，指“网络侵袭电子反制措施”[1]。所谓矩阵，就是以抽象形式代表的各数据库之间的关联。遵纪守法的程序员们只能接入矩阵中的一部分，代表他们所在公司的那部分。进去之后，他们四周都是明亮的几何形体，代表公司数据。

代表数据的几何形体高高低低，错落起伏，弥漫在矩阵模拟器形成的虚拟空间中。这个空间是一种交感幻象，方便人们处理、移动海量数据。合法程序员们看不到围绕着他们工作区的冰墙，但正是这些看不见的影子一样的墙将他们彼此隔开，避免互相干扰，同时阻挡那些商业间谍领域的艺术家和像博比·奎因这样的玩家。

博比是个浪子，博比是个贼，是个破门而入的强盗，闯荡在人类为自己延伸出来的电子神经系统中。他的工作是盗窃数据和金钱，他的活动天地就是这片色彩单一、并不存在的虚幻空间，这里的星宿是密集数据，它们之上是璀璨的大公司数据星系，还有军方

---

1 Intrusion Counter-measures Electronics，这几个词的首字母缩写是 ICE，即“冰”。

系统冷冰冰的银河旋臂。

博比长着一张既年轻又苍老的面孔，在输家酒吧的客人中，你随处都能看到这种脸。“输家”是个时尚酒吧，是计算机浪子、赛博空间盗匪和二道贩子的大本营。博比和我是搭档。

博比·奎因和自动臂杰克，博比就是那个戴副墨镜、脸色苍白的瘦子，而杰克是那个样子狠巴巴、一只胳膊是肌电自动臂的家伙；博比玩软件，杰克搞硬件；博比敲键盘，杰克负责所有那些能让你胜过别人一头的小玩意儿。在整垮珂萝米之前，输家酒吧的客人准会这么跟你说。他们没准儿还会告诉你，博比正在走下坡路，已经没原先那么棒了。二十八岁，我是说博比。在敲键盘、摆弄控制面板的人里，这个岁数已经是老头了。

我们俩对各自的行当都挺在行，但就是没碰上好运气。我知道上哪儿能搞到合适的设备，而博比玩他那一套也是轻车熟路。大干起来时，他会在脑袋上扎一根白色绒布汗带，坐在那儿双手击键，动作如飞，快得你的眼睛都跟不上。一路敲击，攻破赛博空间最厉害的冰墙。问题是，只有碰上能彻底把他调动起来的事，他才会有这么大劲头。可这种事很难碰上。打不起精神时，博比和我就成了那种得过且过型的，只要有钱付房租、身上能穿件干净衬衣就行。

博比对姑娘最感兴趣。对他来说，她们就跟塔罗牌似的，是他的动力。我们不大谈这方面的事，但那个夏天，就是他似乎开始走下坡路的那段时间，他在输家酒吧待得越来越久。坐在敞开的门边的一张桌子前，盯着进进出出的人流。整晚整晚这么待着，夏天的晚上，虫子朝霓虹灯上扑腾，空气中一股香水味儿、快餐食品味儿。

你能看出他那副墨镜正扫视着一张张来来往往的脸。他一定认准了，律姬就是他等待的人，那张大牌，可以带来好运，一举扭转牌局——一个新姑娘。

我去纽约瞧瞧市场情况，看那儿有没有什么能弄到手的劲爆软件。

芬兰佬的铺子橱窗里有幅不怎么样的全息图像，写着“大都会全息图像技术”，下面是一片死苍蝇，个个披着一身毛茸茸的灰尘大衣。从里面看，这幅破烂货的光都散了，射在墙壁上。其实墙壁基本上看不见，挡在墙壁前的是一大堆说不出名目的垃圾货，还有一架架压合板货架，板子已经被上面堆着的色情杂志和年久发黄的《国家地理》杂志压弯了。

“你需要弄把枪。”芬兰佬说。瞧他的模样，好像接受了某种为了让人高速打洞专门搞的基因重组疗法似的，“你运气真好，我这儿有把新式的史密斯&韦森，408战术型。枪管下有氙气战术灯，瞧见没有，电池在枪把上。五十码外，一束光，直径十二英寸，照得雪亮。光源处直径更小，几乎看不到光是打哪儿来的。夜战的时候，这东西简直神了。”

我让我的自动臂“当”的一声落在柜台上，用手指敲击着台面。这只手的伺服电机吱吱叫起来，声音像力气使过了头的蚊子。芬兰佬最恨这种声音，我知道。

“你想典当这玩意儿？”他用一支毡头笔的末端戳了戳硬铝合金制作的腕关节，“或者，换个更安静的家什？”

我让手向上一抬。“我用不着枪，芬兰佬。”

“行啊，”他说，“行啊。”我这才停止敲击，“我手头只有一件新货，至于这东西究竟是什么，我一点儿也不知道。”他满脸不高兴，“从泽西区桥洞的一帮小混混那儿弄的，上周才到手。”

“你不知道是什么？芬兰佬，你什么时候买过不知底细的货？”

“嘴皮子挺机灵嘛。”他递给我一个透明邮包。透过防撞气泡看进去，里面的东西像盒磁带。“他们同时还弄到了一本护照，”他说，“加上信用卡、表。就这些。”

“就是说，把谁口袋里的东西一股脑儿全弄来了。”

他点点头。“护照是比利时的。依我看是本假护照，所以扔炉子里一把火烧了。信用卡也一起烧了。那块表还行，保时捷汽车表，不错。”

那显然是军队里用的一种插入式程序卡。从邮包里掏出来以后，它看上去像微型冲锋枪的弹夹，上面还涂了一层防反光黑色塑胶，但边边角角处已经磨出了亮晶晶的金属底子：这东西被人狠狠敲打过一阵子。

“看在老交情的分儿上，杰克，我便宜卖给你。”

我被逗乐了。便宜卖？芬兰佬？这就像上帝废除了重力，仅仅因为你拎了个很沉的箱子从机场出来走了十个街口。

“我看像俄国货，”我说，“说不定是列宁格勒远郊哪个下水道的紧急排污程序。我要这玩意儿干吗？”

“你要知道，”芬兰佬说，“我穿的鞋比你的岁数都老。有时候，我觉得你的教育程度比泽西区那些痞子强不到哪儿去。我要怎么说你才高兴？这是克里姆林宫的密钥？自个儿弄明白这该死的东西是他妈的什么。我？我只管卖。”

我买了。

我们没有躯体，我们一个急转切进珂萝米冰城环绕的城堡中。我们快，太快了。感觉好像踏着这个入侵程序冲浪板，破坏子程序在我们脚下翻腾涌动，不断变化，以适应变化的环境。我们像一块智能化的油渍，转眼间便渗入幢幢鬼影般的系统甬道。

躯体还是有的，在很远很远的某个地方，挤在一间堆满东西的阁楼上，阁楼是钢铁加玻璃。在系统里，我们的时间只能以微秒计算，或许足够我们撤出来。

我们冲进她设下的关卡。我们把自己打扮成一个审计程序和三个传唤程序，但她的防御系统非同小可，经过改造，专门对付这种官方侵入。她有些最复杂的冰墙，可以化解传票、文书和传唤程序的攻势。我们冲破第一道关卡后，她的大块数据全都消失了，藏在由核心命令构成的冰墙后。在我们眼里，这些冰墙形成一道道走廊，长得看不到尽头。一个幻影迷宫。五条独立线路拼命向律师事务所发出求救信号，但我们的病毒已经攻克了外围冰墙，我们的程序扫描一切没有被核心命令屏蔽的东西，破坏子程序则大口吞噬，将求救信号扫荡尽净。

俄国程序从未屏蔽数据中挑选了一个东京电话号码，选择依据是来电频率、每次通话的时间、珂萝米回电的速度。

“成了。”博比说，“我们现在成了一个打进来的加密电话信号，她的日本朋友打来的。肯定管用。”

甩开膀子大干吧，哥们儿。

博比用女人给自己算卦。他的姑娘们就是显示吉凶的卦相，每季更换。他会整晚整晚守在输家酒吧，等着当下的季节将一张新脸蛋送到他面前，像翻开一张算命的扑克牌。

一天晚上，我在阁楼修改一块芯片，工作到很晚。我把胳膊卸下来了，一具小型自动机械臂直接插在残肢上。

博比和一个以前我没见过的姑娘走进来。一般来说，如果让陌生人看见我这副样子——电线电缆之类露在外头，卡在残肢的碳基上——我总会觉得有点不自在。她走过来，先看看屏幕上显示的放大图像，又望着我的机械臂在真空封装下来回活动。她什么都没说，只是看。我马上对她产生了好感。有时候会发生这种情形。

“律姬，这是自动臂杰克，我的合伙人。”

他笑着，一只胳膊揽着她的腰。他的声音里有某种东西让我明白了：看样子，今晚我得在哪个脏兮兮的旅馆房间里过夜了。

“嗨。”她说。高挑的个子，十九、二十岁，模样真不错。鼻梁上有几点雀斑，眼睛介于深琥珀色和法国咖啡的颜色之间，紧绷绷的黑色牛仔裤腿卷到小腿一半处，系一条窄窄的塑料腰带，搭配着玫瑰色的凉鞋。

但现在，失眠睡不着时，浮现在我眼前的是另一个样子的她，飘浮在城市的喧嚣和烟雾之上，像我的两只眼睛投射出来的一幅全息图像。这时的她穿着一件色彩鲜艳的裙子（她从前肯定穿过一回，在我刚刚认识她不久的时候），长不及膝，光着小腿，两条腿又长又直。夹杂着几缕金色的褐发环绕着她的脸，在不知从什么地方吹来的风中拂动着。她在对我挥手道别。

博比装模作样地在一堆磁带里翻着。“我马上走，伙计。”我说，摘下机械臂，重新装上胳膊。她专注地望着我的动作。

“你会修东西？”她问。

“什么都行，随你想修什么，自动臂杰克都能摆平。”我用我的硬铝合金手指向她拧了个响指。

她从腰带里抽出一个模拟刺激[1]盒，盒盖的铰链断了。

“明天，”我说，“没问题。”

老天，老天。我像梦游一般走下六层楼，来到街上。一边走一边对自己说，居然翻出这么一张幸运牌，博比得有多好的运气啊。只要他把这种运气利用好，从现在起，我们随时都能大发一笔。我咧嘴笑了，打了个哈欠，伸手招呼出租车。

珂萝米的城堡正在消融。一层层影子一样的冰闪烁着渐渐消失，被俄国程序的破坏子程序吞噬。在我们的正面攻击下，冰面渐渐崩塌，冰墙内层也受了感染，这个破坏子程序就像赛博空间里的病毒，自我繁殖，无比贪婪。它们不断改变，演化出各种各样的形态，集

1 模拟刺激（Simstim），用另一个人的经历的录音或录像刺激一个人的大脑和神经系统。与前文的感官体验（ASP）同义。

合全体力量，颠覆、吞吃着珂萝米的防御体系。

我们已经让她瘫痪了吗？还是警铃正在某处响起，一只红灯正在某处闪烁？她知道我们的攻击吗？

野姑娘律姬，博比就是这么叫她的。头几周里，她肯定觉得自己拥有了一切。大都会的新鲜场景涌现在她眼前，被霓虹灯光映得五彩缤纷，鲜艳夺目。她刚来不久，有那么多商场和购物中心让她流连忘返，以及那么多铺子、夜总会。还有博比向她展示城市不为常人所知的另一面，透过表面深入内核，那么多玩家和他们的游戏。他让她觉得这里就是她的家。

“你的胳膊是怎么出事的？”一天晚上，她在输家酒吧里问我。我们三人坐在角落的一张小桌子边喝酒。

“空中滑翔，”我说，“是个意外。”

“滑过一大片麦田时弄的，”博比说，“那地方叫基辅。深更半夜的，杰克挂在一张翼伞下头，两腿中间吊着五十公斤重的雷达。有个俄国浑蛋‘意外’地用激光烧掉了他的胳膊。”

我不记得当时是怎么改变话题的，反正我换了个话题。

当时我一直告诉自己，我其实不是对律姬有什么感觉，只是讨厌博比那样待她。我认识博比很久了，从大战快结束起就认识他了。我知道，对他来说，女人就像赌博用的筹码，赌博本身则是博比·奎因对抗命运，对抗时间，对抗都市的夜晚。他需要为自己提提劲头儿，需要有个生活目标。就在这种时候，律姬出现了。于是，他把她当成一个象征，象征着他想要却要不到、到手了却不能长久保有的一切。

我不喜欢被迫听他告诉我他是多么爱她。我知道他说的是真心话，所以更加不喜欢听。他是个复原大师：重重摔倒，然后迅速恢复。这种事我见过十多次。他真该用那种白天也能发光的涂料在自个儿的墨镜上印上几个粗体绿字：下一位。只要在输家酒吧发现下一张让他感兴趣的新脸蛋，马上让这几个字“唰”地一闪。

我知道他拿她们当什么。她们是象征，是他浪子地图上的一个个标识记号，是引导他周游酒吧和霓虹世界的导航灯塔。没了她们，他靠什么指引他的生活航船？他不爱钱，对钱本身不感兴趣，它的亮度不够，引导不了他。他也不想要支配别人的权力，对这种权力带来的责任避之唯恐不及。对自己的技术，他只有最基本的自豪感，但这种自豪感从来不足以推动他继续向前。

所以，他用女人推动自己。

律姬露面的时候，正是他最需要这种动力的时候。他越来越不行了，垮得很快，喜欢瞎猜的人背地里都说，干这一行，他的“刃”已经钝了。他需要干一票大的，而且要快。只能这样，因为他不可能换一种生活方式。他的思想已经固定成了浪子式，追求的是刺激、肾上腺素，还有那种每一步都做到位、别人卡上的钱划到自己账户上时所产生的感受：超越常人、天启式的感觉。

是时候了，他应该大捞一笔，然后退出江湖。所以，律姬这个象征一定要抬得更高，比以前所有充当象征物的姑娘高得多，即使她这个人就在那儿。我真想冲他大叫大嚷：她就在那儿，活生生的，有血有肉，是个大活人，充满渴望，开朗，美丽，让人激动——她就是这样的人。

在我去纽约芬兰佬铺子的前一周，他出去了。走了，把我们留在阁楼上。暴雨将至，阁楼玻璃顶棚的一半被上头一个永远完不了工的天棚遮住，另一半只能看见黑沉沉的乌云。我站在工作台边，抬头望着那片天空。闷热的下午加上湿气，搞得我昏昏沉沉。她抚摸着我，抚摸着我的肩膀，抚摸着残肢上自动臂遮不住的那圈半英寸宽、紧绷绷的粉红色伤疤。从来没有人摸过那道伤疤，她们只抚摸我的肩头、脖子……

但她不同。她的指甲染成黑色，不尖，修成窄窄的椭圆形。那种黑色只比我手臂上那层碳纤板稍深一点。她的手向下滑去，抚着碳纤板上的焊缝，一直摸到肘关节处的黑色氧化面，摸到手腕。她的手很软，像孩子的手，手指张开，和我的手指交缠在一起，她的掌心贴在我的穿孔硬铝合金掌背上。

她的另一只手抬起来，抚过掌心的感应面。那天下午，雨下个不停。博比的床上方，雨点像鼓点一样，敲打着用钢和被烟熏黑的玻璃搭成的屋顶。

冰墙忽闪着垮掉了，像超音速的影子蝴蝶。眼前出现了虚拟空间里的重重幻影，无穷无尽地延伸开去。这个过程就像观看一卷搭建预制房屋的录像带，只不过这卷带子是倒过来高速播放的。冰墙就像预制房屋的一片片组装件一样迅速剥落。

我一直尽力提醒自己：这个地方和远处的千沟万壑都只是代表数据的虚拟物，我们并不“在”珂萝米的计算机里，只不过在跟她的计算机互动，眼前的幻象只是博比阁楼上的矩阵模拟器生成的……核心数据显形了，敞开了，暴露在我们的攻击之下……这是冰墙之内的景象，矩阵的这一部分我以前从来没见过，但一千五百万合法用户每天都能见到它，将它视为当然。

核心数据耸立在我们周围，像垂直的货运列车，彼此以颜色区分，明亮的原色，明亮得似乎不可能存在于这片透明的虚无中。它们之间的链接则以水平线表示，颜色是幼儿园里的那种天蓝色和粉红色。

但是，这一切的中央仍存在冰墙，遮蔽着某种东西：珂萝米最珍贵、最黑暗的数据的核心，心脏……

我从纽约购物回来时已经快傍晚了。顶棚没透进多少阳光，博比的显示器上闪烁着一个冰的模型，以平面图的形式显示着某个人的计算机防御体系。一道道线条错综复杂，像装饰派艺术家设计的朝拜地毯花样。我关掉控制台，显示器黑了。

律姬的东西摊在我的工作台上，几个塞满衣服和化妆品的尼龙包，一双鲜红色的牛仔靴，录音带，光鲜的日本杂志（刊载模拟刺激明星的消息）。我把这些东西归置到工作台下，卸下我的胳膊，这才想起从芬兰佬那儿买来的程序放在右边口袋里，只好左手别别扭扭地伸过去，摸索了一阵才把它掏出来，夹在我处理微小物品的带垫子的夹具上。

这个工具看上去像那种老式点唱唱片机。夹具长度只有一厘米多一点，上面有个透明防尘罩。这部分可以夹着东西，把它放到相当于几根唱片机转臂中的一根下面。把连接线插进残臂之后，我就用不着再看这个工具了。它成了我的手臂，我只需要看放大镜就行。四十倍放大镜，这只手臂的一举一动看得清清楚楚。

我瞧了瞧，选择了激光工具。一只转臂抓住它，觉得有点沉，于是我调节重量感应器向大脑输入的信号，让每四分之一公斤的感应值只有一克，这才开始工作。放大四十倍以后，程序卡的侧面瞧上去像辆大货车。

整个破解花了八个小时：操纵机械臂三小时，中间四次休息；给科罗拉多一个联系人打电话花了两小时；还有三小时用来运行一个可以处理八年前的俄国科技词汇的词典程序。

最后用上了从科罗拉多那人手里买来的读出程序，一行行的俄国西里尔字母滚过屏幕，转化为英语。中间有不少缺漏，词典对付不了军事方面的专业缩略语，但我好歹大致知道自己从芬兰佬手里买来的究竟是什么玩意儿了。

我的感觉就像一个小痞子，出门本来是打算买把开关刀，却弄了颗小型中子弹回家。

他妈的，上当了。我心想，街头斗殴，中子弹管什么用？防尘罩下面那玩意儿离我太远太远了，完全派不上用场。我连怎么把它脱手卖掉都不知道，不知上哪儿找买家。有人知道，一个戴保时捷表、揣着张比利时假护照的人。但这人已经死了。他混的那个圈子，我从来没打算想办法钻进去。向芬兰佬销赃的泽西小混混做掉了一个来头不小的大人物，此人准有许多神秘关系。

夹具里的程序卡是一个俄国军用破冰器，一个凶得要命的病毒程序。

博比回来时天已经亮了，他是一个人回来的。之前我睡着了，膝盖上还搁着一袋外卖三明治。

“想吃吗？”我把三明治递给他，但人还迷糊着，没彻底清醒过来。我梦见了那个程序，梦见了它那些凶狠的破坏子程序、狡猾的伪装子程序。在我的梦里，它仿佛成了某种动物，没形没状地流动着。

他拨开三明治口袋，走向控制台，敲进一个启动命令。屏幕亮起来，上面还是我昨天下午见到的那个复杂图案，为了驱走睡意，我揉了揉眼睛。用的是左手。这种事可不敢使唤我的右手。我本来在琢磨要不要把这个程序的事告诉他，可想着想着就睡着了。或许我不告诉他，自个儿卖掉程序，独吞这笔钱，然后搬到别的地方去，劝律姬和我一块儿走。

“这是谁的冰？”我问。

他站在那儿，穿着一套黑色棉布连裤装，肩上像披斗篷一样搭着件皮夹克。他有些天没刮胡子了，脸也比平时更瘦削。

“珂萝米的。”他说。

我的胳膊一阵抽搐，咔嗒作响。通过肌电信号，恐惧传递到残肢碳基上，再传到胳膊上。三明治从手里掉下来，嫩菜芽和浅黄色的切片奶酪在没扫干净的木地板上撒了一地。

“你他妈疯了。”我说。

“不。”他说，“担心她发现咱们？不可能。真要发现了，咱们这会儿早死翘翘了。我怕双盲保险还不够，所以用的是三盲租赁，在蒙巴萨租了一套系统。线路走的是一颗阿根廷通信卫星。她知道有人在她的系统里探头探脑，但追踪不到源头。”

如果珂萝米查到是博比在琢磨她的冰，我们就死定了。但或许他说得没错，不然的话，我多半在从纽约回来的路上就被炸飞了。“为什么要动她，博比？告诉我理由，任何理由都……”

珂萝米，我在输家酒吧里还见过她大概五六次。没准儿她是去探访贫民窟的，或者是调查人类的生活情况。她自己已经不会再过那种日子了。甜甜的鹅蛋脸上是一双你能想象出来的最吓人的眼睛。在任何人的记忆中，她的模样总是只有十四岁。全是血清呀、激素呀之类的新陈代谢疗法的功劳。过去，她是穷街背巷最凶恶的产品。但现在，她再也不属于穷街背巷了。现在的珂萝米是黑社会高高在上的那一小撮老大之一。道上传说，一开始，她只是个小毒贩。那时合成垂体激素还是合法的处方药，她就是靠这个起的家。不过她已经很久不碰激素买卖了，现在，整个蓝光会所都是她的。

“你是彻彻底底地疯了，奎因。把这东西弄到你的屏幕上，说说看，只要给我一个清醒的理由……扔了它，马上！”

“输家酒吧里有些小道消息。”他耸耸肩，抖掉那件皮夹克，“黑迈伦和乌鸦简讲的，就是那个搞色情电话的简。她说她知道钱都被谁捞走了。她告诉迈伦，说珂萝米彻底控制着蓝光，她根本不是老大们推出来的门面人物。”

“‘老大们’，博比，”我说，“关键就是这个词，不知你有没有糊涂到连这个都没瞧出来的地步。咱们不能招惹老大们，懂吗？就是因为没招惹他们，咱们还能四下里走来走去。”

“所以咱们到现在还都是穷光蛋，我的搭档。”他在控制台前的一把转椅里坐定，拉开连裤装，搔着苍白的瘦胸脯，“但是，这种情形可能不会持续多久了。”

“我想的是，咱们这种搭档关系可能刚刚永久性地解除了。”

他冲我笑了。那种笑容要多疯有多疯，既凶狠又执拗。就在那一刻，我突然明白了，送不送命，博比压根儿不在乎。

“你瞧，”我说，“知道吗，我手头还剩点儿钱。要不，你用这些钱搭地铁去越迈阿密，再坐直升机去蒙特哥贝。伙计，你需要好好歇一阵子，让脑袋清醒清醒。”

“杰克，我的脑袋，”他一边说，一边在键盘上敲击着什么，“从来没像现在这么清醒过。”屏幕上的霓虹朝拜地毯突然抖动了一下：一个激活程序切了进去，图案苏醒过来。线条飞快地编织着繁复的花样，勾人魂魄，像活动起来的禅定图像。博比连续击键，图像的运动渐渐放慢、分解开，不那么复杂了，最后只剩下两个明确的图形，不断地来回切换。干得太漂亮了，没想到他还是那么棒。“成了。”他说，“看，瞧见没？等等，瞧那儿，又出现了，就是它。一不留神就会漏过去。大功告成。每隔一小时二十分钟，珂萝米就会向他们的通信卫星发出一个集束信号，短促喷发式。每周付给他们的负利息就足够咱们俩过一整年。”

“谁的通信卫星？”

“苏黎世，她的银行家们。她把钱存在那儿，杰克。钱就是流到那儿去了。乌鸦简说得一点儿没错。”

我呆在那儿，胳膊也呆呆地一动不动，忘了咔嗒作响。

“对了，你在纽约干得怎么样，搭档？弄到什么能帮咱们打破冰墙的货色没有？无论什么，只要能帮上忙，咱们都得用起来。”

我让自己的两眼直视他的眼睛，强迫自己别朝卸下来的那具机械臂的方向看，更别看那上面的夹具。那个俄国程序就在那儿，防尘罩下。

这是王牌，能带来好运的大牌。

“律姬在哪儿？”我问他，一边朝控制台走去，假装研究屏幕上不断切换的图形。

“她朋友那儿。”他耸耸肩，“一帮小屁孩儿，模拟刺激迷。”他心不在焉地笑了笑，“伙计，就是为了她，我才做这件事。”

“我得再想想，博比。你要是想让我跟你一块儿干，这会儿先别动控制台。”

“为了她，我才做这件事。”门在我身后关上时，他说，“这你也知道。”

下降，下降。程序像一列过山车，翻翻滚滚冲进这片由影子墙壁组成的残破迷宫，这里就像一座灰色的大教堂，坐落在明亮的数据高塔之间。猛冲。

黑冰。别想它。黑冰。

输家酒吧里，有关它的传言实在太多了。黑冰是赛博空间的神话之一。能杀人的冰。这当然是非法的，我们有谁干的不是非法勾当？这是一种反馈神经中枢的武器，如果你跟它联上，这种经历只可能发生一次，一次就能干掉你。它就像某种邪恶恐怖的咒语，从大脑内部下手，吃掉你的意识；又像连续发作的癫痫病，没有间断，一浪又一浪，直到把你彻底掏空……

我们冲向珂萝米的影子教堂中央。

我极力做好准备，等待着呼吸突然中止，等待着突如其来一阵恶心，然后神经猛地瘫痪。那种冷冰冰的可怕咒语就在这片黑暗中，等着我们。

我出门去找律姬。她在一家咖啡馆里，和一个半大小子在一起。半大小子有一双仙台公司出产的改造眼，伤口还没有愈合，缝合线从青肿的眼窝呈放射状伸向四周。她在桌上摊开一本亮光光的小册子，塔利·艾沙姆在上面的十来张照片里微笑着。这姑娘的眼睛是德国蔡司公司的。

她有一个模拟刺激盒。昨天晚上，我把它和其他东西一起收在我的工作台下。那个小盒子还是我替她修好的，就在头一次见到她的第二天。她常常一连好几小时接入这东西，头上缠着接入带，像扎了块灰色的塑料头巾。她最喜欢的就是塔利·艾沙姆。一扎上接入带，律姬就消失了，去了别的什么地方，感受着盒带里记录的那位最红的模拟刺激明星的种种体验。模拟刺激——塔利·艾沙姆所体验的世界（或者说，这个世界吸引人的那部分）：塔利驾驶福克地效飞行器飞越亚利桑那台地；塔利在西太平洋特鲁克岛生态保护区潜水；塔利在私人拥有的希腊小岛上和超级富豪欢宴，那些傍晚时分的小海湾啊，美丽纯净得让人沉醉。

说实在的，她看上去真的挺像塔利，同样的肤色，同样的颧骨。

我觉得律姬的嘴更有力些，带着一股野性。她倒不是想当真变成塔利·艾沙姆，只是羡慕她的那份工作。她的野心就是这个，当个模拟刺激明星。对这种想法，博比只是一笑了之，毫不理会。但她跟我谈过许多次。“换上这双眼睛的话，我看上去怎么样？”她问，手里举着一张整页的脸部特写，把塔利·艾沙姆的蓝色蔡司眼睛放在她自己的琥珀色眼睛旁边。她以前曾说，她的眼睛做过两次手术，可视力还是没到 1.0，所以她想要一双蔡司的。明星都用蔡司。非常昂贵。

“还在欣赏眼睛，准备买一双？”我坐了下来。

“老虎刚刚弄了一双。”她说。我觉得她似乎有点疲惫。

那双仙台眼睛让老虎高兴极了，一脸的笑怎么都止不住。不知这双眼睛出毛病时他还会不会笑。他的脸是那种标准的俊脸，七次光顾街边整容小铺之后，你得到的就是这种脸。这小伙子可能这辈子都会致力于让自己的模样看上去隐隐约约有点像时尚杂志最新推出的一个个封面人物。当然不是一模一样的拷贝，但肯定不是原创。

“仙台货，对吗？”我还了他一个笑脸。

他点点头。用一种他所理解的职业模拟刺激明星的目光打量着我，想象着自己正在录像。我觉得他的目光在我的胳膊上停留得太久了一点。“肌肉愈合以后，这种眼睛的视域宽极了。”可我注意到他伸手拿自己的双份蒸馏咖啡时动作是多么小心。仙台眼睛的景深缺陷是出了名的，除了种种质量问题外，保修时的纠纷更是个大麻烦。

“老虎明天就要动身去好莱坞了。”

“下一步再到千叶发展，对吗？”我冲他笑着，但他没有回应我的笑脸，“那边邀请你了，老虎？认识什么经纪人吗？”

“只是去试试。”他轻声说，然后站起身来，走了。只跟律姬说了声再见，没对我说。

“小伙子的视神经六个月内就会开始退化。这你也知道，对吧，律姬？仙台眼睛在英国、丹麦，还有其他好多地方都禁售了。视神经出了问题可没法换。”

“得了吧，杰克，别发表教诲了。”她拿了一块我的羊角面包，小口小口啃着面包的一个角。

“我还以为自个儿是你的顾问呢，小姑娘。”

“省省吧。你说得对，老虎是不太机灵，但仙台眼睛的毛病人人都知道。他只买得起这种，所以要冒这个险。只要能找到工作，他就可以重新换一双了。”

“换这种？”我点点桌上那本蔡司小册子，“这得花一大笔钱哪，律姬。你心里清楚得很，那种险冒不得。”

她点点头。“我要蔡司的。”

“你要是去博比那儿，告诉他什么都别干，等我跟他回话再说。”

“行。生意上的事？”

“生意上的事。”我说。发疯的事。

我把我的咖啡喝了，她吃掉了我的羊角面包。我把她送到博比的楼下。然后，我打了十五个电话，每次都用不同的公用电话。

什么生意。纯粹是发疯。

长话短说。我们花了六个星期才完成准备工作。六个星期里，博比不断告诉我他是多么爱她。于是我工作得更投入了，以此避开他那些话。

绝大部分工作都是打电话。头一批极其隐晦的十五个电话中，似乎每一个都派生出另外十五个电话。我寻找的是某种服务。博比和我都认为，对全世界地下经济来说，这种服务是必不可少的组成部分，但它可能从来不会同时有五个以上的客户。这是一种绝不会广而告之的业务。

我们要找的是全世界最大的销赃组织，有能力不假手他人，完成数额巨大的网上洗钱、转账等一系列业务，最后把这桩事忘得一干二净。

到头来，我们的所有努力全是没事找事，因为最后帮我们接上头的是芬兰佬。当时我去了趟纽约，打算买个盗打电话的黑盒子。那么多电话，我们简直快破产了。

我尽可能以纯假设的方式向他提出那个最大的问题。

“澳门。”他说。

“澳门？”

“长鸣家族，股票掮客。”

他甚至有他们的电话号码。想找销赃客？找销赃客打听。

长鸣那帮人可真够隐晦的。我还当自己已经够含蓄的了，可跟他们相比，我那一套就跟战术核武器爆炸一样打眼。博比不得不飞了两趟香港，这才最后敲定。我们的资金越来越少，花得太快了。直到现在，我还是不明白自己当初为什么会答应跟他一起干这单生意。我对珂萝米怕得要死，而且从来不是那么一心想发大财。

我想说服自己，说整垮蓝光会所是件大好事，因为那个地方藏污纳垢。可这个理由完全说服不了我。我并不喜欢蓝光会所，因为我这辈子最沮丧的一晚就是在那儿度过的。但这并不成为跟珂萝米交锋的理由。说实话，我有一半觉得我们会死在这桩生意里，就算有那种厉害程序，我们仍然处于绝对劣势。

博比狂热地写程序命令，除此之外什么都顾不上了。我的工作则是把这个命令集插进珂萝米计算机的根本要地。到那时，博比不可能腾出手帮我，他得把全部注意力用在控制住那个俄国程序上，不让它径直冲杀过去，摧毁一切。那个程序太复杂，我们不可能重新改写。他只能尽全力勒住它，给我留出两秒钟下手。

我跟一个名叫迈尔斯的黑市拳手谈好了，让他在行动那天跟着律姬，紧紧盯着她，在某个特定时间给我打个电话。我告诉他，如果我没接，或者没用事先讲好的句子，他就得抓住她，带她坐第一班地铁逃走。我给了他一个信封，让他到时候交给她。信封里是钱，还有一张字条。

博比却根本没想过这些，如果我们搞砸了，她怎么办。没怎么想。他只是不停地告诉我他多么爱她，打算跟她一块儿上哪儿去，怎么享用到手的那一大笔钱。

“先给她买一副蔡司，她想要的就是这个。模拟刺激的事，她是当真的。”

“嘿，”他从键盘上抬起头，“到那时，她就用不着工作了。咱们会成功的，杰克。她是我的好运气。从今以后，她再也用不着工作了。”

“你的好运气。”我很不高兴，已经不记得自己什么时候高兴过了，“最近你见过你的那位好运气吗？”

他没见过，但我也没有。我们俩都太忙了。

我想她。这种思念让我想起了自己在蓝光会所度过的那个最沮丧的夜晚，去那儿的原因也是由于思念某个人，另外的某个人。我喝得酩酊大醉，然后开始猛吸抗利尿激素吸入剂。如果你的心上人决定离开你，你想狠狠折磨自己的话，烈酒加抗利尿激素是最佳药物，绝配。酒让你感情脆弱，激素让你想起往事——事无巨细，历历在目。这东西本来是治疗老年健忘症用的，但道上的伙计们拿它派了别的用途。所以，我给自己买的是一次超密度回放，回放一份破裂的感情。问题是，记起的有甜美的爱情，也有不堪回首的往事。好的坏的一起上。本来想麻痹自己，像动物一样狂欢一次，可你想起了你当时说的那些恶言恶语，她的反唇相讥，还有她如何扬长而去、再不回头。

我不记得当初我怎么会想到去蓝光，也不记得是怎么去的那儿。我只记得那些寂静的走廊，还有那个俗不可耐的装饰性瀑布，从某个看不见的地方哗啦啦淌下来。或许只是个全息图像。那一晚我有不少钱。博比替某个人在另一个人的冰墙上开了个持续三秒钟的洞，挣了一大笔。

把门的那帮人肯定不喜欢我那副模样，但我猜我的钱并不讨人嫌。

干完了我去那儿想干的事以后，我又喝了不少。然后我跟吧台酒保搭讪，聊起恋尸癖的话题。那番谈话进行得不太顺。后来，有个块头非常大的家伙硬要管我叫“战斗英雄”。我可不喜欢这个头衔。我猜我向他炫耀了一番我的胳膊，让他瞧瞧这条肌电自动臂能耍什么花样。然后我就人事不省了，两天后才在别的什么地方的一个最简陋的睡眠舱里醒过来。一个烂地方，那点儿空间连上吊都不够。我坐在小舱室的泡沫地板上痛哭了一场。

有些事比孤独更可怕。可话又说回来，他们在蓝光会所卖的那些东西真是顶尖货，是最流行的。流行得几乎像合法生意。

黑暗的心脏处，寂静的中央部位。破坏子程序用狂暴的灯光撕裂黑暗，我们四周仿佛有一圈半透明的刀锋，锐利无比，砍杀着一切。一场大爆炸，悄然无声，缓慢得像慢动作。碎冰四溅，被永远摧毁。我们身处爆炸中央。穿过这片仿佛宽达无数光年的虚无，穿过电子幻象，远远传来博比的声音——

“快，整垮这婊子！我勒不住这东西了——”

俄国程序从一重重数据塔楼间升起，切断了塔楼之间的链接。那些幼儿园里用的天蓝色和粉红色被抹掉了。我把博比自制的那个命令包狠狠插进珂萝米冰冷的心脏。短促喷射式信号发出去了，猛地一震，高度压缩的信息冲天而起。而那个俄国程序正像乌黑的高塔一般，越来越大，直压过来。博比拼命控制着它，想尽量多勒住它一会儿，给我多留出至关重要的一秒钟。他就快失控了，但信号抢在前头，飞过俄国程序的控制范围。从那片黑压压的高塔里伸出一只影子般没形没状的手臂，朝信号一把攫来。但它迟了一步。

我们成功了。

矩阵像日本折纸般卷过来，在我周遭涌动。

阁楼里弥漫着汗味，还有线路烧焦的煳味。

我觉得自己听到了珂萝米的惨叫，像粗砺的金属音。当然，我是不可能听到的。

博比在放声大笑，眼里噙着泪水。屏幕一角的计时器上显示着07:24:05。这次行动一共花了不到八分钟。

那块俄国程序卡在卡槽里熔化了。

我们把珂萝米存在苏黎世账户上的资金分给了十来个全球性慈善机构。这笔钱的数额太庞大了，不可能全留给我们自己。但我们知道，要干就要干彻底，必须把她彻底整垮，否则她就会反过来收拾我们。留给我们的只有不到百分之十，划到澳门的长鸣账户上。这笔钱中，他们扣下了百分之六十的手续费，剩下的通过最复杂的香港资金流扔还给我们。足足过了一个小时，我们的钱才汇到我们在苏黎世开的两个户头上。

我望着一长串零在一个已经没多大意义的数字后面堆积起来。我发财了。

这时，电话响了。是迈尔斯。我差点忘了说暗语。

“喂，杰克，伙计，我弄不清状况了，不知这是怎么一档子事。我是说你那个姑娘。这儿的事有点麻烦……”

“什么麻烦？快说。”

“我一直盯着她，照你说的，眼睛没离开过她。她去了输家酒吧，待了一阵子，然后上了一辆地铁，去蓝光会所了——”

"她去哪儿了？"

"从侧门进去的，员工专用门。我可没办法绕开那儿的保安。"

"她这会儿还在那里？"

"不知道，伙计。反正我把她跟丢了。这儿跟发了疯似的，好像是蓝光准备关门了，彻底关张。拉响的警报至少有七种，人人东奔西跑，简直像炸开了锅……各种各样的人都来了，保险商、地产商，还有挂着市政府牌子的车……"

"迈尔斯，她到底去哪儿了？"

"跟丢了，杰克。"

"听着，迈尔斯，信封里的钱，你自个儿留着吧。懂吗？"

"你当真？唉，跟丢了她，真对不起，我……"

我挂了电话。

"先别走，咱俩一块儿告诉她。"博比一边说，一边用块毛巾擦着赤裸的胸口。

"你自己告诉她吧。我得出去走走。"

我走进霓虹灯下的夜晚，盲目地走着，随便人流把我推向哪儿，强迫自己成为纵情声色的人群的一分子，行走世间的活人中的一个。我什么都不想，只机械地不断把一只脚放到另一只前面。但过了一会儿，我还是想了想，什么都明白了。她需要钱啊。

我也想了想珂萝米。我们杀了她，冷酷地谋杀了她。这是肯定的，就好像我们亲手割断了她的喉管一样。这个夜晚裹挟着我穿过一个个商场、购物广场，追杀她的行动也会在同一个夜晚展开。而她却无处可去。单说我身边的这一大群人，这里面有多少是她的敌人？既然不必再害怕她金钱上的威力，他们中有多少人已经准备行动起来了？我们夺走了她的一切，她再一次流落街头了。我怀疑她能不能活到明天早上。

我终于想起了那家咖啡馆，就是我碰上老虎的那一家。

她的墨镜把什么都告诉我了。大大的黑色镜片，其中一只的一角还留着肉色止疼膏的痕迹。“嗨，律姬。”我说。她摘下眼镜的时候，我已经做好了心理准备。

蓝色，塔利·艾沙姆那种蓝色。这种眼睛最出名的就是标志性的蓝色，每只瞳仁里都有两个小字：蔡司。大写字母，像金色的斑点。

“真漂亮。”我说。手术的伤痕肯定被止疼膏遮住了，没有什么手术会像这样不留痕迹。“看样子你挣了笔钱。”

“是啊。”说完，她打了个寒噤，“可我不能再挣了，不能用那种办法。”

“我听说那个地方已经关门了。”

“哦。”她的脸上表情呆滞，那双崭新的蓝色眼睛凝定不动，深不见底。

“没关系，博比在等你。我们刚刚做了一票大的。”

“不，我得走。我想，他不会理解我做的事。我得走。”

我点了点头，望着自己的胳膊抬起来，握住她的手。这只胳膊好像已经不是我自己的了，但她还是像从前那样握住它。

“我买了张去好莱坞的单程票。老虎认识一些人，我可以住在他们那儿。说不定以后我还能去千叶呢。”

她对博比的估计很正确。我陪她回去，他确实不理解她做的事。但对博比来说，她这个人已经起到了应有的作用。我想告诉她别为他伤心。我看得出来，她很伤心。她收拾好她那几个尼龙包之后，他甚至不肯把她送出走廊。我替她把行李拿下楼，吻了她，弄脏了她的止疼膏。什么东西在我心底涌起，就像那个俄国程序在珂萝米的数据塔楼间涌起一样。我突然喘不过气来，没有语言能形容这种感觉。但她得赶飞机。

博比瘫坐在屏幕前的转椅里，望着他的那一长串零。他又戴上了墨镜。我知道，天黑时他就会去输家酒吧，寻找这一季的姑娘，焦灼地寻找一个征兆，一个人，以此弄清今后的生活目的。我不觉得他今后的生活会有什么两样。日子更舒适，但他仍旧永远会等待着翻开下一张牌。

我尽可能不去想象她在蓝光会所的工作。三小时一班，跟快速动眼睡眠的状态差不多，剩下的事全交给肉体和一整套经过处理的条件反射。客人们绝不会抱怨她的高潮是装出来的。高潮是真的，但对她来说，那种感觉（如果她有感觉的话）只是飘浮在梦乡边缘的点点微弱的银光。是啊，最流行的，流行得几乎像合法生意。客人们既需要陪伴，同时又需要独处。这两种需求真是太矛盾了。或许这正是这种事的本质，从古至今。但现在有了神经中枢电子控制系统，他们总算称心如意，两全其美了。

我拿起电话，打给她的航空公司。我报了她的真名、航班号。“她要换票，”我说，“去千叶，对，日本。”我把我的信用卡插进卡槽，输入密码，“头等舱。”对方扫描我的信用记录，电话发出轻微的嗡嗡声，“改成来回票。”

我现在猜想，她肯定退了回程票，兑成现钞。要不就是没用那张回程机票，因为她一直没有回来。夜里，我有时会经过某个贴满模拟刺激明星像的橱窗。眼睛一模一样，都是那么美丽，长在差不多一模一样的脸上。它们凝视着我。有时候，这些眼睛幻化成了她的眼睛，但那些脸庞不是她的，从来不是。我看着她远远飘离四下蔓延的夜色和城市——这时，她向我挥手道别。

（李克勤 译）